非凡・平凡・シャボン！ 3

セレスティーノ・クレメンティ
【Celestino Clementi】
“竜殺しの英雄”として
名高い騎士団の第三隊隊長。
派手な外見とは逆で
生真面目な優等生。
ルチア・アルカ
【Lucia Arca】
見た目は平凡な洗濯婦。
まっすぐでお人よしな
頑張り屋さんで、
得意魔法は“シャボン”。
レナート・カナリス
【Renato Canalis】
団長付き副官。
ガイウスの弟で
意外とブラコン。
ガイウス・カナリス
【Gaius Canalis】
第四隊所属。
上官の言うことを聞かない
問題児。
熊と呼ばれている。

エリク・
アクアフレスカ
【Erik Acquafresca】
アカデミア研究員・
筆頭魔法使い。
馬鹿がつくほど
研究・計測が好き。
西銘真理亜
【にしめまりあ】
異世界より
聖女として召喚された
女子高生。
非常に勝気な性格。
フェルナンド・
アグリアルディ
【Fernando Agliardi】
バンフィールド王国
騎士団の団長。
エドアルドの補佐役。
エドアルド・フリスト・
バンフィールド
【Edoardo Hristo Banfield】
バンフィールド王国の王太子。
聖女の婚約者候補。
登場人物紹介
Hibon・Heibon・Shabon!

目次

3

ルチア、ダル・カント王に拝謁《はいえつ》する

ダル・カント王が制止する声も聞かず、チェチーリア姫は軽い足音を立ててセレスさんの前に走り寄ると、背伸びをして顔を覗き込みました。

「すごい、物語の王子様みたい！　素敵！」

「チェチーリア、殿下の目の前で失礼ですよ！」

セレスさんに目を輝かせたチェチーリア姫を、眉を顰《ひそ》めたベルナルディーナ姫が窘《たしな》めますが、チェチーリア姫は意に介しません。

一方で当事者であるセレスさんは、他国の王族であるチェチーリア姫にかける言葉を持たないのか、その勢いに押されるままです。

「チェチーリア！」

「もう！　いやだわお姉さま。お顔を拝見するくらい、いいじゃありませんの！」

「チェツィ。お戻りなさい。エドアルド殿下、聖女様、申し訳ありません」

可愛らしく唇を尖らせるチェチーリア姫に、今度は王妃様が声をかけられました。

さすがに王妃様にはかなわないのか、不承不承《ふしょうぶしょう》といった体《てい》でチェチーリア姫は元の場所に戻りかけ……、たように見せかけると、さっとセレスさんの首に両手をかけて飛びつき、その頬に風のようなキスを贈ったのです。

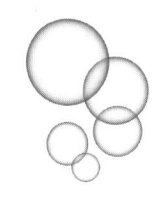

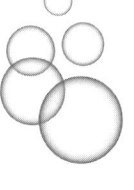

異国のお姫様の奔放《ほんぽう》な行動に、その場にいたすべての人が目を瞠《みは》りました。

「チェチーリア！」

「いやですわ、お父さま。単なる親愛のキスですの。お父さまにもよくするでしょう？」

軽やかな足取りで父王のもとへと戻ると、チェチーリア姫はその頬にキスをします。

「ね？　同じでしょう？」

毒気のない、むしろあどけないといっていいような口調で、チェチーリア姫は笑いました。可愛らしいその笑顔ですが……どうしましょう、すっごくモヤモヤします！　うう、わたし、ものすごく心が狭いかもしれません。だって、親愛のキスだとしても、やっぱり……嫌なんです！

「でも、ねぇ、お父さま。お姉さまの輿《こし》入れがなくなったのなら、わたくしがバンフィールドに嫁ぐのもいいのではありませんこと⁉　まあ、相手は殿下ではありませんけど！」

うきうきといった様子でチェチーリア姫は言葉を継ぎます。輿入れがなくなった、という部分でベルナルディーナ姫がわずかに顔をしかめましたが、チェチーリア姫はそんな姉姫の様子に気を配ることはなく、またベルナルディーナ姫も特に口を開くことはありませんでした。

わたしはそんな光景になにも言えなくなって、そっと唇を噛《か》みしめました。相手は王女様です。しかも他国の。ここでわたしが口を挟むことはできません。眉を顰めて困ったような様子を見せているセレスさんも、きっと、同じだと思いました。嫌なのに、嫌だと告げられない。それはとても苦しいことです。

ですが、嫌だと思ったのはわたしとセレスさんだけではありませんでした。

「チェリーだかなんだか知らないけど、軽々しくあたしの仲間にちょっかい出さないでいただけますぅ⁉」

「チェツィですわ！」

「なんでもいいわよ。あのね、悪いけどその人、彼女持ちだから！　もう、デレっデレのめろっめろだから！　ちょっかい出すだけム・ダ・な・の！　わかるかなぁ？　お姫様！」

腰に手を当てて、勇ましくお姫様に切り込んでいったのは、マリアさんでした。マリアさんの肩の上でシロも威嚇《いかく》するかのように翼を広げ、短い鳴き声を上げます。

「なっ！　貴女《あなた》、失礼ですわ！　わたくしを誰だと……」

「なにって、お邪魔虫でしょ！　あのね、あたしは身分とか関係ないところにいるから。この世界の人間じゃないし。誰になに言われても怖かないし、遠慮なんてしないわよ」

「ダル・カントとバンフィールドの間にヒビを入れたいんですの⁉」

「その言葉、そのままお返しするわぁ～。てか、それわかっててあの行動に出たわけ？　うわ、あたしが言うのもなんだけど、あんた、いい性格してるわねぇ。全部計算づくの行動？　いやだ、こっわ～い！　性格わっる～い！」

「な、な……ッ‼」

突きつけられたマリアさんの言葉に、チェチーリア姫は顔を紅潮させて怒りに震えます。

ですが、それくらいでひるむマリアさんではありません。愛らしい口元に爽《さわ》やかな笑みを刷《は》くと、マリアさんはかっこよく言い放ちました。

「あたしは、あたしの友達を守るわよ！　バンフィールドがどうとか、関係ない。あたしを全力で守ってくれる友達を、あたしも全力で守るの！」

声高く宣言するマリアさんに、わたしは胸を突かれました。嬉《うれ》しいです。すごく、今嬉しくて仕方ないです。

「……チェチーリア、下がれ。エドアルド王子、聖女殿、娘が差し出がましい真似をして申し訳ない。エルアナ、チェチーリアを部屋へ」

「はい、陛下。チェツィ、いらっしゃい。エドアルド様、聖女様、御前《ごぜん》失礼いたしますわ」

「……はぁ～い」

ダル・カント王は苦虫を噛み潰したような表情のまま、手でチェチーリア姫に下がるように命じました。王妃様がふてくされた様子を隠そうともしないチェチーリア姫を連れて、姿を消します。

「さて、王子たちはしばらく城に逗留《とうりゅう》して旅の疲れを癒やしてくれ。二日後に歓迎のパーティを開こうと思う。ぜひ、参加していただけますな？　聖女殿」

チェチーリア姫が姿を消したのを見届けた後、ダル・カント王は眉間に手をやって軽くほぐすと、にこやかな表情を浮かべて殿下とマリアさんを見ました。まだ不機嫌そのものといった表情のマリアさんは、半眼になってそんなダル・カント王の様子をねめつけています。

「パーティ終わったらさっさと解放してもらえるんでしょうね？」

「我々は先を急ぐ身です。長《なが》の逗留ができぬこと、お許しいただきたい」

「あいわかっておる。アレヴィ、客人を部屋へご案内せよ。粗相《そそう》のないようにな」

殿下の言葉に鷹揚《おうよう》に頷くと、ダル・カント王は側に控えていた侍従らしき男性にそう指示しました。

そうして、波乱に満ちた謁見の時間は、ようやく終了したのでした。

ルチア、マリアとわざと迷子になる

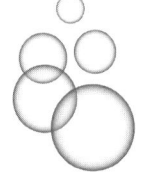

歓迎パーティが開かれるまでの数日間、わたしたちはお城に軟禁されました。

そう、言い間違いなんかでなく、まさに軟禁です。豪華にもてなされていますが、男性陣と女性陣では宛《あて》がわれた部屋が遠く——なにせ部屋がある棟が、宮廷を挟んで真逆に位置しているんですよ——わたしはマリアさん以外のメンバーとの接触はできません。

当初二日後といわれていたのが三日後に延び、それがさらに延期されたといわれたときは、なんとも言い難《がた》い気持ちになりました。準備に時間がかかるということでしたが、その間セレスさんたちに会えないというのは納得がいきません。

もちろんこの状況にマリアさんが怒らないわけはなく、肩にシロを乗せたまま、今日も扉を守る衛兵さんたちに交渉していました。

「ねぇ、兵隊さん！　お仕事お疲れさまぁ～」

「えっ……あ」

「あたしね～ぇ、いい加減この部屋にいるの飽きちゃったの。ね？　わかるでしょ？　こんな素敵なお城が目の前にあるのに、部屋にいなきゃダメとか……せつなくて。少しくらい出歩いても、いいよね？　ねっ♡」

昨日までは怒りを露《あら》わにしていたマリアさんですが、今日は懐柔方向に出たようでした。上目遣いで手を胸のところで合わせて小首をかしげるマリアさんは、同性のわたしから見てもとても可愛らしく魅力的です。

それは扉の両横に控えていた衛兵さんたちにも同じだったようで、困ったように顔を見合わせていますが、その顔はだいぶ流されているように見えました。

「そ、そうですね……ちょっと上官に相談……」

「あなたがあたしたちについてきてくれればいいんじゃない？ ね、護衛としてここにいてくれてるんでしょう？ あたしたちここのお城のことわかんないし、あたし方向音痴だし、あなたたちのどちらかが案内してくれれば心強いんだけどなぁ。ね、お願～い♡」

ひょろっと背の高い方の衛兵さんが躊躇《ためら》いながら口を開いたのを見て、マリアさんは浮かべていた笑みを深くしました。

衛兵さんたちが揺らいだのを感じたマリアさんは、たたみかけるように満面の笑みで迫ります。すごいです、わたしには真似できない切り込み方です。

「はい、ではおれがついて行きます。いいですよね、先輩」

「うん、ちゃんと案内しろよ？」

「やった♬ よろしくね、兵隊さん！」

もじゃもじゃとしたくせ毛の衛兵さんが手をあげると、のっぽの衛兵さんが頷きました。どうやらくせ毛さんの方が後輩のようですね。ただ、押しはくせ毛さんの方が強そうです。

「でも、散歩程度ですよ。いいですね⁉」

「はぁーい♡」

くせ毛さんはわたしたちに念押しすると、のっぽさんに一礼して歩き出しました。わたしたちもその後に続きます。

「ねぇ」

くせ毛さんの後をついて歩き始めながら、マリアさんがわたしの耳元で囁《ささや》きました。

「あたしの後についてきて」

……マリアさん、なにをする気なんでしょうか。

わたしは若干ハラハラしながら、マリアさんと歩幅を合わせました。

「こちらがお客様用の中庭です」

「お客様用って？　ほかのもあるの？」

「はい、王族用のお庭が別に。こちらの薔薇《バラ》園は評判がいいんですよ。聖女様、薔薇はお好きですか？」

「好き好き〜ぃ。棘《トゲ》がなければもっと好き〜。ねぇ、あたしに似合いそうな薔薇ってないの？」

「聖女様のように可憐な薔薇となりますと、たしかもっと奥に……」

くせ毛さんが案内してくれたのは満開の薔薇が咲き誇る中庭でした。今日は天気もいいので絶好のお散歩日和《びより》ですもんね。

わたしはあたりに漂う薔薇の香気を吸い込みながら、青空を仰ぎました。会いたいです。旅が始まってから毎日会っていたから、会わない日が続くとやっぱり淋しいです。

青空を見ながらセレスさんのことを想い出していると、ふと腕を引かれました。マリアさんです。

マリアさんはくせ毛さんのことを気にしながらも、奇麗に刈り込まれた庭木の方へ目配せをしました。ちょうど十字路になった個所で、くせ毛さんはまっすぐ歩いていきます。

「！」

マリアさんはわたしがそちらへ意識をやったのを確認すると、無言で強く腕を引いてそちらへ走り出しました。


「っ、……はっ、これでっ、しばらくは自由ね！」

しばらくめちゃくちゃに走ったのち、小さな広場のようなところにたどり着いたわたしたちは、息を切らしながら地面にへたり込みました。開放感あふれた笑顔でマリアさんが笑います。

「自由……っ、ですけど、どう……するんですか、これから」

「特に決めてないけど」

くせ毛さんを撒《ま》いて、つかの間の自由を手に入れたマリアさんは、うーんと空をつかもうとするかのように身体を伸ばしました。

「単に閉じ込められるのが嫌だったから逃げ出してみたんだけど……そうね、セレスたち探そっか！　迷子になっちゃいました〜って言っとけば大丈夫！」

「迷子……」

迷子というより、積極的にくせ毛さんを撒いた覚えがあるわたしは、マリアさんの言い分に悩みました。迷子と言い張って納得してもらえるでしょうか？

逡巡《しゅんじゅん》するわたしの気持ちを見抜いたのか、マリアさんは腰に手を当てると胸を張ってふんっと鼻を鳴らしました。

「固いわね〜。セレスといい勝負なんじゃないの」

「そっ……」

そんなことは……あるでしょうか？　セレスさん、固いかな……そうでもない気がするんですが。

「セレスがユルいのはあんた限定でしょ。あたしに対しては固いのなんの！　学級委員かっつーの！」

「ガッキュウイイン？」

「なんていうの？　その団体のまとめ役っていうか……」

「隊長さんですしね、セレスさん」

「あー、うん、なんかニュアンス違うんだよねぇ。とにかく固いの。このあたしがコナかけてるっつーのに、よろめきもしないいんだもん。まぁ、原因はあったけど」

じろり、とマリアさんはわたしを睥睨《へいげい》すると立ち上がりました。

「とにかくすぐに追っ手がかかると思うし、早く移動しちゃいましょ！　ていうか、ここどこよ？」

たしかに、無茶苦茶に走ったせいで、ここがどこなのかさっぱりわかりません。他国の王城ですし、普通に歩いてもよくわからないまま迷子になりそうです。

マリアさんがいてくれるので心強いですが、これからどうしましょう。どこにいけばセレスさんたちに会えるのか、今のわたしにはさっぱりわかりませんでした。

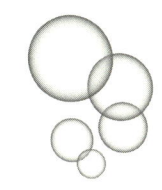

ルチア、姉姫と話す

「だぁれ？」

きょろきょろとあたりを見回していると、不意に声がかけられました。見ると、薔薇の茂みの向こうに東屋《あずまや》があり、そこにちらりとミントグリーンのドレスの裾が覗《のぞ》いています。

ひらりと裾が揺れ、すっと立ち上がった背の高い姿は、ダル・カント王国の一の姫、ベルナルディーナ王女でした。褐色の肌に、やわらかく波打った黒髪を緩く編み上げて、風に揺れるシフォン地の布を重ねたドレスを身に着けています。この国に来た際にも同じ色のドレスを着ていましたけど、お好きな色なんでしょうか？

「どうもーっ。お邪魔してまぁす」

悪びれなく返事をしたのはマリアさんでした。ベルナルディーナ姫と同じ黒髪でも、マリアさんの髪はまっすぐです。さらりと腰まである髪を揺らして、マリアさんは堂々とした態度でベルナルディーナ姫の前へ足を進めました。わたしもそのあとに続きます。

「貴女たち……」

「聖女とその友人でぇす。今回は閉じ込めてくださって、どうもぉ～」

薔薇のような口調で、マリアさんはうふふふと笑いました。相当怒ってますね、これは……。ですが、怒っているのはわたしも同じです。セレスさんだけでなく、皆にちらりとも会えないんです。お話がしたくても、わたしたちのお世話をしてくれる侍女さんたちは「お伝えしておきます」というだけで、その要望が受け入れられることはないみたいで。

「閉じ込め……？」

「あらぁ？　王族の指示かと思ったんですけどぉ？　あたしたちをエドたちから遠ざけて、ご満足？　ねぇ？」

すらりと背の高いベルナルディーナ姫の前に立つと、ただでさえ小柄なマリアさんはさらに華奢《きゃしゃ》に見えるんですが……どちらかというと、マリアさんの方が強気です。怒っているのもあるんでしょうけれど、ベルナルディーナ姫はマリアさんの怒気《どき》に押されて、身を縮こませています。

「エドたちがなにしてるかすら教えてもらえないし、どうなのよ？　あたしたちを監禁して、裏でなにしてるわけ⁉」

「わたくし……なにも」

「なにもぉ⁉」

「あのっ、なにか聞いてないですか？　皆さんがどう過ごしてるのかすら教えてもらえてないんです、わたしたち」

マリアさんに任せていたら喧嘩《けんか》になってしまいそうな雰囲気になってきたので、僭越《せんえつ》だとは思いましたが、割り込ませてもらいました。身分差になにか言われそうな気もして、内心びくびくなのはナイショです。

「エドアルド様とはさきほどもお会いしましたけれど、お元気でした」

「へぇ～、会ったんだ」

殿下とお会いしたという発言で、マリアさんの眉がぴくっと動きました。まさに一触即発といった様子ですが……「さきほども会った」ということは、この近くにいらっしゃるんじゃないんですか⁇

「マリアさ……」

「妹も妹だけど、姉も姉ってこと？」

「マリアさん！」

臨戦態勢を崩さないマリアさんの肘をつかんで引っ張ると、不服そうな表情でほっぺたを膨らませました。たしかに納得いかないかもしれませんが、くせ毛さんに見つかる前に殿下と会えるなら、そちらを優先すべきだと思うんです。

「マリアさん、先ほどまでこちらにいらっしゃったってことは、探せば会えるかもですよ！」

「でも！」

「迷子になったわたしたちを探しに、すぐ衛兵さんたちが来ます。会うチャンスは今しかないですよ」

「……そう言われるとそうね。お姫様、あんた命拾いしたわね！　でもあたしの怒りは収まったわけじゃないから！」

「……怖いですわ」

「なんですってぇ！」

「マリアさん！」

目に見えて怯《おび》えるベルナルディーナ姫に、マリアさんのボルテージがまた上がりました。ベルナルディーナ姫も、マリアさんの怒りに油を注ぐのやめてください！

「あの、殿下たちはどちらの方へ行きましたか⁉」

「あちら……です。おつきの騎士様もいらっしゃいました。金髪のおじさまと、チェツィが失礼をした方……」

ベルナルディーナ姫に殿下の行き先を尋ねると、なんとセレスさんまで同行していたことがわかりました。

もしかしたら会えるかもしれないと期待に胸を膨らませたわたしは、マリアさんの手を取り、注意を引くように引き寄せました。

「行きましょう、マリアさん！　それでは失礼します！」

「あ……」

「あのね！　言っとくけど、監禁してくるような国にあたしの仲間は誰もあげないからね！」

捨てゼリフを残すマリアさんの手を引きながら、わたしはベルナルディーナ姫が指示した方向へ走り出しました。

ルチア、目を白黒させる

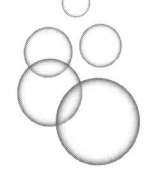

ベルナルディーナ姫が指し示した方角へしばらく行くと、エドアルド殿下とアグリアルディ団長、そしてセレスさんがいました。たった数日なのに、会えたのがとても嬉しいです。マリアさんたちと再会したときは会えなかった時間が長かったので、もう一度会えたのがものすごく嬉しかったんですが、たった何日かでもこんな気持ちになるんですね。なんだか心臓がドキドキします。

「エド！」

マリアさんが大きな声で殿下の名前を呼びました。アグリアルディ団長と話し込んでらっしゃった殿下も、マリアさんの声に気づいて振り向きます。

「マリア！　ルチアも、なんでここへ？」

「やっほ〜！　監視してる奴、撒いてきたよ！」

「撒……」

頭上に広がる青空のような晴れやかな笑顔を浮かべて、マリアさんが楽しそうな声で報告すると、アグリアルディ団長がぎょっと目を見開き、その隣で殿下が吹き出しました。

「マリアは、相変わらず自由だね。でも、そういうとこが好きだよ」

笑いながら殿下はこちらへ近づいてきます。再会したときにはなんだか距離があいているように見えたマリアさんと殿下ですが、距離があったというより、今までとは違う距離感で新しく仕切りなおしたといった方がいいのでしょうか。笑いあう二人は、仲が悪くなったようには見えません。以前のようにべったりという風ではありませんが、仲がいいのは窺《うかが》えます。

笑顔の殿下とは裏腹に、殿下に付き従うように歩くアグリアルディ団長はなんともいえない渋い顔をしていました。その後を歩くセレスさんもです。一体全体、どうしたというのでしょうか？

「どうしたんですか？」

わたしはそっとセレスさんの側に行くと、顔を覗き込みました。セレスさん、なんだか疲れてるみたいです。

「ルチア……」

わたしの顔を見てセレスさんは一瞬目を輝かせましたが、またぐったりと肩を落とします。え、ホントどうしちゃったんですか！

状況が呑み込めないわたしの肩に手をやったセレスさんは、決心したように顔をあげると、殿下にキッと向き直りました。

「殿下、やっぱり俺」

「セレスティーノ、悪いとは思うけど、ダル・カントとバンフィールドの関係は微妙でね。天晶《てんしょう》樹《じゅ》と〝学びの塔〟を擁《よう》しているせいか、扱いが他国とは違うんだ。なに、エスコートするだけだ。結婚しろって言ってるわけじゃない。君、妻も婚約者すらもいないだろう？」

一体なんの話ですか⁉　エスコート？　結婚⁇

状況が呑み込めなくて混乱しているわたしより、マリアさんがキレる方が先でした。柳眉《りゅうび》を逆立てたマリアさんは、飛びかかるようにして殿下の襟元をひねりあげると、顔を近づけて凄《すご》んだのです。

「ちょっと、エド！　それってあのワガママ姫がらみの話⁉　国のためにセレスを人身御供《ひとみごくう》に差し出すつもり⁉」

「いやだなぁ。生贄《いけにえ》なんか捧げないよ、僕も」

「だってそういうことでしょう⁇　前々から思ってたけど、この世界の王族ってそんなんばっかなの⁉　自分たちのために他の人間犠牲にしても痛痒《つうよう》を感じないの⁉　エドアルド、今度こそ見損なったから！」

「お待ちください聖女様！　殿下も、ちゃんと説明しないとセレスティーノも聖女様もルチアさんも誤解したままですよ！」

激高《げっこう》するマリアさんをなだめるように間に割り込んだアグリアルディ団長は、新緑の瞳を険しくして殿下を軽く睨みました。

「とりつくろわなくていい相手だとご自分の素を出すのも結構ですが、こういうデリケートな内容で揶揄《からか》おうとするのは趣味がよろしくありません」

「いや、セレスティーノが煮え切らないからな。僕が後押ししてやろうかと」

「先ほども言いかけましたが、うらやましいからといって人の恋路を邪魔してはいけませんよ。私の部下をいじめないでいただきたい」

親子ほどに年齢の離れたアグリアルディ団長に叱られた殿下は、いたずらっぽく口の端を緩めると、わざとらしく肩をすくめて見せました。普段、年齢以上に大人びて見える殿下ですが、今はなんだか……いえ、これ以上は不敬ですよね。

額に手をやって深いため息をひとつつくと、アグリアルディ団長はスッと背筋を正しました。

「この話は私から説明させてもらいます。いいですね？　殿下」

「フェルナンドは真面目だな。僕だって普段真面目に王太子をしてるんだから、仮面を着けなくてもいい相手とくらい、たまには遊ばせてくれてもいいじゃないか。ちゃんとネタ晴らしはするつもりだったし、第一、もう断った話なんだよ」

「遊ぶ箇所が間違っております。セレスティーノ、今殿下がおっしゃったように、もうこの話は断っているから安心するように。聖女様とルチアさんに説明すると、ダル・カント王国より、此度《こたび》のパーティでチェチーリア姫のエスコートをセレスティーノにお願いしたいとの申し入れがあったんだ。もちろん、殿下は即答でお断りしている」

アグリアルディ団長の説明に、セレスさんが脱力してわたしにのしかかり、マリアさんが大きな目をさらに大きくしました。ちょ、なんて申し入れをしてきてるんですか、ダル・カント王は！

「断った断った。大事な仲間のためだしね。ただねぇ、断るにしても理由が必要でね。恋人がいるくらいじゃむこうは引かないから、とりあえず婚約済みということにしたんだよ。我が国の〝竜殺しの英雄〟が独身なのは、ハーバート陛下もご存じだしね。でも、君、まだ行動してないっていうからさぁ。ここはひとつ発破《はっぱ》でもかけてやろうかと思って」

「それが余計なお世話なんですよ、殿下。彼らは彼らのペースがありますから」

「いいよね、君たちは自由にできて」

ルチア、セレスから特大の贈り物をされる

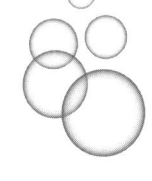

アグリアルディ団長に窘《たしな》められた殿下は、ちょっと人の悪そうな笑みを浮かべて、わたしとセレスさんに向き直りました。普段は柔和な笑顔の殿下ですが、こんな表情もされるんですね……って違います！

「で？　どうするの、君たち。他国の王の前で嘘をつく？」

「……殿下」

心底楽しそうにニコニコする殿下に、セレスさんが地を這《は》うような、ものすごく低い低い声を出しました。空色の瞳が鋭い光を放っていて、なんか……とてつもなく怖いですよ⁉　一緒に聞いていたマリアさんでさえちょっと距離をあけたくらいです。マリアさんの肩に乗るシロも、きゅあっと不安げに小さな鳴き声を漏《も》らしました。

「今だけ、不敬をお許し願います」

セレスさんはそう前置きすると、若干怯えるわたしたちをよそに、そのまま噛みつくように殿下に怒鳴りつけたのです。

「最悪のタイミングで横槍入れるなぁッ‼」

びりびりと空気を震わせるような怒号に、けれども殿下は怯えることなく弾けるように爆笑しだしました。で、殿下……性格変わってませんか⁇

「ルチア、来て」

無表情でわたしの手をつかむと、セレスさんはそのままその場を後にしようとします。状況が呑み込めなくて混乱していましたが、いつにないセレスさんの態度に、わたしはそのままついて行くことにしました。なにより、少しくらい二人で話したかったですし。

「頑張ってね〜」

忍び笑いを隠したようなマリアさんの声援を背中に聞きつつ、わたしは今度こそその場を後にしたのでした。


無言のまま、セレスさんはわたしの手を引いて庭園を歩いていきます。あたりの薔薇を愛《め》でる余裕もなく、わたしはそんなセレスさんについて歩きました。

しばらくそうやって二人で歩いていると、ぽつりとセレスさんがこぼすように発言しました。

「ごめん、さっきは。驚かせちゃったよね」

「あ、はい……ちょっと驚いちゃいました。セレスさん、いつも優しいから」

「さすがにちょっとキレちゃって。ホントもう、タイミング悪すぎてカァッとなっちゃった。恥ずかしいや、俺」

しょんぼりと肩を落とすセレスさんが可愛くて、わたしは不謹慎ながらも笑ってしまいました。

「大丈夫ですよ。それより、こうやって会えたことの方が嬉しいです。お城ではお部屋が遠くて会えなかったから。マリアさんがね、機転を利かせてくれたんでこうやって外に出れたんですけど、それまでずっと部屋の中から出してもらえなかったんです」

「え、部屋から出してもらえなかったの⁉」

「セレスさんたちはどうだったんですか？」

「俺たちも自由にはさせてもらえなかったけど、さすがに出歩き不可とまではなかったかな。西棟全部と東棟の一部は立ち入り禁止って言われたくらいで。ずっとルチアたちがどこにいるのかわからなくて探してたんだけど、部屋はどこだったの？　誰も教えてくれなくて。見つからなかったってことは、立ち入り禁止区域にいた？」

「はい、西棟にいました。セレスさんたちは東棟ですよね」

わたしの回答に、セレスさんは「やっぱり」と頭を抱えました。

「なんでかなぁ。もう、ほっといてくんないかなぁ。俺、ルチアといたいだけなんだけど」

「セレスさん、かっこいいですから、女の子なら皆、気になっちゃうんですよ。バンフィールドでもセレスさん、大人気ですし」

「俺、ルチアだけでいいんだけど。もう、見てくれだけで色々言われるの、勘弁してほしい……」

こぼすようなセレスさんの発言に、わたしは思わず赤面してしまいました。だって、わたしだけでいいって！　やだ、もうどうしましょう！　嬉しすぎてドキドキしちゃいます！

って、いえいえ、今はそういう話じゃないですよね。ついテンション上がっちゃいましたけど、セレスさんは困ってるわけですし、手放しで喜んでる場合じゃないですよね。

わたしがひとりでわたわたしていると、セレスさんはついっと一際花の見事な薔薇の樹の側で足を留めました。

「ルチア」

改まった態度でわたしに向き合うと、セレスさんは隊服の内ポケットからなにかを取り出しました。ハンカチ？

「本当はさ、色々考えてたんだ。でも店に行くチャンスなんてないし、そうなると俺に準備できるものってこんなので。ちょっと恥ずかしいんだけど、ちゃんとしたのは国に帰ってからってことでもいいかな？」

そう言いながらセレスさんは取り出したハンカチを開きました。大事そうに包まれていたのは、木でできた腕輪でした。丁寧に磨かれて、つやつやとした艶が奇麗です。

「これ、どうしたんですか？」

「俺が作ったんだ。親父みたいな職人じゃないから下手なんだけど、まぁ素人なりに巧《うま》くできたから」

「わぁ！」

触れてみると、丁寧にやすりがかけてあるらしく、気持ちのいい手触りが伝わってきました。どうしましょう、すっごくすっごく嬉しい！

「ルチア」

腕輪をわたしの手に通しながら、セレスさんがいつになく真剣な表情でわたしの目を見ました。

「国に帰ったら、俺と結婚してくれませんか？」

ルチア、逡巡する

告げられた言葉にびっくりしてしまって言葉が出てきません。こんな気持ちは二度目です。一度目もセレスさんでしたけれど、まさか二度目もセレスさんだとは思いませんでした。

「いきなりだし、びっくりして当然だと思う。けど、君を誰にも渡したくないんだ。殿下にも、他の奴らにも。君はまだ若いし、結婚なんてって思うかもしれない。これは俺のエゴだと思う。でも、もし君さえよければ、俺を君の家族にしてくれないか？」

真剣な面持ちでセレスさんはわたしの手を取りました。家族——家族？　わたしに？　わたしの？

「俺は、君じゃなきゃダメなんだ。側にいるのは君じゃなきゃダメだ。他の人じゃダメなんだ。そして、同じくらい君の隣にいるのが他の奴なんてイヤだ。答えは今じゃなくてもいい。バンフィールドに帰るまで、ゆっくり考えてくれていいから」

セレスさんの言葉を聞きながら、わたしは腕に嵌《は》められた腕輪を見つめていました。丁寧に丁寧に作られた腕輪。一日二日じゃ作れなかったでしょう。どれだけ前から考えていてくれたんでしょうか。そう思うと、嬉しくて泣きたくなってきます。

けれど……嬉しいのに、怖くなりました。他の人じゃダメで、他の人に渡したくない。その気持ちは同じで、求婚はすごく嬉しいのに、怖いんです。

だって――また失くしてしまったら。

家族になった途端、セレスさんがいなくなってしまったら。

お父さんやお母さんと同じように、いなくなってしまったら。

そう思ったら、怖くて仕方なくなってしまいました。側にいてほしい。ずっとずっと。その気持ちに嘘はないけれど、でも、それが家族になるという明確な形を持つと、途端に怖くなってしまったんです。

だって、失いたくないんです。ひとりは嫌だけど、でも、セレスさんがいなくなるくらいなら、ひとりの方がずっといいです。

どうしよう？　どうしたらいいの？　頷いてしまったらなにかが変わってしまいそうで、わたしは腕輪から目を逸らすことができませんでした。


「……戻ろうか」

わたしが黙ったままなのを見て、セレスさんは優しい声で言いました。もしかして結婚が嫌だと思われた？　そうじゃないのに、言葉が出てきません。未来を希《のぞ》んでもらって嬉しい。そう伝えたいのに、咽喉《のど》が締め付けられるように痛くて声が出ません。違うの、そうじゃないの。イヤなんかじゃないんです。

出ない声の代わりに、わたしは去っていこうとするセレスさんの腕にしがみつきました。わたしがそんなことをするのは初めてで、セレスさんがびっくりしたような顔で足を留めます。

「ルチア？」

どうしよう、なんて言えばいいの？　待ってもらって、わたしは答えを出せるんでしょうか？

「どうしたの？」

指先で頬を掬《すく》われて、わたしは自分が泣いていることに気づきました。気づいた途端、嗚咽《おえつ》が咽喉から漏れ出ます。セレスさんの腕にしがみついたまま手で押さえたけれど、おさまってなんてくれません。

「怖くなった？　ごめんね、急だったから」

「わたっ……わた、し」

「うん、ごめん、ルチア。ごめん」

「違、ちが……そ、じゃ……」

ちゃんと伝えないとダメです。誤解されたままなんて嫌だから。悲しませたいわけじゃないんです。嬉しいのに、失うかもしれない未来が怖くて頷けないなんて恥ずかしいけれど、それでもそれを伝えて怒る人じゃないから。頷くのは怖いけれど、せめて気持ちだけでも伝えないといけません。同じ気持ちなんだって、わたしもセレスさんじゃないとダメなんだって、伝えなくちゃ。

言葉にならないまま駄々《だだ》っ子のように首を振るわたしに、けれどもセレスさんは静かに付き合ってくれました。

「嬉しいんです。わたしも、セレスさんがいいの。でも」

怖い。怖い怖い怖い。

セレスさんの顔が見れません。今、どんな表情《かお》をしているの？　静かな呼吸からは気持ちは読めなくて。

ぎゅっと目を瞑《つぶ》って言葉を探します。なんて言えば伝わるの？　胸の内をそのまま見せればいいのに。

「でも――」

「俺はいなくならないよ」

あったかい声とともに、掌《てのひら》が頭に乗せられました。そのまま優しい手つきでわたしの頭をなでると、セレスさんはそっと言葉を継ぎます。

「ルチア、家族になったら俺がいなくなるなんて思わないで。たしかにこの先なにがあるかなんてわからないし、怖がるのもわかるんだけどさ。俺、こう見えて結構図太いし、かなり健康だし、剣の腕も生半可な奴には負けないし……えっと、あとなにがあるかな？　あ、貯金もだいぶあるよ。俺が騎士を続けるのが不安なら退職して二人で店やってもいいし、うーんと、あと他には……」

思わず視線をあげると、セレスさんは真面目に悩んでいるようでした。どうすればわたしの不安を取り除けるのか、そう思ってくれているのが伝わってきます。

わかってもらえている。そう感じたわたしは、瞼《まぶた》が再び熱くなるのをとめられませんでした。なんでしょう、セレスさんといると、涙腺が緩んで仕方ないです。今まで平気だったのに。

泣きじゃくるわたしを、セレスさんはそっと抱きしめてくれました。背中をさすられながら、わたしは子どもみたいに駄々をこねました。

「いなくなっちゃ、嫌です」

「うん、全力を尽くして側にいます」

「いなくなるの、怖いです」

「おじいちゃんとおばあちゃんになるまで一緒にいるって誓います」

「怖いんです。嬉しいけど、怖いんです」

「俺自身が怖いって話じゃなきゃ大丈夫です。どんとこい！」

おどけて言うセレスさんに、つい吹き出しました。あんなに怖くて仕方なかったのに、笑ったらふっと気持ちが軽くなりました。

「俺がなにより守りたいのは君だけど、君のためにも自分の安全も守ります。絶対ひとりにしないし、必ず幸せにするから」

「おじいちゃんになるまで死んじゃダメですからね？」

「はい、誓います」

「なら、いいです」

泣き笑いの顔を見られるのが恥ずかしくて、わたしはセレスさんの胸に顔をうずめたまま、大きく頷いたのでした。

「お願い、ずっと、わたしの側で生きてください」

お父さん。お母さん。

いつか失うかもしれない恐怖はなくなってはいないけれど、わたしにも新しい家族ができそうです。

どうか、この幸せが続くよう、見守っててくださいね。

ルチア、祝福される

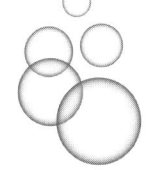

手をつないで先ほどの場所に戻ると、まだ皆さんはそこにいらっしゃいました。あっと思って手を放そうとしましたが、セレスさんは放してはくれません。待って、皆見てるんですけど！

「おや、話は終わったかい？」

普段こういうことに踏み込んでこないアグリアルディ団長がニコニコと訊《き》いてきました。その後ろで殿下もにこやかに笑っています。うわ、もう恥ずかしすぎますって……！

「どうも」

アグリアルディ団長に固い反応を返すセレスさんは、まだ警戒しているみたいでした。なんだか毛を逆立ててる猫みたいで可愛いって言ったら怒られるでしょうか？

「ルチア、なにかされなかった⁉」

「えっ、なにって」

殿下の側にたたずんでいたマリアさんは、わたしの姿を認めた途端飛んできました。ぱたぱたと服を叩かれ、無事を確かめられます。真剣な面持ちで身体検査をするマリアさんに、セレスさんが渋い顔をしました。

「聖女様は俺のことをなんだと思ってるんですか」

「え？　普段ヘタレのくせに暴走すると手に負えないむっつり」

「…………」

容赦《ようしゃ》ないマリアさんの返答に、セレスさんの顔が引き攣《つ》ります。マリアさん、相手がどんなイケメンさんでも容赦ないんですね。

「あっ、なにこれ？」

身体検査をしていたマリアさんは、興味津々でわたしの手に嵌められた腕輪に触れました。注目されるとなんだか気恥ずかしいです。

「へぇ～、プレゼント？　腕輪だけ？　もう、なによ、やっぱヘタレなんじゃない」

「きゅきゅっ」

小首をかしげるマリアさんの肩から、珍しくシロがこっちへやってきます。最近ずっとマリアさんにべったりだったから、久しぶりですね。

わたしの腕を伝って肩に乗ったシロも、マリアさんと同じように腕輪を覗き込みました。これ、シロも気になるんですか……。そんなに見られると、ホント身の置き所がないというか、恥ずかしいです。


「とうとう行動したか。遅いぞ」

「おめでとうございます」

「ありがとうございます……」

殿下とアグリアルディ団長から祝福のお言葉をいただいて、思わず赤面してしまいます。注目され慣れてないわたしは、こういうときにどういう反応を返していいかがわかりません。蚊の鳴くような声でお礼を言うのが精一杯です。

「どういうことよ？　え、もしかしてプロポーズされたわけ？　でも、これ腕輪よ？　指輪じゃないの、そういうときって」

「こちらの世界では求婚の際、銀の腕輪を渡すんですよ。指輪などの他の装身具は贈りません」

怪訝《けげん》そうなマリアさんに、アグリアルディ団長が説明します。それを聞いたマリアさんは、すごく意外そうにわたしの腕輪を眺めました。

「腕輪なの⁉　へぇ～、だからエドたちはすぐわかったんだ。でもこれ、銀じゃなくて木だよ？」

「正式なのはアールタッドに戻ってから贈るつもりです」

「あっそ。でもルチア、おめでとう～！　なんか同い年なのに婚約とか、ちょっとびっくりよ」

「マリアさんだって殿下と婚約予定じゃないですか」

改めて抱き着いてくるマリアさんにそう尋ねると、きょとんとした顔をされました。一拍おいて
「ああ」とマリアさんは頷きます。

「そういえばそうね。忘れてたわ」

「忘れ……ちょっと、マリア、こっちにおいで？」

「うん、後でね！」

あっけらかんとしたマリアさんを、少し焦ったような殿下の声が呼びます。殿下とべったり仲良しさんだった頃のマリアさんからは考えられないドライな反応に、わたしもびっくりです。どうしちゃったんですか！

「気持ちが満たされてると男なんてどうでもよくなるものなのね……。初めて知ったわ。それより

ルチアが結婚なんてさみしいよ～。セレスにあげたくないなぁ～。ちょっとセレス！　ホント、大事にしてよね⁉　泣かせたらタダじゃおかないし！　どんな手段《て》を使ってでも破滅に追い込んでやるから！」

「泣かせませんよ。誰よりもなによりも大事にします！」

あっけなく殿下を袖にしたマリアさんは、きっと眦《まなじり》をきつくするとセレスさんを睨みつけました。わたしを大事に想ってくれているマリアさんの気持ちがくすぐったくも嬉しくて仕方ないんですが、反面、殿下に申し訳なくて、どう反応していいか困ります。殿下、無表情でこちらを見ないでください！

「マリアはホント、僕を振り回してくれるよね」

「そういうのが楽しいって言ってたでしょ、エド。お望み通り振り回してあげてるだけだけど？」

「痴話《ちわ》喧嘩はお二人でおやりください、殿下。聖女様も殿下を煽《あお》りすぎるとあとで困りますよ」

「困るかどうかはやってみないとわかんないし～。今、あたしは女の友情に目醒《めざ》めてんの。恋愛もいいけど、友達っていいもんよね！　だからセレス、やっぱりルチア返して」

「きゅきゅ～！」

「嫌です。いくら聖女様といえど、お渡しすることはできません」

「セレスティーノ、さっさとルチア連れて行きなよ。マリア、パーティのことについて話があるんだけど」

「あっ、そういえばあたし、ルチアと迷子になってる最中だったのよね。バラバラになったら兵隊さんに怒られちゃうわ〜。だからセレス、ルチア連れて行くのは却下！」

わたしを挟んで火花を散らすマリアさんとセレスさんの後ろで、冷気を漂わせる殿下とそれを諫《いさ》めるアグリアルディ団長という混沌とした空間に、思わず現実逃避したくなりました。どういう状況ですか、これは！

そういえば、似たようなシーンを以前見たことがあります。ジーナさんとジーノさんが再現付きで熱く語っていたお芝居のシーンだったんですが、ちょうどこんな感じで主人公を二人の男性が取り合うというものでした。が、まさか自分が取り合われる立場になるとは思いませんでしたよ！

双方から手をつかまれたわたしは、途方に暮れて空を見上げました。うん、いい天気ですね！お洗濯したいです！

ルチア、異国の衣装を身に纏《まと》う

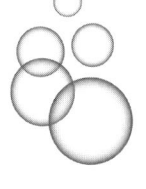

皆さんと別れて庭園を出ると、わたしたちを探していた衛兵さんたちに遭遇しました。その顔色にわたしは叱責《しっせき》を覚悟したのですが、マリアさんは言葉巧みに二人を丸め込みます。

その手腕には感動すら覚えたのですが、部屋で待っていた侍女さんたちには通じませんでした。

「まぁ！　聖女様たち、どちらへいらっしゃっていたのですか！」

迷子になったと伝えるマリアさんでしたが、年嵩《としかさ》の侍女さんたちは不審そうな表情で一瞥《いちべつ》をくれるだけです。こちらへ来たときにはもう少し友好的な態度でしたが、なぜか急に冷たい態度です。

「さぁ、パーティの準備を始めますよ。もう準備はできているんです。お早くお願いします！」

どうやら侍女さんたちは、わたしたちが帰ってこなかったので随分待たされてじれているようでした。険のある声に急かされて、わたしとマリアさんは別々の部屋へ連れて行かれました。

「こちらがダル・カント王国の正装となります」

ダル・カントの正装は、バンフィールドのものとはだいぶ違います。胸の下でぎゅっと締められているところは同じですが、こちらの国の衣装は胸元の露出が激しいのです。

目の前の鏡で自分の格好を確認したわたしは、なんだか急に恥ずかしくなって袖で胸元を隠しました。

「あ、あの、さすがに胸元が空きすぎでは……」

「これが我が国の正式です。さぁ、お迎えの方が見えております」

ひっそりと上げたわたしの抗議の声は、侍女さんの感情の見えない声にぴしゃりと封じ込められました。


わたしを迎えに来たのは、四人の男性でした。ですが、なにかおかしいです。彼らが着ているのが揃いの制服ではなく、バラバラな礼服だからでしょうか。それとも、これからパーティだというのに、彼らがすでにそれを気崩しているから？

「あの……？」

怪訝な声を上げたわたしを無視して、侍女さんは乱暴な手つきで彼らにわたしの身柄を突き出します。その行動に不安になったわたしが彼女を見るのと、彼らがわたしを拘束するのは同時でした。

「おとなしくしておいでよ、お嬢ちゃん」

耳元で囁かれたざらついた笑い声に、ゾッと鳥肌が立ちました。おかしいです。絶対に変ですよ、この状況！　普通に迎えに来た方とは思えません！

そんなわたしの懸念は、侍女さんの冷たい声によって確証へと変わりました。

「貴女がいけないのですよ。わたくしたちの姫様を、悲しませたりするのだから」

「…………っ！」

感情の見えない瞳が、わたしを眺めやります。そこに横たわるのは静かな敵意。ですが、男たちによって口や手を拘束されたわたしは、突然突き付けられた敵意に質問をすることさえ許されず、そのまま連れ去られたのでした。

わたしを連れ出した男の人たちは、そのまま人気のない庭園の方へと向かっていきます。遠くで聞き慣れない異国の音楽がかすかに聞こえますが、それもどんどん遠ざかって、不安を煽っていきますよ！

どうしよう、この人たち、誰なんでしょう？

「ひひ、怖いか？」

揶揄うような声音で、一人の男性が笑います。その笑い声に追従して他の三人も笑い出しました。彼らの笑い声に危機感を募らせたわたしは、少しでも離れたくて身をよじろうとしましたが、全然外れる気配がないです。外れるどころか力をこめられすぎて痛いくらいです。

怖い！　待ってください、本当に怖いんですけど！　せめて口さえ自由になれば叫べるのに！　魔物と対峙《たいじ》したときとは違う怖さに包まれながら、わたしはさらに庭の奥のほうへと連れて行かれました。

わたしを人気のない場所へ連行する男性は四人。だらしなく礼服を着たリーダー格の人に、その人に従っているらしき三人。年の頃はレナートさんと同じくらいでしょうか。四人とも生粋《きっすい》のダル・カント人なのか、肌は浅黒く、髪の毛の色も暗めです。

彼らに〝シャボン〟をかけたら、魔物のようにおとなしくなるでしょうか？　いざとなったらそうして逃げだしたいですが、口を押さえられている現状、唱えることはできません。

冷静さを失うまいと、わたしは一生懸命に思考を巡らせました。そういえば、先ほどの侍女さんが言っていた〝姫様〟というのは、多分チェチーリア姫のことですよね？　セレスさんに一目惚れしていたチェチーリア姫がわたしの存在を悲しみ、王女様の憂いを取り除きたいと思った人たちが、わたしを取り去ろうとしているのならば……あれ、結構今ってピンチじゃないですか？　わたし！

身の危険を改めて感じたわたしが真っ青になったとき、わたしを引き摺るようにして歩いていた男たちがようやく足をとめました。

「っと。ここらへんでいいか。おい、準備はいいか？」

「ああ」

ずんぐりとした体格の男性が取り出したのは、大きな牙のようなものと蹄《ひづめ》。それで一体なにをするのかと怯えるわたしへ、リーダーさんはくすくすとおかしそうに笑いました。

「君にはここで魔物の犠牲になってもらうよ」

牙を手にして嗤《わら》うリーダーさんの脇で、蹄を手にしたずんぐりさんがペタペタと地面に跡をつけていきます。よく見るとリーダーさんの手の中の牙は、鮮血に濡れています。一体、誰の……。

わたしの不安な視線を感じたのでしょう。リーダーさんは血まみれの牙の先端を見せつけるように突き出すと、その血液が誰のものかを教えてくれました。

「これは可哀想な門番君の血だよ。これから君の血で上書きされるけどね。大丈夫、オレら慣れてるから。この牙も、使うのはなにも今日が初めてじゃないさ」

「そうそう、優しく殺《や》ってやるからさ」

「うるさい、声がでかい」

下卑《げび》た笑い声をあげる巻き毛さんを殴ると、リーダーさんは一歩わたしに近寄りました。

声、声さえ出れば！〝シャボン〟がどれくらい効果があるかはわかりませんが、きっと今よりはマシになるはずです！

一刻の猶予もないと判断したわたしは、必死に抵抗しました。突然暴れだしたわたしに、口元を押さえていた、たれ目の人の手が少し緩みます。

「痛ッ！」

「《シャボン》……！」

たれ目さんの手を思いっきり噛んで隙を作ると、わたしは叫ぶように唱えました。悪意を持っている人間にどう効くかはわかりません。マリアさんはイライラが治まったと言っていましたけれど、彼らはイラついているわけじゃないので、本当にどうなるかわからないです。でも、殺されるわけにはいきません。だから、シャボン《これ》に賭けるしかないんです……！


「なっ……！」

突然現れた大きなシャボン玉に、四人はひるんだようでした。

「な……んだ⁉」

四人を包んだシャボン玉が割れるのと、彼らが脱力するのは同時でした。拘束する手が緩んだのをいいことに逃げ出そうとしたわたしは、けれども次の瞬間強く腕を引かれて引き戻されました。

「なんだ今のは！」

わたしの腕をつかんで怒鳴ったのはリーダーさんです。う、全然効いてないじゃないですか！おとなしくなったようには到底見えないその形相に、わたしは慌てました。ど、どうしましょう！

「今のは――お前の魔法なのか⁉」

さっきは君って呼びかけていたのに、今やお前呼ばわりです。むしろ悪化した感じですよね？

リーダーさんに詰め寄られたわたしは、絶望感に打ちひしがれていました。そうですよ、もとはショボすぎる魔法だったんです。何度も都合がいいことが起こるはずがなかったんですよ……！

けれども、蒼白になるわたしに、リーダーさんは思いもよらないことを言いだしました。

「もう一度かけてくれ！」

「……はい？」

もう一度と真剣な表情で強請《ねだ》るリーダーさんの後ろで、巻き毛さんたちもざわめいているのが見えます。え……と、これは、なにが起こっているんですか？

「しゃ、《シャボン》……」

四人の男性に詰め寄られて、恐る恐る唱えます。再度現れたシャボン玉に、リーダーさんたちは恍惚《こうこつ》とした表情を浮かべて身もだえしました。こ、怖い！　さっきとは違う意味で怖いです！

「やばい、これはやばい」

「やばいな！」

なにがやばいのかさっぱりわかりませんが、彼らはやばいやばいと呟《つぶや》きつつ、頷きあっていました。やばいって……わたしが置かれているこの状況のほうがやばいんじゃないんですか⁇

ですが、先ほどまでの切羽詰《せっぱつ》まった空気が消えたのは確かです。助かるんでしょうか？　空気が変わったからとはいえ、依然として四人の男性に囲まれたままではそれすら判別がつきません。

「ひっ」

そんなことを考えていると、リーダーさんがぐるりとわたしの方へ向き直りました。若干、目が血走っているようにも見えます。リーダーさんはつかんでいた腕を一旦放すと、両方の掌でわたしの両手を包み込みました。

「命は保証する！　お前に手を上げたりしないと誓うから、俺たちと来てくれ！」

「い、嫌ですよ……！」

「お前を殺すわけにはいかない！　オレは今まで生きてきて、こんなに充足感を感じたことはない。お前を失うわけにはいかない！」

――気に入られて連れてかれたらどうすんだ――

アマリスの街で酔っぱらいのお兄さんに絡まれたとき言われた、ガイウスさんの言葉が耳によみがえります。両手をがしっとつかまれて懇願されている今の状況って……もしかして、まさにそれ、ですか？

待ってください、この魔法、一体どうなってるんですか～！

ルチア、セレスに怯える

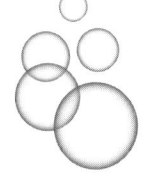

「嫌です！　行きません！」

「そういうわけにはいかない！　ここにいたらお前は殺されちまうだろ！」

「殺される……って、殺そうとしてるのあなたたちじゃないですか！」

なにを言っているのかさっぱりわかりませんよ！

わたしは両手をリーダーさんからもぎ取ると、再びつかまれないよう胸の前に引き寄せます。その拍子にセレスさんから贈られた腕輪に指先が触れました。セレスさん、た、助けてくださいっ！

「すまない、ちょっとばかしドレスの裾をもらうぞ」

「袖のほうがちぎりやすいんじゃないか？」

リーダーさんたちは口々に相談を始めると、必死に距離を取ろうとするわたしの袖をつかみました。シースルーのひらひらした袖は、逃げようとするわたしとちぎろうとするリーダーさんたちの間で無残に引き裂かれます。ああっ、これ借り物なんですよ!?　絶対高いのに……これ以上借金増えたらどうしましょう！

「これ、借り物なんですよ！」

「大丈夫だ、やんごとなき方の指示だからな！」

得意げに巻き毛さんが胸を張りますが……それってバラしちゃいけない情報じゃないんですか？

ああ、ほらまたリーダーさんに殴られてるし！

　わたしから取り上げた片袖を、手にした魔物の牙で引き裂くずんぐりさんの隣で、たれ目さんが小さなナイフで自分の腕に傷をつけ、袖や地面に血をばらまいています。本格的に魔物のせいにしてわたしの存在を消そうとしているみたいなんですが……そんなにうまくいくとは思えないです。

　大体、警備がしっかりしているはずのお城で、一体だけ魔物が現れて静かに数人の犠牲者を出していなくなる、なんて筋書き、素人目にも粗《アラ》がありすぎるように思えます。ですが、あまりにも堂々と行動していますし、彼らの〝やんごとない〟依頼主はもうそこらへんは織り込み済みで、おかしくても追及せずに終わるんでしょうか……。


　どんどんと誘拐の算段をつけている彼らに逃げ道をふさがれてしまっているわたしは、命の危険は感じなくなったものの、どうしていいかわからずに途方に暮れていました。〝シャボン〟がある限り彼らはわたしを殺さず匿おうとしているみたいですけど、それなら匿うんじゃなくて逃がしてくれないでしょうか。

「！」

　困り切ってつらつらとそんなことを考えていると、目の前を風が奔《はし》りました。空気を切り裂くような音とともに、鮮血が散ります。鮮血って……えぇ⁉

「うわぁあっ！」

　悲鳴を上げて地面に転がったのはずんぐりさんでした。ドレスの片袖をつかんでいた手で、今は自分の脚を押さえています。指の間からだらだらと赤い血が流れているのを見て、今の風がその脚を切り裂いたのだとわかりました。

「な……ッ！」

ずんぐりさんの負傷に気色ばんだリーダーさんが振り向くと、その視線の先にはわたしが誰よりも見知った人の姿がありました。

「彼女から離れろ！」

「セレスさん……っ！」

短剣を右手に掲げたセレスさんが手を一閃《いっせん》させると、先ほどのような鋭い風がリーダーさんたちを襲います。そういえば少しだけ魔法が使えるって言っていましたけど、これがそうなの⁇

風が四人の足元を駆け抜けたのと、セレスさんがわたしのところにたどり着いたのは同じくらいでした。脚を負傷した彼らは皆一様に蹲《うずくま》っていて、現れたセレスさんに駆け寄るわたしを止める人は誰もいません。

「ルチア、大丈夫？」

「あ、はい。大丈夫……です。一応」

「一応⁉」

わたし自身は大丈夫ですが、袖を破かれてしまったドレスは大丈夫でないのでそういう風に答えると、どうやら余計な心配をかけてしまったようでした。

「ルチアになにをした」

青空の瞳に底光りするような怒りを宿してセレスさんは四人をねめつけました。怖いっ！　さっきのとは種類の違う怖さです。冷気漂うっていいますか、底冷えする怖さです。シェレゾ村で怒られたときや、揶揄う殿下に怒ったときとは、もはや別格なんですよ！

憤怒《ふんぬ》の形相のセレスさんに、わたしもリーダーさんたちと一緒に震え上がりました。わたしが怒られたわけではないですが、問答無用に怖かったんです。

「あ……う」

「なにをしたのかと訊いている」

「セレスさん！」

ぴたりと短剣の刃先をリーダーさんの首筋に当てたセレスさんに、慌てて取りすがります。このままだとさらに血を見る羽目になりそうですが、それは御免こうむります！　もう怖いのはこりごりですよ！

「事情は後で話します！　でも、とりあえずこの人たちを捕まえてください。門番さんに危害を加えたと先ほど言っていました。でも、この国の衛兵に突き出すのはナシです！　上の方の人が絡んでいる可能性が高いです！」

「上層部が……？」

わたしをこの人たちへ渡した侍女さんは、王女様のためだと言っていて、そして彼らは依頼主が尊い人だと言っていました。そんな状態でこの人たちを普通に引き渡したら、なにもなかったことにされそうです。相手の狙いがわたしだけならまだしも、怪我人も出ていますし、本当の目当てがマリアさんだったりしたら大問題です。

「そいつぁ穏やかじゃないなぁ」

「ガイウスさん！」

「よ、嬢ちゃん。隊長サンたちと探してたら、こっちで〝シャボン〟が発動するのが見えたからすっ飛んできたんだが……さすがに隊長サンは早《は》ぇなぁ」

セレスさんに訴えていると、植え込みの向こうからガイウスさんとエリクくんがやってきました。皆さん、さっきの〝シャボン〟を見て駆けつけてくれたんですね……！

「なに、この惨状。隊長さんがやったの？　脚の腱《けん》だけ切り裂くとか、エグっ！　女の子の前でやるこっちゃないよ」

「首かっ切ったり、手脚切り飛ばしてないだけ手加減したんだろうよ。で、なんだ？　そしたら王太子ドノのとこに連れてきゃいいのか？」

セレスさんだけでなく、ガイウスさんやエリクくんが駆けつけてくれたのを確認したわたしは、ここにきてへなへなと地面にへたり込みました。今まで緊張してたみたいです。すごく手が震えて、みっともないです。

「ルチア！」

「だ、だいじょ……」

「大丈夫とか言うな。ひとりで我慢しなくていいんだ。……ごめん、見つけるのが遅れて。怖かったよね」

そう言ってわたしを覗き込む空色の瞳には、先ほどまでの灼《や》けるような怒気はどこにも見当たりませんでした。

ルチア、セレスの部屋へ連れて行かれる

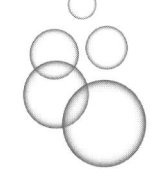

セレスさんに連れられて男性陣の部屋へ来たわたしは、開けられたドアの前で逡巡しました。生まれてこの方、男性の部屋に入ったことがないのでちょっと躊躇《ためら》われるというか……いえ、別にセレスさんだけの部屋じゃないですし、後ろには例の四人を引き摺っているガイウスさんとエリクくんがいるので緊張することもないんですけれど。

「嬢ちゃん、早く入っちまいな」

「あ、はい」

ガイウスさんにポンと頭を撫《な》でられて正気に返ったわたしは、意を決して部屋の中へと足を進めました。労《いた》わるようにセレスさんが、そっと背中に手を添えてくれます。

わたしは肩を覆うセレスさんのマントをきゅっと握りしめました。ドレスの袖を破られてしまったので、それを隠すために今はセレスさんからマントを借りています。セレスさんの香りに包まれていると、安心する反面、なんだかドキドキしちゃいますね。

ひとり顔を赤くしながら入ると、思った以上に男性陣に宛がわれた部屋は大きなものでした。三部屋が続き部屋になっていて、ドアを開けてすぐの居間は今ここにいる三人が使っている部屋で、その奥の部屋がアグリアルディ団長とレナートさんが使っている部屋、そして一番奥にある主寝室

を殿下が使っているのだそうです。最初は別々の部屋を宛がわれる予定だったそうですが、殿下がひとまとめにしてほしいと希望した結果、こういう部屋割りになったのだとガイウスさんが説明してくれます。

「んじゃ、オレはひとっ走りして王太子ドノか団長ドノでも呼んでくっわ。隊長サン、ちびっこ、あとよろしくな」

「えっ、ボクが行くよ！」

「なんかあったとき、おまえが雷の一つでも落としてやればおとなしくなるだろうが、おっさんのオレには複数の相手はしんどいんだよなぁ。ということでよろしくな。隊長サンはルチアについてやれよ」

「言われなくともルチアはひとりにしない。ガイウス、よろしく頼む」

「おっと、余計だったみたいだな。んじゃ、あとでな」

背中を向け、頭の上でひらりと手を振ると、ガイウスさんは殿下たちを呼びにもと来た道を戻っていきます。その姿を見送っていたエリクくんが、ため息を一つ落とすとちらりと四人の誘拐犯の方へ険のある視線を投げかけました。

「おじさんたちさぁ、覚悟決めといたほうがいいよ。依頼主を吐くのか吐かないのか、ちゃんとしとかないとあとが怖いと思うよ」

おじさんたち、とひとまとめにされた誘拐未遂犯さんたちは、エリクくんの言葉に下を向きました。今の彼らは後ろ手で拘束されているのですが、暴れる気も逃げ出す気もないようで、先ほどまでの行動が嘘のようにひどくおとなしく見えます。

「あんたたちさぁ、ルチアを殺そうとしたんでしょ？　彼女がこの国の人間じゃなくて、聖女さまの随行者だとわかってて手を出したんだよね？　そうなるとさ、タダで済むわけないよね？　なにを考えて依頼受けたのか知らないけどさ、その〝上の人〟の名前を出すか出さないかで対処が違うかもだよ。考えとくといいよ」

呆れたような苛立《いらだ》ったような棘のある声音《こわね》で告げるエリクくんに、わたしの隣にいたセレスさんがそっと肩を抱き寄せてくれた、そのとき。

「ルチアッ！」

はじけ飛ぶように扉が開いて、悲鳴のような声とともにマリアさんが駆け込んできました。マリアさんの後に殿下とアグリアルディ団長、レナートさん、そしてガイウスさんの姿があります。

「ルチア、ルチア大丈夫⁉　怪我はない⁇」

飛び込むようにして現れたマリアさんを抱きとめると、がしがしと身体のあちこちを確かめられました。痛いですよマリアさん！

「大丈夫ですよ、なんともないです」

「あんたたちね！　ガイから全部聞いたわ！　よくもやってくれたわねぇ！」

「ぎゅわっっ！」

わたしの無事を確認し終えたマリアさんは、一転して誘拐未遂犯さんたちに凄んで見せました。マリアさんの肩に乗ったシロも翼を広げて威嚇の声を上げます。普段可憐なマリアさんですが、怒ると迫力があって怖いです。

「マリア」

身動きの取れない彼らの襟をねじりあげるようにしていたマリアさんを、殿下が冷静な態度で制しました。

「エド！」

納得がいかないといった様子のマリアさんの肩に手をやると、殿下はにっこりと笑います。間違いなく笑っているのに、ひやりとした空気があたりを包みました。この感じは……少し前のセレスさんと同じじゃないですか！

「マリア？　いい子だから僕の部屋へ行っておいで？　ルチアと一緒に。いいね？」

「……わかったわ」

「きゅー」

笑顔なのに怖い。そんな人がこの場に二人も集結しています。すごい確率ですね。目に見えて怒っているマリアさんより、笑顔の殿下やセレスさんの方が怖く感じるって……わたし、疲れてるんでしょうか。

「セレスティーノ、マリアとルチアを僕の部屋へ案内したら戻っておいで。エリク、君はフェルナンドの部屋で待機。フェルナンド、レナート、ガイウス、君たちは先に彼らから話を聞いてくれ」

殿下は皆さんに役割を振ると、にっこりと満面の笑みを見せました。

「さぁ、君たち、僕に聞かせてくれるよね？」

奇麗な殿下の笑顔を見せられた誘拐未遂犯さんたちは、蛇に睨まれた蛙《かえる》のように、全員揃って身震いをしたのでした。

ルチア、おねだりを受ける

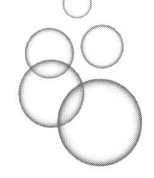

どれくらい経った後でしょうか。誘拐未遂犯さんたちの事情聴取が終わったからとレナートさんが呼びに来たので最初の部屋へ向かうと、そこにはがっくりうなだれた四人と、彼らを挟むようにして立つセレスさんとガイウスさん、そして少し離れたところに椅子を置いて腰かける殿下とその脇に佇《たたず》むアグリアルディ団長の姿がありました。

「じゃあ、僕はちょっと話し合いに行ってくるから」

わたしたちの姿を見た殿下は、相変わらずのにこやかな笑みを残すとアグリアルディ団長を引き連れて部屋を出ていかれました。話し合い……ということは、黒幕が誰かわかったということでしょうか。

「で、こいつら……」

「お嬢ぉおおお！　さっきのアレかけてくださいぃいい！」

「おれたち反省してるんですぅうう！　ちゃんと依頼主も吐きましたぁああっ！」

「だからっ！　だからっ……！　癒やしてくださいぃ！　回復薬じゃ心は癒えないんだぁっっ！」

「もう悪いことはしませんからぁああっ！」

事情を訊こうとマリアさんが口を開きかけた途端、床にへたり込んだままの四人が叫び声をあげました。すがるように〝シャボン〟をねだる姿に、マリアさんとわたしはびっくりして身を寄せ合いました。びっくりしたマリアさんにつられたのか、マリアさんの肩にいるシロもしっぽを立てて、きゅっ！　と短く鳴き声を上げます。

「へぇえ……まだ懲りてなかったんだ？　俺、ルチアに近寄るなって話、君たちにしたよね？」

「ひぃッッ！」

わたしとの間に立ちはだかるように立ったセレスさんに、ひどく怯えた悲鳴が上がります。セレスさん……なにしたんですか？　なんでこんなに怯えられてるんですか⁇

「ストーップ。隊長サン、嬢ちゃんいるから自重。暴走した挙句に怖がられても知らねぇぞ。で、おまえら。回復薬使ってやっただけでもありがたく思え。これから罪に問われるんだ。傷なんて治さなくてもよかったんだぞ。わかったらその口閉じろ。嬢ちゃんも手を出すなよ」

「あ……はい」

ガイウスさんにたしなめられて、わたしは慌てて頷きました。請われるままに〝シャボン〟をかけようとしていたのを見透かされたみたいです。

わたしが頷くのを見たガイウスさんは、ずんぐりさんの脚をブーツの爪先でつつきました。回復薬を使ったといった通り、その脚の傷はもうなくなっているようですね。

「兄さん、蹴るのはやめてください。とりあえず、聖女様とルチア嬢はいったん真ん中の部屋でおくつろぎください。殿下たちが戻られるまで一緒にいるとしても、この部屋ではゆっくりできないでしょう」

レナートさんの申し出に、わたしとマリアさんは顔を見合わせました。たしかにこの状況では二人で部屋に戻るのは躊躇われますし、かといって十人もこの部屋に集まっているのは、いくら広い部屋とはいえ、ちょっとせまっ苦しいです。

「そうね……そしたらあたしたち、さっきの部屋にいるね。ここにいるとこいつらが目に入って鬱《うっ》陶《とう》しいし」

「きゅ！」

マリアさんが首肯《しゅこう》すると、それに追従するようにシロが頷きます。シロ……相当マリアさんに懐いていますね。

「行こう、ルチア。それとシロ、痛いから爪に力入れないでってば。ほらおいで」

「きゅ～……」

マリアさんは肩によじ登っていたシロを腕に抱きかかえ直すと、再び奥の部屋へと向かいました。

慌ててわたしもその後を追います。


「なんかさ～、セレス怖かったわね」

「殿下も……迫力ありました」

「エドが怒るとこなんて初めて見た気がするわ。それはともかく、早くお風呂入ってドレス脱《こ》ぎた《れ》いっ。早く戻ってこないかな～」

一段落したことで力が抜けたのでしょう。先ほどはわたしの無事を確認するだけだったマリアさんでしたが、いつもの調子を取り戻してころんとそこにあったベッドに横たわりました。その腕の中にいたシロも同じように転がると、ポンポンとクッション性を確かめるかのように跳ねだします。

「シロ、髪の毛引っ張らない！　ねー、やっぱあのワガママ姫の仕業なのかなぁ？　ルチアを狙うとか、あいつくらいっぽくない？」

「わかりません……本当にどうしてわたしなんでしょう？」

髪の毛にじゃれつくシロを引きはがすと、マリアさんは仰向けになっていた体勢をうつぶせにして頬杖を突きました。

「メーナールの天晶樹、浄化してやんないわよっ！　って気分よね～。あたしたちがなんのためにこの国に来てるか考えろっつーの！」

素足になった脚をプラプラさせながら悪態をつくマリアさんを見つつ、わたしは考え込みました。たしかに、王女様が気に入った相手にわたしがくっついていたからと言って、ここまでやるのは少し浅慮《せんりょ》といいますか、考えがなさすぎる気もします。

「だからお子様なあのお姫様なんでしょ～。いかにもやりそう！」

「まだチェチーリア姫が依頼主とは決まってませんよ」

「セレスたちに訊く？　あー、さっき訊いときゃよかった。まぁ今から訊けばいいか。おーい！」

マリアさんはベッドに転がったまま声を張り上げます。

「おーい、セレスかレナートかガイ～」

「……どうされましたか？」

マリアさんの声に呼ばれてやってきたのはセレスさんでした。

「あのさ、結局さっき訊き漏らしたんだけど、あいつら動かしてたのって誰なの？」

マリアさんの質問に、セレスさんはわたしを見ました。答えるかどうか迷ったのでしょうか、視線をさまよわせると、軽くため息をつきます。

「教えてくれたっていいでしょ？　ルチアなんて当事者なんだよ？　ねぇ～、セレスぅ！」

「セレスさん、わたしも知りたいです。教えてもらえませんか？」

ねだるマリアさんの声に乗っかると、セレスさんは再びわたしを見てから、その視線をマリアさんへ移しました。

「ではご報告を。彼らの依頼主は――ベルナルディーナ姫でした」

「え？」

セレスさんの口から出た名前に、わたしはマリアさんと顔を見合わせました。脳裏に浮かぶのは薔薇園の中で佇んでいたすらりとした姿です。なよやかなその姿からは、あんな恐ろしい依頼を出した人間だとは想像がつきません。

「ベル……それって、あのぶりっこ姫？　チェリーなんとかって方じゃなくて？」

マリアさんはびっくりしたように目をぱちくりとさせました。驚くのもわかる気がします。チェリーリア姫がわたしを厭《いと》うのはわかるのですが、ベルナルディーナ姫とわたしでは接点がありません。狙われる理由がわからないんです。妹を思うが故《ゆえ》……という理由では、あそこまでする理由にはならない気がしますし。

「どうして……」

わたしの疑問に、セレスさんは首を振って答えました。

「理由はわからない。彼らはただ依頼を受けてそういうことをやっていただけらしい。一応彼らもダル・カントの貴族ではあるみたいなんだが、素行が悪かったそうなんだ」

「エドは件《くだん》のお姫様のところへ行っているの？」

「多分、ダル・カント王のところかと。王女様も事実確認のため呼ばれるかもしれないですが、今日呼ばれるかまではわかりません」

「そうなんだ……」

「なので、殿下がお戻りになるまではこちらにいてください。ご不便を強いてしまいますが、よろしくお願いいたします」

セレスさんの頼みに、わたしたちはもう一度顔を見合わせた後、頷きました。たしかにこの状況で部屋に戻るのは躊躇われます。


「マリア、起きている？　開けても構わない？」

しばらくしたあと、控えめなノックと共に殿下の声がしました。お戻りになられたようですね。

「起きてるわよ～。おかえり、エド」

「……うん、ただいま、マリア」

少し疲れた様子の殿下は、マリアさんの出迎えにゆるりと微笑まれます。

「どうだった？」

マリアさんの問いかけには答えずに、殿下は無言のまま彼女の頭を撫でました。思いがけない行動にパッと顔を赤らめたマリアさんを見た殿下は、もう一度笑顔を浮かべると、今度は身体ごとわたしに向き直ります。

「ルチア、すまなかった」

「⁉」

わたしはあまりの事態に言葉を失いました。まさか王太子殿下に二度も謝罪を受けることがあるなんて、思いもしませんでしたよ！

「君には悪いことをした。僕のせいで怖い思いをさせてしまったようで、すまない」

「い、いえ、殿下が謝られることでは……」

「いいや、ここでは話せないけれど、今回の一件のきっかけになったのは僕だ。君は本来狙われるはずじゃなかったんだ。……無事でよかった」

囁くように小声で話される殿下は、あまりお休みになられていなかったのでしょう、目の下に隈《くま》を作ったその様子は、以前お目通りした際の国王陛下を思い出させます。

「ハーバート陛下とは話がついた。予定を繰り上げて明朝メーナールへ発《た》つ。支度ができ次第出るから、そのつもりでいてほしい」

ダル・カント王とどのような話し合いをされたのかはわかりませんが、話せないとおっしゃるからには、この話題をこれ以上つつかない方がいいのでしょう。

ベルナルディーナ姫の動機がわからずじまいでモヤモヤしますが、仕方ありません。わたしは胸に凝《こご》った疑問を無理やり飲み下すと、殿下のお言葉に頷いたのでした。

ルチア、胸をなでおろす

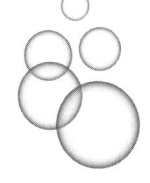

到着時と違って、出立時の空気は重いものでした。立ち会ってくださった王家の方はダル・カント王とエルアナ妃だけで、ベルナルディーナ姫だけでなくチェチーリア姫もイルデブランド王子もいません。あとは豪奢《ごうしゃ》な服を着た貴族の方が何名かいるのみです。

「エドアルド王子よ、本当に護衛は不要か？」

「いりません。たしかに我々は少数ですが、ここまでこの人数で無事にやってまいりましたし、人数が増えては行程も延びましょう。天晶樹の浄化は早く済ませてしまわないと、僕も帰国できませんしね」

「そうか……。そなたたちには色々迷惑をかけた」

「詫びはちゃんと支払っていただきますからお気になさらず」

「……ベルナルディーナはセオトルにある修道院に送った。実行犯たちは」

「その話はここでは。では」

殿下はベルナルディーナ姫たちの話をわたしたちに聞かせたくなかったのでしょう。殿下の制止によって。ダル・カント王の話はそこで終わりました。

それにしても、ベルナルディーナ姫は修道院へ行かされたんですね。誘拐未遂犯さんたちはどうなったんでしょう。侍女さんたちもなんらかの罪に問われるのでしょうか。気になることはたくさんありますが、今は訊ける雰囲気ではないです。

わたしたちは改めて挨拶を受けると、それぞれ出発の準備をしました。ここへ来るまで頑なに馬車には乗らなかったマリアさんも、今は殿下と一緒に馬車に乗り込んでいます。一方、わたしはセレスさんの馬に同乗させてもらいました。


旅装を整えてお城を出ると、そこはダル・カントの人々でひしめき合っていました。わたしたちが通る予定の大通り沿いにダル・カントの騎士団の方々が並んでいて、その後ろに隙間もないほどファトナの人たちが詰め寄っています。

「びっくりした？」

背後からセレスさんの声がしました。はい、ものすごく。そしてセレスさんの馬に乗せてもらったことを少し後悔しています。目立ってます、無駄に目立ってますよ、わたし……！

「国の思惑はそれぞれだけどさ、こうやって送り出してくれる人たちを見ると、皆、天晶樹の浄化を待ち望んでいるんだなぁって思うよね。彼らのためにも、頑張らなくちゃなって、気が引き締まるよ」

内心冷や汗なわたしをよそに、セレスさんは歓声を上げる人たちへ、にこやかに手を振り返しながらそう呟きました。

でも、本当にそうですよね。天晶樹の浄化が果たされれば、皆魔物に怯えなくて済むんです。怖い思いも、お父さんのように魔物の手にかかって亡くなることもないんです。わたしも、マリアさんを支えて頑張らないと！

皆さんに見送られつつ、ファトナの城門をくぐります。結界のない城門の外は、まだ魔物の影響があるかもしれないということで、途端に人気がなくなりました。

外はいい天気です。むしろ暑いくらい。まっすぐ延びた街道も白く乾いています。さわやかな風が木々の梢を揺らしていて、魔物が出るなんて嘘みたいな光景です。天晶樹の浄化が終われば、こののどかな光景に、今は見えない人々の姿が加わるんでしょうね。

「ルチア」

のんきにあたりを眺めていたら、背後にいたセレスさんにぎゅっと抱きしめられました。片手に手綱を持ったセレスさんは、空いた方の手でわたしの身体を支えるようにして抱き込んでいます。

周りの目が気になってきょろきょろとすると、いつの間にか他の皆さんは先に進んでいて、わたしたちの乗った馬は、一行の殿《しんがり》にいました。

「ごめんね、怖い目に遭わせて。俺がもっと早く迎えに行けば、あんな目に遭う前に守れたのに」

「あっ、いえ！　そんなことないですよ！　わたしこそ、助けてもらったのにまだお礼言ってませんでした。セレスさん、ありがとうございます。あのとき来てもらえなかったら、連れて行かれてました」

人前で抱きしめられたりすることに慣れていないわたしは、皆さんに見られないかひやひやしてしまいましたが、セレスさんは特に気になっていないようです。

「大丈夫ですよ。ほら、〝シャボン〟もありますし。わたし、結構図太いんですよ！　あれくらいじゃ壊れませんせん！」

「無事であっても、怖い目に遭ったのは変わらないだろう？　あのとき、君の魔法が見えたってエリク殿が教えてくれたから駆けつけられたけど、ホント、間に合わなかったらと思うと……」

セレスさんは悔しそうに唇を噛みますが、セレスさんが悪いわけじゃないですよ！

「セレスさん、来てくれたじゃないですか。大丈夫です、わたしは無事でしたよ。だからこのお話はこれでおしまい。それよりセレスさん、わたしどうしても気になっていることがあって。お城の門番さん、無事だったんですか？」

わたしは無理やり話題を終わらせると、どうしても気になっていたことを尋ねました。

「重症だったけれど、生きているよ」

セレスさんの答えに、わたしは胸をなでおろしました。生きている。生きてるんですね！

「よかった……死んでしまっていたらどうしようかと思ってたんです」

「うん、エリク殿が回復薬をいくつか持ち歩いていて、それがあったおかげで一命はとりとめたんだ。あのときルチアから聞いていなかったら手遅れになっていたかもしれない」

怪我はつらいけれど、死んでしまうよりよっぽどいいです。わたしはエリクくんに感謝しながら肩の力を抜きました。回復薬を持ち歩いていてくれて、本当にありがとうございます……！

ルチア、事件の真相を聞く

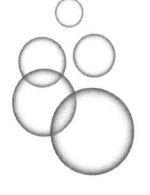

門番さんの無事は判明したけれど、何故《なぜ》わたしが狙われたのか、王女様がわたしに危害を加えてなにがしたかったのかまではわかりませんでした。休憩のために馬車を降りても、殿下は誰とも口を利かずにいましたし、馬車に同乗していたマリアさんに訊いても、それは教えてはもらえなかったとの返答があっただけです。

「エド、なんか変なのよ。あれからずっと黙りこくってて上の空だし」

ファトナも遠くなったし、馬車にいても気詰まりだからあたしも馬に乗る！　と、マリアさんはガイウスさんのところへ走っていきます。

そんなマリアさんの背中を見つめながら、わたしは殿下の心中を思いました。事件のきっかけになったのは自分だったと、つらそうに瞳を揺らす姿が思い起こされて、やるせなくなります。まだ、ベルナルディーナ姫のことを気に病んでいらっしゃるのでしょうか。

気になるけれど、誰もが触れられない。そんな時間を数日過ごした日のことでした。

「皆、ちょっといいだろうか」

もはや手慣れたと言ってもいい野営の準備が終わった後、ずっとふさぎ込んでいた殿下がわたしたちに声をかけてきました。もう夜でも気温が高くて、皆、焚《た》き火から離れたところにいたのですが、殿下の号令に久しぶりに焚き火を囲んで丸くなります。

「僕の話を聞いてもらえるだろうか」

「一体どうしたっていうんですか」

隊服の上着を脱いで、さらに下に着ているシャツもボタンを開けて腕まくりをしているガイウスさんが、汗を拭きつつ尋ねます。

「ファトナ城の事件のことだ」

うすうす感じていたとはいえ、殿下の言葉にわたしたちは顔を見合わせました。ファトナを出てからというものの、ベルナルディーナ姫のことは触れてはいけない暗黙の了解のようなものになっていたので、殿下の話を聞くことに躊躇いがあります。

そんなわたしたちの様子は目に入っていないのか、はたまた気にしないことにしているのか、殿下は全員を順番に見ていきます。そうして最後にわたしを見ると、殿下は瞳を伏せました。

「……改めて詫びよう。すまなかった」

「殿下！」

「これは王太子としてではなく、旅の仲間として、エドアルド個人として詫びているのだ。他に誰が見ているわけでない。いいだろう、フェルナンド」

咎《とが》めだてるアグリアルディ団長を手で制すと、僕は君たちに迷惑をかけてばかりだな、と、殿下はマリアさんとわたしに薄く笑いかけました。

「ベルナルディーナ姫は、僕の婚約者になる予定だったのは知っているね。ああ、マリアには話したことはなかったかな。彼女との婚約はほぼ決定だったんだ。ただ――」

「あたしがやってきたから、破棄《はき》された？」

言いづらそうに口ごもる殿下の言葉を、マリアさんが掬いあげました。

「……王太子妃は、言い換えれば次期王妃だ。その選定基準は単純に政治的なものになる。父上は、ダル・カント王国の第一王女より、救国の聖女がもたらすものの方が大きいと判断されて、決まりかけていた彼女との婚約を白紙に戻した」

わたしは、フォリスターンに向かう途中で聞いた殿下のお話を思い出しました。ただただ〝役に立つかどうか〟だけで決められていると、そういうお話でしたよね。

「彼女――ベルナルディーナとは、僕がダル・カントの〝学びの塔〟へ留学していた五年前に知り合ったんだ。あのときはイルデブランド王太子がまだ生まれていなかったから、当時王太女だった彼女は、慣例として〝学びの塔〟に通っていた。〝学びの塔〟への入学は男子ばかりだったし、塔に入学できるほど特に学問に秀でていたわけではなかったから、彼女はひどく浮いていてね、留学生だった僕とよく一緒にいたんだよ」

過ぎ去って日々を懐かしむような光をそのエメラルドの瞳に宿して、殿下はベルナルディーナ姫のことを語りだしました。

「婚約の話がハーバート陛下から持ち込まれたとき、僕は彼女なら王太子妃としてやっていけると思ったんだ。彼女は努力家だった上に気心は知れていたし、ダル・カントはアクイラーニやガリエナよりは大きな国だ。僕の相手はバチス以外から迎えることは決定していたから、婚約の話はどんどん進んでいったんだが――そこでアクイラーニの襲撃が起こって、聖女を召喚することが決まった。そしてバンフィールドが聖女召喚国となったために、その話は立ち消えたんだ」

以前殿下のお話を伺《うかが》ったときのように、誰もなにも言いませんでした。虫の声と薪《たきぎ》がはぜる音だけがしているところまで以前と同じだな、とぼんやり思いながら、わたしは殿下のお話に耳を傾けます。

「婚約が流れたことに関して、薄情にも僕はそういうものかとすんなり納得してしまった。ダル・カントの王女が王妃となるより、救世の聖女が王妃となった方が、より我が国の利益になるのだと。――でも、彼女は……違ったんだ」

殿下はうなだれると、膝の上で組んでいた両手を額に押し当てました。軽く嘆息して、再び言葉を継ぎます。

「すべては僕のせいだと、僕が彼女を選ばなかったから、こんな事件を起こしたのだと詰《なじ》られたよ。多分、彼女が本当に狙いたかったのは、僕か、もしくはマリアだろう。ルチアが狙われたのは側杖《そばづえ》を食らった形だと思う。本当にすまない。君たちに、僕は……僕の国は迷惑をかけてばかりだね」

力ないその姿は、いつもの殿下らしくありません。〝バンフィールド王国の王太子〟の仮面を取った殿下は、ひどく疲れて頼りなげに見えました。

「ねぇ……その、お姫様やその他の人たちはどうなったのか、訊いてもいい？」

遠慮がちに、マリアさんが尋ねました。それはわたしも気になっていたことだったので、身を正して殿下の返答を待ちます。

「ベル……ベルナルディーナ姫は、ハーバート陛下がおっしゃっていたように、セオトルという辺境の地にある修道院で生涯を過ごすことに決まった。修道院とはいっても、ここの修道院は王族や貴族の子女のための幽閉場所でしかない。まわりになにもない場所だと聞いた。実行犯は前科が多数あったため死罪。一族は死罪は免れたものの、当主は蟄居《ちっきょ》の上、領地は改易《かいえき》になったはずだ。共犯の侍女たちもそれぞれ任を解かれ、実家に戻るか、もしくは離縁されて修道院へやられた」

「そんな――」

思った以上の断罪に、思わず声が漏れてしまいました。発言したわたしを見ることなく、殿下はかすかに笑います。

「ひどいと思うかい？　だが、これでもマシな方だ。僕らは単なる国賓《こくひん》じゃない。天晶樹の浄化を行う聖女一行に害をなすということは、魔物に怯える国民を保護する王族としては一番やってはいけないことだ。彼女がそれをわかっていなかったはずはないと思うが――もう、僕にはよくわからないな。ここまでするほど、婚約を破棄した僕が憎かったのかもしれない」

殿下は頭《かぶり》を振ると、顔を上げられました。その顔はすでに普段通りの様子で、さきほどまでの弱さはどこにも見当たりません。

「ダル・カントからは詫びとして、十年間〝学びの塔〟の学者を十名、バンフィールドに派遣する約定を交わした」

「学者を？　よく借りられたね。だって彼らは塔から出ることなく学問を探求し続けるんでしょ？」

〝学びの塔〟という単語に、エリクくんが驚きの声を上げました。〝学びの塔〟の学者は、アカデミアの研究者と同じく――もしくはそれ以上に、国外に出ることがないと聞きます。バンフィールドにおけるアカデミアと同じで、〝学びの塔〟はダル・カント王国の宝なのに、贖罪《しょくざい》としてその彼らを十年も手放すほど、今回の事件は大事だったっていうことですか？

「僕はね、彼らを派遣してもらって、マリア、君が話してくれたむこうの世界の学校をバンフィールドにも作りたいと思っているんだ。君は学生だったたって言ってたよね。誰もが学校に通い、文字や計算を習うと。〝学びの塔〟のような専門的なものでなく、もっと簡易的なものだけどね」

「学校を？　あ、そういえばこっちって学校に通うってシステムないんだっけ？」

「うん、でも君の世界の話を聞いて、作ってみたいって思っていたんだ。聖女の召喚をなくすことと、学校を作ること。君と出会うまで、僕はただ漠然と王位を継いで国を守る将来しか考えていなかったけれど、君と出会ってやりたいことができた。勝手を言うことを許してもらえるとしたら、僕はできたら僕の隣で、君に導いてもらいたい。——ねぇ、マリア」

「エド……」

「君は、帰りたい？　それとも、この世界に残ってくれる？」

【挿話】ベルナルディーナ姫の願望

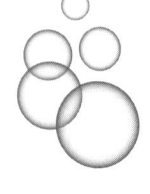

「ベルナルディーナ姫、どうしてこんなことを？」

わたくしを見つめながら、あの方がいたましそうに眼を眇《すが》めました。

どうして？　――そんなこともわからないんですか？　わたくしが、愚かにもなぜこんなことをしでかしたのか、その理由を、他でもない貴方がお尋ねになる？

伝わらない想いが悲しくて、わたくしはうっそりと嗤いました。

「エドアルド様――わたくしは謝りませんわ。こういう結末になるのはわかっておりましたから」

「ベルナルディーナ！　お前は、なぜ――」

エドアルド様へ笑ってみせるわたくしへ、焦《じ》れたようなお父様の声が降りかかります。見れば憔悴《しょうすい》した様子のお父様の姿が目に入ってきますが――ごめんなさいね、お父様。わたくし、後悔しておりません。こんな計画、もとよりうまくいくとは思ってはいなかったのですから。

「ごめんなさい、お父様。それで、わたくしはどうなるのかしら？　斬首？　幽閉？　それともどこかへ嫁がされるのかしら？　なんでもよろしくてよ」

「お前は――」

強情なわたくしに、お父様はうなだれました。申し訳ないとは思いますが、しでかしてしまったことは取り消せません。

「ねぇ、あの方は亡くなったんですの？　あの――栗毛のおとなしそうな方」

「彼女は生きている」

「そう――それはよかったですわね」

わたくしは殺そうとした少女の姿を想い出しました。おとなしそうで、地味な印象の少女。あの娘と身分を超えるほど仲のいい、ただそれだけの価値しかない平凡な少女。彼女が死ななくてよかったと胸をなでおろす自分もいるし、反対になぜ死ななかったのかと唾棄《だき》する自分もいます。

「さあ、お話は終わりにいたしましょう。連れて行ってくださいな。わたくし、どこへでも参りますわ。チェツィやお母様、イルデブランドにはお父様からよろしくお伝えくださいまし。こうなってしまってはもう会えませんから」

大切な家族たちを想い出し、かすかに胸が痛みました。瞼を閉じ、懸命に感傷をやり過ごします。愚かな計画に手を染めると決めたとき、決心したではありませんか。

あの方の目に映る最後の姿がみっともなくてはいけないと、わたくしは背筋を伸ばして、できうる限りの奇麗な笑顔を浮かべました。

「ベル……」

そんなわたくしの姿に、あの方は呼び慣れたわたくしの愛称を口にしてくださいます。ベル。〝学びの塔〟でともに机を並べていたときは、貴方《あなた》はそうやってわたくしを呼んでくださいましたね。そして今回この国に来て、今、初めて呼んでくださった。あの娘が隣にいるときは、決して呼んでくださらなかったわたくしの愛称。

湧き上がる喜びをそのままに、わたくしは笑顔のまま、あの方を詰ります。

「すべては貴方のせいです。貴方が、わたくしを選ばなかったから。さようなら――エドアルド様。貴方を心から愛しておりましたわ」

わたくしはエドアルド様を振り切ると、やってきた近衛兵に連れられて部屋を後にしました。

「ベル！」

あの方が呼び止める声が聞こえましたが、わたくしは振り向くことをいたしませんでした。


ねぇ、エドアルド様。

ここまですれば、わたくしは貴方の中で忘れられない人間になりますか？


だって、単なる婚約者候補だったわたくしは、いつか忘れられてしまう。想いが叶わない上に、貴方に忘れ去られてしまうなんて、わたくしには我慢できませんでした。忘れられるくらいなら、貴方の中に、一筋の傷としてでも残っていたかった。


すべては貴方のせいです、エドアルド様。貴方が、わたくしを選ばなかったから。

だから貴方がわたくしではなくその娘を選ぶというなら、せめてわたくしという娘もいたのだということを覚えていて。

貴方に恋い焦がれた挙げ句、世界の平和や国の利益よりも己の願望を優先した、愚かなわたくしの存在を。

ルチア、マリアの気持ちを聞く

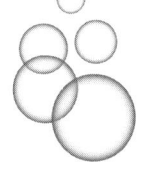

殿下の問いかけに、その場にいたすべての人間の視線がマリアさんへ集まりました。もちろんわたしだって例外ではありません。

マリアさんが帰還するのか、それともこのままこの世界に残ってくれるのか。それは誰もが気にしていたことでした。

「あたし……」

全員の注目を集めたマリアさんは、少し居心地悪そうにうつむきます。

「あの、悩んでて。それで、仮に帰ったとして、こっちにまた来れる手段はあるのかな、とか……」

誰とも視線を合わせず、下を向いたまま、マリアさんはもじもじと指に髪の毛を巻き付けていました。「帰ってもまた来たい」ということなんでしょうか？　今の発言は。

発言の意図を汲みかねたのはわたしだけではなかったようでした。殿下が優しく、先を促すように尋ねます。

「それは？」

「あのね、あたし、もちろん帰りたいんだけど……でも、こっちの世界にはルチアもエドもいるし、ちょっと離れがたい気もして。その、悩んで、マス……」

「また来れる手段があったら帰ってきてくれるのかい？」

「わかんない……」

睫毛《まつげ》を伏せ、自信なさげな様子で地面を見つめるマリアさんは、溜め息に乗せてそう呟きました。

「向こうの世界のほうが住みやすいし、あたしには断然合ってるんだけど、あっちにはさ、皆いないじゃない？　だから会えなくなるのさみしくて、決断つかないっていうか……また気軽にこっちに戻れる方法があるならいいな～って思った次第です」

　マリアさんのこの世界への未練は、わたしたちの存在でした。マリアさんの返答に、殿下は少し困ったような笑みを浮かべます。

「マリアをこの世界に招んだ方法はね、魔法陣の上に置いた聖女召喚の秘石に、アカデミア特製の、魔力を籠めに籠めた魔石をぶつけるんだ。そう簡単にはいかない」

　殿下の説明に、アカデミア所属の魔法使いであるエリクくんが困ったように眉を顰めるのが見えました。

「アレかぁ……。うーん、となると、用意するにはかなりの年数が必要になるよ、聖女サマ。同じ魔石を作るためには、今のアカデミアじゃ人手が足りない。アクイラーニの竜討伐のときに結構な人数が死んじゃったからさ」

「何年かかるの？」

「えー……ざっと計算して七年……ううん、十年はかかるかな。今後力のある魔法使いが現れればもう少し短縮できるかもだけど。元々聖女サマのときの魔石も、いつか来たる日に向かって数年かけて準備してたんだよね」

どうやら魔石を準備するには相当な期間が必要なようでした。顔を翳《かげ》らせるマリアさんに、申し訳なさそうな表情を浮かべたレナートさんがとどめを刺しました。

「数年後にもう一度招ぶと仮定して、〝天晶樹の雫《しずく》〟が複数個用意できなければ、聖女様は再び元の世界へは戻れないと思います。こちらの判断で再びそのような状況にさせるのは、非常に心苦しいのですが。しかもそのタイミングは、聖女様のご希望には添えません。元の世界に馴染《なじ》んで幸せに暮らされているところに、再び我々の勝手でお招びするのはどうかと……」

レナートさんの言葉にがっかりした表情を浮かべたマリアさんへ、ガイウスさんが非情にも追い打ちをかけます。

「つまり、帰っちまって二度と戻らねぇか、もしくはいったん帰るものの、数年後にはこちらへ戻らされてその後はもう二度と戻れない。どちらかしか選べねぇってことか?」

カナリス兄弟の指摘に、マリアさんはがっくりと肩を落としました。

「うぅ……。それって、どっちにせよ決断先延ばしにできないってこと……?」

「ですね」

「だな」

「もうひとつ提案がある。確実ではないとは思うが、魔石さえ用意できれば、秘石と魔石をマリアに持たせて帰国させて、帰ったマリアが希望すればむこうから自分でこちらへの扉を開くことはできないだろうか?」

うなだれたマリアさんへ、殿下が思いもよらないことを言い出しました。

「殿下、秘石は王家の宝です。陛下がお許しになるとは思えません」

「魔石を準備する頃までに僕が王になっていれば問題はなかろう？　もちろん、魔石の準備期間にマリアが帰りたいと願うならばその場で帰す」

「ですが！」

「フェルナンド、わかっているだろう？　父上はもう永《なが》くない。病身を抱えて政務に当たるには、もう無理があるんだ。数年後には代替わりだ」

首を振るアグリアルディ団長を、殿下は静かな声音で突っぱねました。そこには情は見られず、あくまでも決められている予定を語るような口調でした。

というか、陛下はご病気だったんですか⁉　言われてみれば、あのおつらそうな様子はそうとも思えました。

「ですが——そのやり方でこちらの世界へ戻れるか、確証はないんですよね？」

わたしの隣でセレスさんが探るような声を上げると、それすら織り込み済みだとばかりに殿下は頷きます。

「ああ。だから賭けになるな。マリアには申し訳ないが」

「エド、その秘石っていうの、大事なものなんでしょ？　あたしが持ってくわけにはいかないいんじゃ……」

不安そうなマリアさんに優しく笑いかけると、一転して殿下のエメラルドの瞳はわたしへ向けられました。

「それは構わない。我が国は今後異世界から聖女を招ぶことはないからね。この世界のことはこの世界の人間で行うべきだ。大体……この世界には、この世界の聖女がいるはずだ」

射貫くような殿下のまっすぐな視線に、わたしは一瞬なにを言われたのか理解できませんでした。

「マリアの力は水晶を介さなくても使える。ルチア、君の力も同じだろう？　他の魔法のように天晶樹の媒介を必要としない特殊な魔法。さらにそれが〝洗い流す〟能力ときている。実際キリエストの天晶樹は君の力だけで浄化された。〝異世界の聖女〟がマリアだとしたら、〝この世界の聖女〟は君ではないだろうか？」

自説を披露される殿下ですが、待ってください、わたしが聖女とか、ないです。だってマリアさんを見てくださいよ？　力があって、可憐な美少女で、いかにも神秘的な聖女様って感じですよね？　それに比べてわたしは、どこにでもいるような平凡な人間です。比べようがないです。並べちゃダメです。わたしが聖女を名乗るなんておこがましいことこの上ないです！

――ですが、どこかで納得している自分もいることはたしかでした。

わたし自身は平凡すぎて〝聖女〟と名乗るにはふさわしい存在ではありませんが、わたしのこの力は平凡とは程遠く、他の魔法と違いすぎています。服から瘴気《しょうき》に至るまでなんでも洗うことができて、マリアさんの光の魔法と同じく、水晶に触れていなくても発動できます。シャボン玉が出るだけだと思っていた頃には気になりませんでしたが、天晶樹の浄化まで果たしたこの能力は――普通じゃないです。

「僕らは過去の伝承から異世界の聖女《マリア》ありきで考えていたから思いもしなかったけれど、本来の聖女は異世界人のマリアでなく、ルチア《きみ》だったのかもしれない。天晶樹の浄化はこの世界の中だけで完結すべきことで、そのためにルチア、君の能力があった。千六百年前の聖女召喚のときも、もしかしたら君と同じ能力の人間がこの世界のどこかにいたのかもしれない。けれども、その人物は市《し》井《せい》に埋もれて見つからず、たまたま召喚された異世界の聖女が天晶樹を浄化した。だから僕らは〝天晶樹を浄化するには、異世界から聖女を召喚しなければいけない〟と思い込んでいた――」

殿下は側で立ちすくむマリアさんのほっそりした手を、労わるようにそっと握りました。手に触れられて、マリアさんがきっぱりとしたまなざしで殿下を見上げます。

「あたしは、聖女のスペアだったと？　そういうわけ？」

「違う、君は誰かの代わりじゃない。君も、間違いなく浄化の力を持った聖女なんだ。ただ――〝この世界の聖女〟ではなかっただけ。もちろんこれは僕の推測でしかない。だが、あながち的外れでもないと思っている。僕たちはもっと努力すべきだったんだ。安易に聖女を招くのではなく、自分たちの手でどうにかできないかと、手を尽くすべきだった。だから……マリア、すまない。本当に君には申し訳ないことをした。だが、勝手を許してもらえるなら、僕は……君に会えたことを感謝したい」

「本当に、勝手よね」

「自覚はある。だが、恋情とはそういうものだろう？」

「さぁ、どうかしら？　絶賛恋愛中の誰かさんに訊いてみたら？」

「君は恋愛中じゃないの？」

いつもの調子に戻ったマリアさんは、呆れたように眉を下げると、くすくすと鈴を振るような笑い声を漏らしました。楽し気なマリアさんの様子に、殿下も笑みを浮かべます。

「え、なに？　このタイミングでいきなりいちゃつくわけ？」

「不敬罪でしょっぴかれるぞ、ちびっこ」

「え、だって、今大事な話してなかった？　ボクの聞き間違い？」

エリクくんとガイウスさんの会話を耳にしながら、わたしは混乱していました。だって、突然聖女扱いされても困ります。わたし、これからどうしたらいいんですか？　こんなお話をするってことは、なにかを求められているんでしょうか⁇

発端はファトナでの事件のお話でしたよね。で、殿下はそれとともにマリアさんの進退を伺いたかった……傍にいて、一緒に未来《まえ》を向きたかったから。そしてマリアさんへの贖罪として聖女召喚の秘石を渡そうとされて、その流れでわたしのことを聖女だと、そうおっしゃった。んん？　となると、特にわたしに求められていることはない……んでしょうか？　単なる話の流れ？

殿下のお話をどう判断したらいいかわからず戸惑っていると、そっと手を繋《つな》がれました。セレスさんです。

見ると、セレスさんはひどく険しい顔をしていました。手を繋いできたからといっても、そこに甘い雰囲気は欠片《かけら》もありません。

「セレスさん？」

「あ……いや、なんでもない」

顔を覗き込むと、セレスさんはぎこちなく秀麗な顔をゆがませました。笑顔を作ろうとして失敗したようなその表情に、不安が募ります。

「どうしたんですか？」

わたしの問いかけに、セレスさんは答えませんでした。ただ、かすかにわたしの手を握る掌に、力が籠められます。

言いようのない不安を消せないまま、わたしはその手を握り返すことしかできませんでした。


殿下のお話を伺った野営が終わると、そこから最後の天晶樹があるメーナールまでは特にアクシデントもなく、順調に旅は続きました。

落ち込んでいらっしゃるようだった殿下も、事件の話を終えたことで気持ちに区切りがついたのか、愁眉を解かれてすっきりした顔になりましたし、様子のおかしかったセレスさんも、あれ以来普段通りの笑顔を浮かべています。ガイウスさんはいつも通りエリクくんかレナートさんと絡んで楽しそうですし、エリクくんは時折手帳を出してなにかを書き留めています。レナートさんはにこやかな笑顔でお兄さんやアグリアルディ団長の相手を務めていて、普段あまりお話をされないアグリアルディ団長も、旅の終わりが近いことで気がゆるんだのか、時折楽しそうにレナートさんと談笑をされている姿が見受けられました。マリアさんはシロを構い倒しつつもわたしとおしゃべりに興じていましたし、皆が皆、普段通りというか、おかしいくらいなにも起こらない日々が続いたのです。

そうして、とうとうわたしたちは最後の天晶樹を取り巻く森の中へと足を踏み入れました。すでに二本の天晶樹を浄化した成果なのか、数匹毒を持つ猪《いのしし》の魔物をちらりと見かけたものの、彼らはこちらを襲う様子もなく森の奥へと姿を消す始末です。

耳に入るのは地面を蹴る馬の蹄の音に馬車がガタガタと軋む音、そしてのどかな鳥の囀《さえず》り。強い陽射しは深い森に遮《さえぎ》られて肌まで届きませんし、木立を揺らす風は気持ちがいいくらいです。

「怖いくらい静かですね……」

天晶樹に近づいているというのになにもないのがむしろ不安になったわたしは、思わずそう呟いていました。わたしの呟きに、セレスさんが同意します。

「うん、ほんとだね。こんなに魔物に遭遇しないことなんてなかったから、むしろ不安になるな。この先、なにかあるかもしれないから気を引き締めていこう」

「ですね」

それにしても、この先にある天晶樹を浄化さえすれば、この旅も終わりなんですね。

三本の天晶樹が浄化さえすれば、魔物の横行は収まると聞いています。もう、お父さんのように魔物に殺される人はいなくなるんです。そう思うと、ここにいることがひどく感慨深く感じました。もう、わたしのように魔物に家族を奪われる人はいなくなるんです。大切な人を殺されてしまう人や、ひとりぼっちになる子どもが減ることは、とても素敵なことです。それに、魔物がいなくなるということは、魔物退治を主な業務としていたなんでも屋さん――つまりセレスさんが危険にさらされることが減るということです。今のわたしにとって、それはすごく大事なことでした。

「わぁ……」

あげた歓声は誰のものだったでしょうか。それはその場にいたすべての人のものだったのかもしれません。

目の前に現れた最後の天晶樹の姿に、わたしたちは歩みを止めました。黒く凝った瘴気をまとう天晶樹が、本来は美しくきらめくことをわたしたちは知っています。そして、その姿が見られるのも、もう間近に迫っていました。

「これが、最後の天晶樹……」

殿下とともに馬車から降りてきたマリアさんが、巨《おお》きな天晶樹を見上げて呟きました。きゃわ、とマリアさんの腕の中にいるシロが、追従するように短く鳴きます。

「近くに魔物がいないか確認してきます」

「ああ。レナート、ガイウス、きみたちも頼む」

「わかりました」

「了解」

さすがに現れない魔物に不安を募らせていたのか、セレスさんたち騎士団のメンバーが四方に散ります。今までは魔物の警戒より浄化を優先していましたが、〝天晶樹の雫〟を確認する必要がある今は、安全確認が欠かせません。

「ルチア、これで最後だね」

「そうですね……」

天晶樹を見上げたまま動かないで、マリアさんがわたしに言葉を投げかけてきました。シロがマリアさんの腕の中から抜け出すと、パタパタと翼を羽ばたかせてその昏《くら》い梢に近づいていきます。

「見つかるのかなぁ」

「見つかりますよ、きっと。だって以前も見つかったんですから」

なにが、とはあえて言葉にしないで、わたしたちは天晶樹の雫に思いを馳《は》せました。そっとその手を取ると、マリアさんは天晶樹から視線を外してわたしを見つめ、口を開きます。

「あたしね、一度帰るよ。いっぱい考えたんだけど、やっぱり、どうしても向こうが気になるの。お父さんやお母さんに会いたい。すぐに帰るかまでは決めてないけど……帰ってこれるよね」

「……はい、マリアさんが願うなら、きっと」

マリアさんは、揺れる瞳でわたしを見つめ続けます。

「ルチアたちとは離れがたいの。それは嘘じゃないの。きっと、こっちで過ごしてもやっていける気はするんだよ？　――でも、やっぱり家族は特別なの。あたしの、一番の味方だったから。さよならも言わないで、二度と会えなくなるのはつらいんだ」

家族の大切さは身に染みてわかります。会えなくなるなら、せめてお別れを言いたい。そう願うのは、マリアさんが大切に育てられてきた証《あかし》でもあります。

「帰るときはその場にいてくれる？」

「はい、赦《ゆる》されるなら」

「誰がダメっていっても、あたしが希望するの。たった一人の親友だもん。帰ってくるからさ、見送ってよ。いってらっしゃいって、言ってね。で、帰ってきたら」

「おかえりなさい、ですね」

「うん」

わたしたちは小さな約束を交わして、再び天晶樹を仰ぎました。

ルチア、マリアと手を繋ぐ

「ねぇ、これで最後だし、この樹は一緒に浄化しない？」

にこりと愛らしい笑顔を浮かべると、マリアさんはそう提案してきました。

「最初の樹はルチア、次はあたし。そしてあたしたち二人とも聖女っていうならさ、最後は一緒にやるってのが筋でしょ？」

それに、とマリアさんは少しはにかみながら言葉を継ぎます。

「友達となにかを一緒にやるってさ、ちょっと憧れてたっていうかぁ……そのさ、ルチアと、想い出がほしいなって」

「わたしもっ……わたしも、マリアさんと想い出、ほしいです。マリアさんさえよければ、ご一緒してもいいですか？」

「いいから誘ってんでしょ！　んもう、遠慮しぃなんだから！」

「きゅきゅっ」

「はい、シロも力を貸してくださいね」

すいっと降下してきては、自分も混ぜてと言わんばかりに身体をこすりつけるシロに、わたしはお願いをします。二人で浄化をするとどうなるかはわかりませんが、マリアさんと比べて魔力量の少ないわたしが倒れて迷惑をかけないためには、シロに協力してもらわないとダメです。

「二人とも、よろしくお願いしますね」

「あたしこそ」

「きゅっわ〜！」

マリアさんとシロと協力を誓い合っていると、あたりに結界石を置いて回っていたエリクくんが戻ってきました。結界内にある天晶樹に生《な》った卵果から生まれる魔物には意味はありませんが、普段野宿をするときのようにあたりに設置しておくと、大抵の魔物は近寄ってこれないそうです。

「置き終わったよ。もうあんまり魔物も見ないから、意味ないかもだけど」

「浄化前に調査しますか？」

「うん、ちょっと見てみる。まぁ、〝浄化を終えた聖女の帰還アイテム〟だし、天晶樹の浄化が終わると出てくるのかもって思うんだけどね」

首をかしげながら、エリクくんは黒い靄《もや》に包まれた天晶樹へ近づきました。手の届く場所の葉を引っ張ってみたりしますが、見た感じ、結果は思わしくないようです。

そうこうしているうちに、あたりの警戒に当たっていたガイウスさんとセレスさんが戻ってきました。

「特になんもいねぇぞ」

「団長、先ほど見かけたトゥルフ・トロイトも、今は近くにいないみたいです」

「そうか。二人ともご苦労だった。あとはレナートだけだが……ああ、戻ってきた」

二人から報告を受けたアグリアルディ団長は、木々の奥のほうから走ってきたレナートさんを見つけて頷きました。これで全員揃いましたね。

「大変です！」

「どうした」

息せき切って戻ってきたレナートさんは、いつもの冷静さはどこかに置き去りにしたようです。若干青ざめたまま、ずれた眼鏡のブリッジを押し上げると、ぞっとするような報告をしました。

「竜が、近づいてきています！　この少し先の開けた場所から見えた様子では、ほどなくしてここへ到達します！」

「何体だ？」

「一体。ですが、成体です。アクイラーニを襲ったものと同じ、黒い竜です」

レナートさんの報告に、あたりはざわめきました。竜は凶暴なものの、個体数はそう多く確認されていません。ただ単に人里を襲っていないだけかもしれませんが、その破壊力はアクイラーニの一件で証明されています。セレスさんがとどめを刺したあの竜は、数えきれないくらいの人々の命を奪いました。ここにいる八人だけで勝てるかどうか。

「きゅう」

色をなくしたわたしの腕の中で、短くシロが鳴きました。キリエストの天晶樹に生った卵果から生まれた、白い竜の仔。シロには、どこにも凶暴なところは見当たりません。

自分の心臓の音が聞こえるようでした。シロは、無害です。わたしが、浄化したから・・・・・・

「……マリアさん」

「な、なに」

「ごめんなさい。天晶樹の浄化、お任せしてもいいですか？」

わたしは、右手でシロを抱えなおすと、空いた左手でマリアさんの手をぎゅっと握りました。かすかにふるえるその手に、力をもらいます。怖いのは、わたしだけじゃない。皆きっと怖いです。

大丈夫、できる。絶対できます！

「わたしは、竜を浄化します」

「ルチア！」

　スラリと剣を鞘から払ったセレスさんを見つめながら、わたしは声を絞り出しました。

　わたしには、できることがある。わたしにしか、できないことがあるんです。できることがあるならば、やらなければいけません。

「大丈夫ですよ、だって、魔物を鎮《しず》めるの、得意なんです。知ってるでしょう？　わたしの力は、そういう力です」

　青空の瞳が、まっすぐわたしを見ています。だから、怖くないです。だって、わたしはひとりじゃない。セレスさんが、マリアさんが、皆さんがいてくれるんです。皆の存在が、わたしの力になるんです。

　殿下は、この世界の聖女がわたしで、異世界の聖女がマリアさんだとおっしゃいました。本来天晶樹を浄化する役目は、わたしなのだと。

　たしかにこの世界のことはこの世界の人間で完結すべきことです。ですが、同時に二人の聖女が存在する意味は、もしかしたらこういうことでもあったのかもしれません。天晶樹を浄化する聖女と、その聖女を守る存在。どちらがどちらというわけではないです。異世界の聖女の力を借りて、より安全に天晶樹の浄化を果たすために、もしかしたら召喚が必要だったのかもしれません。

「マリアさんは天晶樹の浄化を、わたしは魔物の浄化を。できますよ。シロもいてくれるし、できないことはないです」

レナートさんの報告通り、強く空気を打ち震わす翼の音と、たたきつけるような突風が木立を揺らしました。それと同時に、黒く禍々《まがまが》しい姿が視界に映ります。

「いきましょう、マリアさん」

「……そうね。いくわよ！」

繋いだ手に、再び力が籠《こも》りました。わたしたちはひとりじゃない。だから、戦えるんです。

「《世界の礎《いしずえ》たる天晶樹よ、汝《なんじ》に光あれ》‼」

「《シャボン》‼」

マリアさんとわたしの声が重なると、虹色の光が奔り、あたりを染めつくしました。

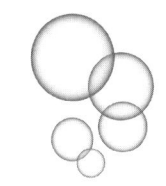

ルチア、旅の目的を達する

現れた七色の光は、わたしも魔物も天晶樹もすべてを呑み込んで天を衝《つ》き、世界をその色に染めました。光っていると感じるのに、まぶしくはありません。ただキラキラと光るその光に目を奪われるだけです。

「！」

はっと気が付くと、目の前に迫っていた黒い竜の輪郭が、ぼんやりと光に溶け出しました。ゆるり、と溶け出したそれは、あっという間に形をなくし、竜は跡形もなく光に還《かえ》っていきます。

「魔物が……」

魔物が消えたということは、これは浄化の光？　マリアさんの力なんでしょうか。ああ、でもこの色は〝シャボン〟と同じ色です。つまり、わたしとマリアさんの魔法が融合した？

わたしはマリアさんと繋いでいる手を見ました。手を繋いだから？　それとも一緒に唱えたから？　今までにない効果に、戸惑いが隠せません。

そう思ったときです。マリアさんと繋いだ手と逆。シロを抱えていた手からふっと重みが消えました。普段なら飛んでマリアさんの方へ行ったのかと思いますが、目の前で消えた竜を見た後です。ハッとなって確かめると、ゆっくりと輪郭を失っていくシロの姿が目に入りました。

「シロ！」

わたしの声に、マリアさんの悲鳴が重なります。

「やだ！　シロ‼」

「きゅわ……」

「いやっ！　待ってください……！」

マリアさんの細い指が触れた瞬間、シロは小さな鳴き声を上げると、止める間もなくするりと光に溶けてしまいました。ころん、とわたしの手に小さな丸い石を遺して。

「いやぁあああっ！」

上げた悲鳴はわたしのものだったのでしょうか。マリアさんのものだったのでしょうか。その声に呼応するように光は強くまぶしくなり、目を開けていることすらできなくなります。

そして。

再び目を開けると、そこには輝きをまとった天晶樹があるのみでした。黒く凝った靄はすでに消え、いくつか生っていた卵果もその姿は見えなくなっています。

まるで幻のように消えてしまった二頭の竜の面影を探すように、わたしは掌の石を眺めました。

魔石によく似たその石は、シロの鱗《うろこ》の色をしています。そして真ん中には、その瞳を思わせる金の光がうっすらと透けて見えました。

「え……シロ、どこ行っちゃったの……？　シロ？　どこ？」

頼りなさげなマリアさんの小さな呟きに応える声はありません。周りを見渡しても、小さな愛らしい仔竜の姿はどこにもないのです。

「シロ……！」

へなへなと地面に膝をつくわたしの横で、マリアさんは激高して目の前の天晶樹の幹を叩きました。

「返して！　返してよっ！　なんで消しちゃうの？　あの子、悪い魔物じゃないよ⁉　さっきの黒いのと違うの見てわかるでしょ！　大事な子なの！　返してよぉっ！」

マリアさんの泣き声を聞きながら、わたしは掌に残された水晶を握りしめました。なんで？　なんで消えてしまったんですか？　マリアさんが言う通り、シロは人を襲う魔物じゃないです。孵《かえ》ってからずっとわたしたちと過ごしている仲間なんです！

「痛たっ」

「マリアさん⁉」

「今、なにか降って……って、なにこれ？」

天晶樹の根元に落ちたなにかを拾い上げたマリアさんは、頭のてっぺんをさすりつつ、まじまじとそれを観察します。

「なんか……金属？　石？」

涙を流しながら、マリアさんは指でつまんだそれをわたしたちの方へ向けました。雫型のその石は、マリアさんの光魔法のような金色をしています。

「ちょっと見せて！」

エリクくんの声に引き寄せられるように、わたしたちは靄の消えた天晶樹の根元に集まります。

エリクくんはマリアさんの手から雫型の石を借りると、矯《た》めつ眇《すが》めつ余すところなくその様子を観察します。

「ルチア」

背中に温かい掌を感じて顔を上げると、真剣な顔をしたセレスさんでした。

「大丈夫？」

「はい。でも、シロが……」

シロの名前を呼んだ途端、涙が出てきました。

「わ、わたしが、力を借りたのが悪かったんでしょうか？　シロ……消えちゃっ……」

「そんなことはないよ」

頭を引き寄せるように抱きしめられますが、涙は止まりません。セレスさんの服を濡らしてしまうな、と頭の片隅で思いつつ、そのまましゃくりあげます。

シロ、ごめんね、シロ。ごめんなさい。消えちゃうなんて思わなくて、安易に力を借りてしまってごめんなさい。

後悔しても、謝っても、魔石になってしまったシロは戻りません。どうしようもない想いを抱えて、わたしもマリアさんも、ひとしきり涙を流したのでした。

ルチア、跪《ひざまず》かれる

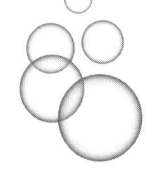

「これ……もしかしなくても、〝天晶樹の雫〟、だよね？」

マリアさんから金色の石を受け取って観察していたエリクくんが、その雫型にため息をつきました。どうしたら手に入るのかわからなかった、マリアさんが帰るために必要なアイテム。三本の天晶樹を浄化した途端現れたそれは、まるで聖女がお役目を果たしたといわんばかりです。

「ルチアが持ってるそれは……」

痛ましそうな表情で、エリクくんは続けてわたしの掌を覗き込みます。そこに転がるうっすらと金色を帯びた白い魔石にそっと指を這わせると、その琥珀《こはく》色の瞳が潤《うる》みました。

「シロ」

エリクくんの口から漏れたその名に、胸が痛みます。消えてしまった小さな竜。生まれたときよりだいぶ成長したものの、その姿はまだ成竜とは程遠い姿でした。まだまだ一緒にいれるはずだったのに。

「ありがとう、シロ。聖女さまとルチアを助けてくれて。ボクたちの世界を守ってくれてありがとう」

シロをなでるように優しい手つきで石の表面をなぞると、エリクくんはわたしを見て笑いました。

「泣いてちゃだめだよ、ルチア。別にルチアがなにかしたってわけじゃないじゃん。気になるなら、お礼を言ったらいいんじゃない？　謝るよりよっぽどシロは喜ぶと思うけど？」

泣き笑いの表情で、エリクくんは居住まいを正しました。そのうしろから、アグリアルディ団長がレナートさんとガイウスさんを従えてやってきます。

「マリア様、ルチア様」

わたしとマリアさんを前にすると、アグリアルディ団長は地面に膝をつき、深々と頭を下げました。そのうしろにレナートさんとガイウスさん兄弟が、さらにはわたしの隣にいたセレスさんまでもが同じように頭を下げています。

騎士団の四人にエリクくんが倣《なら》ったところでアグリアルディ団長が口を開きます。

「世界を救ってくださり、ありがとうございました。マリア様は異世界よりお連れすることになってしまって、誠に申し訳ありませんでした。我が剣はすでに国に捧げておりますが、これからどこにおられても、我が忠心はお二人に」

「えっ」

「はぁっ⁉」

殿下に寄りかかるようにして泣いていたマリアさんでしたが、思いがけないアグリアルディ団長の言葉に、ぽかんと口を開けました。わたしも同じような顔をしていたと思います。だって、突然そんな畏《かしこ》まられても、どう反応していいかわかりません！

「待ってよ、いきなりなんなの！」

あわあわしながらマリアさんが悲鳴を上げます。

「なんなの？　ちょっと頭上げてよ気持ち悪い！」

気持ち悪いと一刀両断したマリアさんに、寄り添っていた殿下が吹き出しました。

「気持ち悪いって……ひどいなぁ、マリア」

「だって！」

「城ではこうやって騎士たちを跪かせてたじゃないか」

「やめて！　黒歴史掘り返すのやめて！　あのときのあたしは調子に乗ってたのよぉおお～！」

頭を抱えるマリアさんを後目《しりめ》に、笑いを噛み殺した殿下が同じように跪きます。そうしてマリアさんのスカートの裾に軽く口づけると、裾に指をかけたままエメラルドの瞳を細めました。

「聖女マリア、君のおかげで世界は救われた。改めて礼を言わせてほしい。ありがとう」

「エドまで！」

困り切ったマリアさんに華麗な笑顔を見せると、殿下は今度はわたしの方へやってきました。え、待ってください！　今みたいなのはほんと困るんですけど⁉

けれどもわたしの願いは届かず、殿下は……あろうことかわたしごときの前に跪いてしまいました。

「聖女ルチア」

「やっ、殿下、頭を上げてください！　わたし、聖女じゃないです！　そんな風にされるほどじゃ」

同じようにしゃがもうとしたわたしを手で制すと、殿下は言葉を続けられます。

「君にも色々苦労をかけた。マリア同様、つらい目に合わせてしまってすまなかったが、世界を救ってくれてありがとう」

「いえっ、わたしはなにも」

「父上にも進言させてもらう。なにか要望はあるだろうか？　もちろんセレスティーノとの結婚についてはつつがな恙《つつが》なく執り行えるよう手配する。聖女と英雄の結婚に口を挟むものなどないだろう。そのほかに、なにか？」

　思いがけない申し出に、一瞬頭が真っ白になりました。

「聖女じゃないです、わたし。セレスさんとの結婚が許されるなら、それで十分です」

「ちょっと、ルチア！」

「だってそうですよ。〝聖女〟として招ばれ、送り出されたのはマリアさんです。帰ってきたときに聖女が増えてたら皆さん驚いちゃいますよ。大体、わたしはガイウスさんとこっそり出てきたんです。お城の一部の方たちには送り出してもらったけれど、ほとんどの人が知らないと思いますよ。今までの行程も聖女はマリアさん一人で来てますし、いきなり増やしたら混乱します！」

　マリアさんは不満げにしますが、一人だった聖女が二人になって帰ってきたら、皆さん驚きますよ。わたしだってびっくりです。顔すら知られていない人物が聖女ですって出てきても納得できませんし。

「それに、帰ったら褒賞金がいただけるって伺ってます。それで借金が返せるならそれで十分ですよ」

「借金……」

「え、ルチアその年で借金持ち？」

　借金の一言にまわりがざわつきます。そういえば借金があること、特に言わなかったですね……。

身の上話もした覚えがないので、セレスさんくらいしか知らないことだったみたいです。
「あの、お母さんのお薬代と、生活費を借りてて。お家の代金とお城でのお給金とで大半返しては
いるんですが」
「どんだけ莫大なのよ⁉」
「お家は古くて、ほとんどお金にならなかったんです。薬草を摘みに行って節約もしてたんですけ
ど、お医者様の代金が結構高くてですね、身売りする羽目になりかけたんですが」
「えッ！」
――そういえばここまで詳しい話はセレスさんにもしてなかったかもしれません。顔色を変えた
セレスさんに慌てつつ、わたしは急いで訂正します。
「いえ、お城のお仕事を紹介してもらったので、娼館へは行かなくてすみました」
「あんた……めちゃめちゃハードな人生送ってんのね……」
「ともかく、借金も返せそうですし、その……欲しいものはもうもらっちゃいましたし、特にない
んです。あえて言うなら表舞台に出ないでいいならその方がありがたいなぁ、くらいな」
今まで通り暮らせれば特にないです、と締めたわたしに、殿下は「欲がないな」とため息をつか
れました。欲がないわけじゃないんですが、最大の欲はセレスさんが叶えてくれたので他に思いつ
かないだけなんですよね……。

ルチア、失う

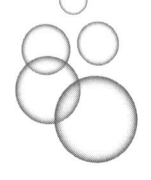

その後わたしたちは、言葉少なにメーナールの地を後にしました。天晶樹の浄化を終えて気分は高揚しているものの、同時に言葉は喋《しゃべ》れなくとも間違いなく旅の仲間の一員であったシロを失って、重く苦しい気持ちを持て余したわたしたちは、自然と交わす言葉を失っていたのです。

本来なら一度ダル・カントの王宮へ足を運んで報告をし、またお祝いのパーティをしていただく予定だったそうなのですが、ファトナ城の一件で気まずくなったのか、殿下はファトナにきちんと寄ることはせず、天晶樹の浄化を終えたことを手紙にしたためると、それを門番の方に渡してそのまま先を急ぐことにしたのでした。

「バチスにも寄るの？」

「いや、ハーバート陛下に連絡を託《ことづ》けたので、このままバンフィールドに戻ろう。もとから最後のメーナールのあるダル・カントには寄る予定だったが、そこですべての連絡をお願いする手はずだったんだ。僕らがいちいち寄り道するより、早馬を出す方が手早いからね。もう魔物もいないことだし、すぐにでも全土に広まるだろう」

マリアさんの質問に、殿下は首を振りました。ファトナに寄らなくて済むと知って、なんとなく皆さんの間にホッとした空気が流れます。それくらい、後味の悪い事件でした。

「そしたらまっすぐ帰るんだね」

「ああ。帰ったら、君を帰すための魔石の作製をアカデミアに依頼するよ」

「それなんだけど、もしかしたら、あの……シロの魔石が使えるかもしれない」

殿下とマリアさんの会話に、エリクくんが割って入ります。〝シロの魔石〟という単語に、マリアさんが胸元に細い指を這わせました。そこには、紐《ひも》で包み込むように編んだシロの石が揺れています。

マリアさんが帰還するために必要な〝天晶樹の雫〟は殿下が、そしてシロの遺した魔石はシロが懐いていたマリアさんが持っていて、マリアさんに乞われて首飾りにしたシロの石は、今までと同じく寝るときもずっとマリアさんと一緒です。

それにしても、シロの石がマリアさんの帰還のために使える石になる？

「機具がないからちゃんとは調べられないいんだけど、結構強い魔力が感じられるんだ。だから、多分これ一個で帰還に必要な魔力は賄《まかな》えると思うんだよね」

エリクくんの説明を聞いて、マリアさんがぎゅっと石を握りしめました。シロの力を使えば、マリアさんは時を移さずして元の世界へ帰れるんですね。マリアさんとの別れの時間がすぐそこにある。そう思うと、胸がいっぱいになりました。シロと別れたばかりなのに、またすぐ大切な人とお別れをすることになってしまう。マリアさんを笑って見送りたいのに、笑えるかどうか自信がありません。

エリクくんの話を聞いて、わたしはうまく表情を作れていなかったのでしょう。それに気づいたマリアさんが殿下のお側を離れてこちらへやってきました。

「ルチア！　あのさ、お願いがあるんだけど、あたしに〝シャボン〟かけてくれない？」

「〝シャボン〟……ですか？」

「そうよ。もう、気分爽快！　って感じになりたいの。ここしばらくお願いしてなかったしさ。ね？　いいでしょ？」

片目をつぶっておねだりするマリアさんに、ガイウスさんが笑い声をあげます。

「そういやだいぶご執心だったもんなぁ！　ここしばらくご無沙汰だったんか？」

「イヤな言い方するわね、ガイ！　いいじゃないの。ね、ルチアぁ。いいでしょ？」

「あ……はい。それじゃ《シャボン》！」

断ることでもなかったので、わたしはメーナールを離れてから初めてとなる魔法を使いました。

「え？」

呪文を唱えてもなにも起こらないことに、わたしを含め全員が唖然とした声をあげます。あれ？　ちゃんと唱えましたよね？　魔力切れ？　いえ、その割に身体に問題はありません。元気そのものです。

「しゃ、《シャボン》……」

戸惑いつつ、慎重に唱えなおしても、なにも起こらないままです。まるで、魔法が使えなくなったみたいに――

「ちょ、ルチア、これ！」

エリクくんが慌てて鞄から計測器と魔力回復薬を取り出します。渡されたそれを咥《くわ》えても、メモリは以前のようには動いてはくれず、うんともすんとも言いません。不安な視線をそのままエリクくんへ向けると、無言で魔力回復薬の瓶を手渡されます。

味も気にせず一気にそれを呷《あお》ると、再び計測器を口にしますが……やはり、メモリは始点を指したまま。ピクリとも動きませんでした。

「どうして……」

動揺するわたしを、セレスさんが黙って抱き寄せてくれます。

どうして？　どうして突然使えなくなったんでしょうか？　物心ついたときにはすでに使えていたこの力は、どんなときもわたしの中にありました。まさか使えなくなる日がくるなんて思ってもいなかったのに。

「――天晶樹が浄化されたから、なのか」

「え？」

ぽそりと頭上に落ちたその言葉に顔を上げると、大好きな空色の瞳がわたしを見つめています。

「君の力は浄化のためにあったと。そう考えるなら」

「役目を果たしたから、消えた？」

セレスさんの言葉を、エリクくんが引き継ぎます。

「じゃあ、あたしの力も？」

視線をわたしから自らの両手に移したマリアさんが、かすかに眉根を寄せて独《ひと》り言《ご》ちます。

「《光の球》！」

高らかに響くその声とともに、まばゆい光の小球が現れました。

「あ……」

「聖女さまの力は、まだ使えるんだ……」

「聖女様のお力がまだ使えるのは、あちらの世界でのお役目をまだ果たされていないからということなんでしょうか?」

現れた光の球を見つめつつ、エリクくんとレナートさんが同時に発言します。

消えたわたしの力と、消えなかったマリアさんの力。目の前にはっきりと示されたその違いに、わたしは息を飲みました。


その後、どれだけ時間が経っても魔力回復薬を飲んでも、わたしの能力《ちから》は消えたままでした。

少しも動かない計測器のメモリに、エリクくんはセレスさんの指摘した通り天晶樹の浄化が終わったことで能力が消えたのだと、そう結論付けたようで、数日後、言いづらそうに計測の打ち切りを言い渡されました。

「消えちゃったんですね……」

馬の背に揺られながらぼんやりしていると、背後のセレスさんがぎゅっと支える腕に力を籠めてくれました。言葉ではなくても気にかけてくれていることがわかったので、なんだか嬉しくなります。その気持ちに甘えて、そっともたれかかってみました。

甘える相手がいるっていいですね。甘えることを許してもらえるって、こんなにも安心するんだと、そう実感します。

「なんか、実感がないです。小さな頃からずっとあった力なのに、なくなってもこう……悲しいとか、感じないんです。ただ、なくなっちゃったんだなぁって」

物心ついたときにはすでにあったシャボン玉の魔法。けれど、それが見えない力なせいか、シロがいなくなったことより悲しみや喪失感は感じません。

「ないと、困る？」

セレスさんの問いかけに、改めて考えてみます。困る……困ること。なくなって困ることは……。

「落ちない汚れがあったときに困るかなって思ったんですけど」

「うん」

「でも、魔物が暴れなくなったとしたら、隊服もそう汚れませんよね」

シロや襲ってきた竜が消えた後、どれだけ行程を経ても魔物の影すら見かけません。もしかしたら消えてしまったのかもとエリクくんが推測していましたが、もしそれが本当だとしたら、もうあの蒼い汚れを落とすこともないのかもしれません。

「となると、あまり困りません」

そう、困らないんですよ。それが、なくなったと聞かされても悲しく思わない一番の原因かもしれません。

「ルチアはあまりあの魔法に頼らなかったんだね」

「まぁ、汚れを落とすだけのショボい魔法でしたしね、元は。魔物に効果があるなんて、思ってもみませんでしたし」

ショボい魔法という単語に、背中越しにセレスさんがくすっと笑ったのがわかりました。

「我らが聖女様は自分の力を過小評価するね」

「わたしは聖女様じゃないですってば。もう、普通の、なんの力もない一般人です」

――非凡な力がなくなれば、後に残るのは、平凡な〝わたし〟という存在だけ。

でも、元々そんなものでしたしね。とりたててショックは受けません。

「ああ、でも〝シャボン〟がなくなったら、もうお城で雇ってはもらえないでしょうか。洗濯婦は一旦退職してますしね」

もうアールタッドを出て三ヶ月以上経っています。騎士団が存在している中、その間わたしのポジションが空席になったままとも思えません。そして付加価値《シャボン》がなくなった今、復職できるとも思えないんですよね。

「新しくお仕事探さないと」

「王命で旅に加わったんだから大丈夫だと思うけど」

「でも、わたしがいないと騎士団付き洗濯部は人数減ったままで回さなきゃいけなくなるんですよ。わたしも前任者の方が辞められた穴を埋める形で入ってますし、洗濯物は待ってはくれません」

わたしの返答に、セレスさんはうーんとうなり声をあげました。「仮に復職できなかったとして」と前置きすると、セレスさんは少し照れたような声で続けます。

「ルチアが働きたいならとめないけど、俺は家にいてくれてもいいなぁ」

家！　セレスさんの言葉に、わたしは忘れていた事実を思い出しました。そうでした、洗濯婦を辞めたんですから、単身寮も出なきゃまずいですよね。まずは家探しから始めないと路頭に迷います！　お給料は借金返済に回していたので、貯金なんてほとんどないです。褒賞がいただけるって話でしたから、それでまずお家とお仕事を探さないと……！

「家、探さないとです！」

「そうだね。ルチアはどういうところがいい？　俺はアールタッド城に近ければどこでもいいよ。

急な呼び出しもあるし、あまり離れられないのが申し訳ないんだけど」

「お城の近くは無理です。高いですもん。ていうか、無職のわたしに王都で家が探せるか……」

「家賃の心配はいらないって」

「なんでですか？」

「え？」

「え？」

驚いて振り返ると、セレスさんもまた驚いた顔をしていました。

「あの、確認するけど」

「はい」

「ルチア、俺の奥さんに……なってくれるんだよね？」

「それは、もちろんそうですけど」

なんで不安げに訊くんですか？

わたしが頷くと、セレスさんは安心したようにためていた息を吐きだしました。

「ああよかった。婚約が夢だったとかいったらどうしようかと思った」

「夢だったらわたしもどうしようかと思っちゃいます。でも、婚約してるからと言って、わたしの住むところの家賃をセレスさんに出してもらうわけにはいかないですよ」

そこまで甘えるわけにはいかないと断るわたしに、セレスさんは緩く首を横に振りました。

「俺はさ、ルチア。ルチアさえよければすぐにでも籍を入れていいと思ってるし、君が洗濯婦を辞めて住んでいたところを引き払わなきゃいけないなら、俺も一緒にって思うよ。だって」

柔らかく笑って、セレスさんは低くわたしの耳の側で囁きます。

「一緒にいられないのは淋しい」

「…………！」

一瞬で真っ赤になって俯くわたしに、セレスさんは笑い声をあげます。もうっ！　いじわるなんですからっ！

「まぁ、俺は家にいてくれて構わないっていうか、いてくれると嬉しいなって思うけど、ルチア、以前働くのが楽しいって言ってたよね。だから仕事は探すんだろうけど、探すとしてもアールタッドで探してほしいなって思うわけ。魔物討伐がなくなっても、基本第三隊《おれら》は王　都《アールタッド》を離れられないからさ」

「ありますかね」

「ゆっくり好きな仕事を探すといいよ。君が、やりたいと思える仕事をね」

やりたいと思える仕事。そう言われてしまうと困ってしまいます。だって、今まで生きるための手段としてやってきたので、特に希望を持ったことがなかったんです。

「なんでもいいから手あたり次第とか、賃金が高いからキツイ仕事をするとかじゃなくて、面白そうとか、興味があるとか、もっと気楽な気持ちで探してごらんよ。アールタッドはバンフィールドの王都なだけあって、いろんな仕事があるよ」

君には色んな可能性があるんだから、と、セレスさんは目を細めてわたしの頭をなでてくれました。

ルチア、帰還する

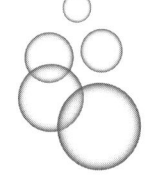

アールタッドを出てからメーナールの天晶樹までたどり着くまでには三ヶ月以上かかりましたが、メーナールからアールタッドに戻るために費やした日にちは、およそ一月半ほどでした。陽射しも和らぎかけた果実《フリュクティドール》月の終わり、そろそろ年が変わろうかというとき、わたしたちはようやく出発点であるアールタッド城に戻ってきたのです。

国境を越えたときにわたしたちを迎えてくださった兵士隊の方たちが、一足早く王都へ知らせを送っていたようで、城門前の中央広場にはたくさんの人たちが詰めかけていました。皆さんは口々にマリアさんや殿下を褒めたたえています。もちろんセレスさんを称える声もたくさん聞こえてきました。

「すごいですね……」

「オレと嬢ちゃんが出立《しゅったつ》したときは北門から出たもんな。南門から聖女様御一行が出たときはこんな感じの騒ぎだったぞ。隊長サンのこと見送らなかったのか？」

「あの日は洗濯してました」

「嬢ちゃんらしいな……」

人気者であるセレスさんの馬にわたしが同乗していてはいらぬ混乱を巻き起こすだろうと、アールタッドが近づいてからはわたしは再びガイウスさんの馬に乗せてもらっています。セレスさんは不服そうでしたが、国境を越えてからすぐではなく、王都が近づいてからとすることで妥協したと言っていました。

わたしもセレスさんと一緒の方が嬉しいのは確かでしたが、〝竜殺しの英雄〟の馬に堂々と同乗する度胸がまだなかったので、こうやってまたガイウスさんにお願いしたのでした。マリアさんには「婚約者なんだから胸張ってなさいよ」と窘められましたが、いきなり自信はつかないんですよ……。

「聖女様！　聖女様ありがとうございます！」

「エドアルド殿下万歳！」

「きゃあ、セレスティーノ様よ！　セレスティーノ様ぁ～！」

けれど、その判断は間違っていなかったと、王都に入った今は断言できます。危険です。この状態でセレスさんにくっついていたら、暴動の一つや二つ起こりそうです。ただでさえ「あれ、あんなメンバーいたっけ？」といった視線が、ちょいちょいわたしとガイウスさんに投げかけられるんですよ。そりゃそうですよね。出発のときいなかったんですもん。皆さん、わたしたちが一緒なことは知りませんよ！

しかしそんな中でした。

「ルチア！」

「おかえり～！　ルチアちゃん！」

「待ってたよ～！　ルチアちゃ～ん！」

「おかえり！」

耳に飛び込んできた聞きなれた声に、わたしは弾かれるようにその持ち主たちの姿を探します。

「キッカさん！　ジーナさん、ジーノさん！　ロッセラさん！」

わたしに向かって大きく手を振る四人の姿に、胸が熱くなりました。帰ってきたんだ、と実感します。そう、帰ってきたんです。わたしたちの旅は、終わったんです。

キッカさんたちに手を振り返しながら、わたしは思わずその感慨深い想いを吐き出していました。

「終わったんですね……」

「そうだな。嬢ちゃん、頑張ったもんな。ホントありがとな」

ぽん、と頭にその硬い掌が乗せられると、そのままぐしゃぐしゃっと掻き混ぜられました。衆人環視の中でやられて気恥ずかしい反面、その衒《てら》いのない温かさに嬉しさもあふれてきます。

「ガイウスさんもありがとうございます。ガイウスさんがいてくれてよかったです」

「嬢ちゃん、馬にも乗れなかったもんな」

「今も一人じゃうまくは乗れないですよ。もっと練習すればよかったかもです」

一応休憩時間なんかに教えてもらったんですが、ガイウスさんやセレスさんのように悠々と乗れるほど上達はしなかったんですよね。やっぱり持ち前の運動神経やらセンスやらの問題なんでしょうか……。

「そういや式はいつなんだ？　準備の手伝いが必要だったらいくらでも声かけろや」

「まっ、まだなにも決まってないですよ！」

「そういやちゃんとした腕輪もまだもらってないもんな」

ガイウスさんの指摘に、わたしは左腕に嵌めた木の腕輪に視線を落としました。セレスさんが手ずから作ってくれた、大切な腕輪。わたしはこれで十分幸せなんですけど……。

「わたしから贈る分もあるので、セレスさんの残務が落ち着いたら一緒に買いに行く予定なんです」

「〝竜殺しの英雄〟が婚約者を連れて現れたとしたら、城下《まち》は大騒ぎだろうな」

「言わないでください……」

騎士団の第三隊隊長だけあって、セレスさんは帰ってきてすぐ自由時間が取れるわけではありません。留守の間は副隊長さんが隊長代理を務めてくれていたそうですが、それでもしばらくは隊の詰め所に寝泊まりする羽目になるかも……とため息をついていたことが思い出されます。とりたてて急ぐことではないのですが、いつまでも銀ではなく木製の腕輪をつけさせるのは心苦しいとセレスさんが言うので、自由時間が取れ次第見繕《みつくろ》いに行くことになっていました。

「でも、お家のこと、本当にいいんですか？」

「おうよ。隊長サンが一緒に回れるまで、オレと嫁さんが手伝ってやるよ。功労者に対してそんなことするはずねぇとは思うが、万が一、単身寮をすぐ追い出されるようでも、ウチに泊まりゃいいしな」

「必ずお話を通して、了承を得てくださいね。勝手に話進めちゃダメですよ。奥様、びっくりしちゃいますからね。わたし、一人でも大丈夫ですし」

「嫁さん、世話焼きたがりなんだよ。来るたびあれやこれやるもんだから、レナートなんてウチになかなか寄り付かなくなったくらいだぞ」

失職していてもすぐに単身寮を追い出されることはないとアグリアルディ団長たちも言ってくださっていますが、一緒に住むならどちらにしろ家は探さなければいけないだろうという話になり、それなら伝手《つて》があるから手伝ってやるとガイウスさんが名乗りをあげてくれたんですよね。ですが……奥様まで巻き込むとなると話は違います。本当に甘えてしまっていいのか悩みますが、とりあえず話だけ通してもらうことになっているんです。

なんだか、アールタッド《ここ》を出るときには思いもよらなかった展開に、不思議な気持ちになります。あのときはまさかセレスさんと婚約することになるとは思いませんでしたし、〝聖女様〟とお友達になるとも思いませんでした。そして、〝シャボン〟が使えなくなるとも、思っていなかったんです。

人生、なにが起こるかわからないものですね。

結局、アールタッド城まではすごい騒ぎが続きました。ずらっと途絶えることなく人垣ができていて、けれどもわたしたちが通る道だけはスッと空いているんです。こんな光景初めて見ましたよ。いえ、ファトナでも歓迎されましたけれど、ここまでじゃなかったというか、ホントもう、規模が違う感じです。それだけ天晶樹の浄化は人々に待ち望まれていたということなんでしょうけれど、びっくりし通しです。

そして、城門をくぐってお城へ入った後もそれは変わりませんでした。お城は許可を得た人しか入れないので（城門で身分証を提示しないとダメなんです。わたしも制服はお返ししましたが、身分証はまだ持っています）、中にいる人たちはお仕着せを着た侍女さんたち、鎧《よろい》姿の兵士隊の方々、隊服姿の騎士様たち、制服姿のアカデミアの研究生たちやローブ姿の研究員たちなどなど、お城に入れる資格のある人たちが、入り口から階級順に並んで出迎えてくれていました。下働きの人たちの姿が見えないのは、お仕事中なのか、はたまたキッカさんたちのように城門の外で出迎えてくれたかでしょうか。

お城の入り口まで、わたしたちは馬や馬車からは降りませんでした。こんな風に迎えられる側に立ったことがないので、本当に居心地悪いというか、おかしな気分です。うう、こんな光景、今まで見ることとすらなかったのに、まさかされる側になるだなんて……！

目を白黒させるわたしとは違って、マリアさんや他の皆さんは堂々としていらっしゃいます。普段の感情豊かな表情を隠してツンとおすまし顔をしたマリアさんは、細い顎を上げるようなポーズが堂に入っていて、まさに聖女様といった様子でした。バチス公国で合流してからずっと、比較的動きやすいワンピースを身に着けていたのが、さすがに凱旋とあってか、今は当初身に着けていた優雅なドレス姿になっています。ですがそれがまたよく似合っていて、隣でエスコートされているエドアルド殿下に引けを取りません。

マリアさんと殿下の後にアグリアルディ団長がレナートさんを引き連れて歩き、その後ろにセレスさんが、そしてエリクくん、ガイウスさん、わたしと続いています。

仰々《ぎょうぎょう》しいまでのお迎えの列はお城の中まで続いていました。に、逃げ出したいです……！　チラリと前を歩く皆さんを確認したのですが、わたしのように気圧《けお》されている様子は少しも窺えません。なんで皆さん平気なの⁉　慣れているからですか⁇

内心の焦りを押し殺しつつ、いくつもの角を曲がると、ようやくとある部屋の前へたどり着きます。マリアさんと殿下がドアの前に立った瞬間、両脇に立っていた騎士様がざっと居住まいを正して最敬礼を取り、それと同時にドアが内側へ開きました。

「おかえりなさいませ、殿下。聖女様。ご無事でなによりでございます」

「うむ。マリアたちを湯殿に案内し、身支度を整えさせるように。あと、軽い食事を。彼女たちは全員が僕の〝旅の仲間〟であり、〝救世の英雄〟である。決して失礼のないようにせよ」

中にいらっしゃったのは老年の執事さんでした。真っ白になった髪を奇麗に後ろへなでつけたその人は、奇麗な角度でお辞儀をすると殿下へ話しかけます。いつもの表情ではなく〝王太子殿下〟の顔に戻った殿下は、そんな執事さんへてきぱきと指示を飛ばしました。

「では、僕はこれから父上へ旅の報告をしてくる。君たちはこの部屋で待っていてくれ」

するりとマリアさんの手を掬い上げて軽く手の甲に唇を落とすと、殿下はそそくさと部屋を出て行ってしまいました。それが合図だったように、執事さんの後ろに控えていた王宮侍女さんたちが二手に分かれてわたしたちの前へやってきました。

「皆様、それではこちらへ」

男性と女性では場所が違うようで、侍女さんたちはわたしたちを別々のドアへ案内します。けれども、ちらりと一瞬わたしに投げかけられた侍女さんたちの怪訝そうな視線に、本当に一緒に行っていいのか躊躇われました。確かに不審者ですよね。出立のときにいなかった人間が当たり前のように混じっていることに不信感を覚えるのは、仕方ないかもしれません。

そんなわたしの逡巡《しゅんじゅん》を見越したかのようにさっとマリアさんが手を繋いでくれました。

「さ、行くわよルチア！　一人だけ残ろうったってそうはいかないんだからね！　あんたはあたしの親友でしょ！」

マリアさんの宣言に、案内してくれようとしていた侍女さんたちがびっくりしたかのようにわたしたち二人を見比べたのが目に入りました。

「なによ、文句あるワケ？　ルチアはあたしの大事な親友なの。一緒に行ってなにが悪いの？」

さすがは王宮侍女の方です。すぐさま表情を取り繕うと、マリアさんとわたしを奥のドアへと案内しだしました。

「いえ、そんなことは。聖女様方、こちらへ」

セレスさんとすれ違った際、かすかに手が触れました。その後を手を繋いだまま歩き出します。

内しだしました。マリアさんとわたしは、その後を手を繋いだまま歩き出します。

セレスさんとすれ違った際、かすかに手が触れました。思わず顔を見ると、空色の瞳が優しい光を宿してわたしを見ていました。言葉にしなくても、セレスさんの気持ちが感じられてなんだか嬉しくなってしまいます。


お風呂は気持ちよかったですが、非常に居心地が悪かったです。

王宮の豪華なお風呂に入れていただくのはファトナ城に続いて二度目でしたが、アールタッド城は顔見知りがいる中でなので、居心地の悪さはその比ではありません。向こうはわたしを知らないでしょうが、廊下でお見かけしたことがあるなぁって方が混じっていたりすると、もう……なんていうんですか？　本当にどうしていいのやら。そんなわたしを心配したマリアさんが一緒にいてくれなければ、もっとまごまごしていたに違いありません。

けれども、一緒にいれたのはそこまででした。

「貴女がルチア・アルカですね。こちらの服に着替えてからいらしてくださいとの指示です」

わたしとマリアさんを別々の部屋へ案内すると、先導してくれていた侍女さんは、わたしへ馴染み深い洗濯婦の制服を手渡しました。

「私たちは他に仕事があるので、これで」

わたしに制服を渡したことで仕事が完了したのか、侍女さんはわたし一人を残して退出していきます。謁見の準備やマリアさんたちの部屋の準備などで、彼女たちも忙しそうです。

「……なんだかちょっと懐かしいです」

一人になったわたしは、半年前まで毎日袖を通していたグレイのエプロンワンピースを手に取りました。これを渡されたということは、復職可能なんでしょうか。それとも、単に馴染み深い服を用意してくれただけ？

なんにせよ、これで問題ないというなら構いません。着慣れた制服を身に着けると、壁の大きな鏡で髪の毛を整えます。セレスさんからもらった花模様のリボンを結びなおすと、見慣れた自分の姿がそこにありました。謁見なんて行かずに、このまま水場に直行したい気分です。

「支度はできましたか？　皆様がお待ちですので、早くついてきてください」

わたしの支度が終わるのを見透かしていたのでしょうか。絶妙なタイミングで別の侍女さんが呼びに来ます。拝謁する前に皆さんと合流できるのでしょうか。

着慣れた制服の安心感でしょうか。わたしは身支度を整える前とは打って変わった安心感を抱きつつ、再び皆さんの待つ部屋へ向かったのでした。

ルチア、衣装についてもめる

「えっ、なんでソレなの⁉」

わたしが部屋に入った際の第一声は、エリクくんの驚いたそのセリフでした。

ソレっていうのは……この制服のことでしょうか？　わたしは自分の格好を見直してみます。なにかおかしなところがありますかね？

「待ってルチア、なんで制服なの？」

「え、ダメなんですか⁇」

セレスさんまでそんなことを言い出したので、わたしも焦りだします。用意されたので着たまでなんですが……用意されててもやっぱり制服はダメなんでしょうか。

「君は本当に予想外のことばかりしてくれるね。すごいよ」

「いえ……その、これを着るようにと指示されたんですが……」

殿下まで！

さすがのわたしも頭を抱えてしまいました。どうしましょう。旅に持って行ったお祭り用のワンピースか、レッラさんからもらった薄黄色のワンピースに着替えた方がいいでしょうか。でも、お祭り用の方は王都《ここ》に戻る際に着てきたので、今手元にないんですよね。湯殿から出たときには脱いだものはありませんでしたし。わたしのワンピースはどこにいったんでしょう！

「マリアが来たら、順番に一人ずつ父上に会うことになるんだけど……それまでに着替える？」

「この格好がマズいなら着替えたい……んですが」

「ドレスを準備させようか」

困っていると、殿下がそう提案してくださいました。殿下が手を叩くと、先ほどこの部屋でお会いした執事さんが音もなく現れます。すごいです、どこで聞いてたんでしょう！

「ゴドフレード、ルチアにドレスを用意してくれ」

「ドレス……でございますか」

殿下の指示に、ゴドフレードさんは困ったように言葉を詰まらせました。

「エドアルド殿下、女性のドレスというものは、一人一人の身体に合わせて作るものです」

「そういうものなのか？　母上やマリアのドレスは使えないのか？」

「聖女様のもエルヴィーラ様のも寸法が合いません。しかもエルヴィーラ様のご衣装は遺品でございますので、陛下がお許しにはならないかと……。それに、そちらの服でとの指示があったのが本当ならば、他の服で行くのはお勧めできません」

「そうか……」

何故そんな指示が……と苦い顔になった殿下に、わたしは慌てて声をかけます。

「あの、この服でいいなら、わたしに異論はないです。着慣れた服の方が緊張もしませんし、大丈夫です！」

「いや……だがこれでは君が下働きの人間のようじゃないか」

わたしにとっては親しみのある制服ですが、殿下たちのこの制服への評価はあまり芳《かんば》しいものではないようでした。下働きのようって……殿下、わたしは元々洗濯婦ですよ？

そんな話をしていたとき、部屋のドアが開いてマリアさんが入ってきました。

「おっまたせ〜♪　って、ルチア、なんでそんなショボい服着てるの⁉」

そう言うマリアさんは、濃い緑の豪華なドレスを着ています。宝石がちりばめられ、金糸で美しい刺繍が施された布地をたっぷり使ったそのスカートは、優雅なドレープを描きつつ片方だけ上に引き上げられ、その下から幾重にも重ねられたシャンパンゴールドのチュールが覗いています。

「いえ……その」

「なに？　嫌がらせなの⁉　あいつらならやりそう！　あたし抗議してくる！　どいつよやったの！」

色白な頬を紅潮させて怒るマリアさんを、殿下が制しました。

「待って、マリア。怒るのもわかるし、僕もこの衣装はどうかと思うんだけど……君が来たってことは謁見の時間まで間がないんだ。すぐ父上と会うことになると思う。上からの指示でこの服が準備されたということは、たしかに誰かの嫌がらせの可能性が高いが……」

「可能性が高いって……それ以外の可能性がどこにあんのよ！　あたしがドレスでルチアがそれとか、誰が見てもおかしいじゃん！　ルチアがその服なら、あたしもドレスやめる！」

「マリアさん！」

「あたしが聖女なら、ルチアも聖女なんでしょう？　なんで片方だけ優遇するの？　どう見てもそれって普通の服だよね？」

「これはわたしが元々着ていた洗濯部の制服なんです。だから大丈夫です」

「制服なの？　そしたらあたしも自分の制服着る！　保管してあるんだよね？　一緒じゃなきゃダメだよ！」

「マリアさん！」

しゃらしゃらとした花飾りをむしり取ろうとしたマリアさんの手をとっさに握ると、わたしはゆっくり首を横に振りました。

「ダメです。せっかく奇麗にしたんじゃないですか。取っちゃうのはもったいないですよ」

「だって」

「元々わたしはドレスを着慣れてないし、突然着ても作法なんかわからないんです。だから、こっちの方が気が楽なんです。それに、マリアさんは〝聖女〟として正式に旅立ったじゃないですか。人前に立つこともあるでしょうし、このドレス本当によく似合ってますし、このままの方がいいと思います」

「ルチア……」

「ゴドフレード、他に服はないのか？　ドレスでないとしても、もう少し仕立てがいいものなどがないか、確認してみてくれ」

「承知いたしました」

「マリアもルチアも、それで構わないか？　不手際があって申し訳ないが、こらえてほしい」

そこまで言うと、マリアさんは不承不承頷いてくれました。マリアさんが頷くのを見たゴドフレードさんは、殿下に一礼するとすっと足音も立てずに退出します。

「わかった。着替えないでこのままでいる。でも、このお城の人たちってどうしてこうも意地悪いの？　お城なんだし、ドレスの一つや二つ、あってもいいのに」

「わたしに合う服がなかったんですよ。ドレスって採寸してぴったり作るんですって。だからいきなり言ってもダメなんですってさっき聞きました。マリアさんもドレスを作るとき、色々測ったでしょう？」

「あー……うん、あった。でもさぁ、オーダーメイドじゃなくて既製品でドレスってないのかな～。サイズごとに準備しとくとかさぁ」

準備が悪いよ、とぼやきつつ、マリアさんはため息をつきました。

ですが、すぐに気を取り直したように姿勢を正すと、ぐいっとわたしの手を握り、こんなことを言い出したのです。

「そういえばさ、考えたんだけど、あたし、ルチアの結婚式見てから帰ろうかと思って！」

「えぇっ⁉」

思いがけない発言に、思わず声が上ずります。け、結婚式⁇

「するんでしょ？　やらないわけがないよね。セレスの立場上からいっても。でしょ？」

「う、そ、そうですね……」

「します。ルチアのドレス姿を皆に見せるのはもったいないんですが」

「セレスがなんか言ってるけど、暴走ヘタレはほっといて」

口ごもるわたしとは違って、セレスさんは真面目な顔で即座に頷くのですが、マリアさんはそれを黙殺します。

「天晶樹の浄化とあたしたちの凱旋。このお祭りムードなときにセレスの結婚とか、盛り上がるでしょ！」

テンション上がるよね～とご満悦なマリアさんですが、多分世の女性陣のテンションは盛り下がると思いますよ……〝竜殺しの英雄〟様の人気は高いですからね。

「隊長さんの結婚式とか、血を見そうで怖いんだけど」

そう思ったのはわたしだけではなかったようで、エリクくんがちょっと嫌そうな顔で呟きました。

本当にそうですよね。多分あがるのは祝福の声ではなく、残念がる声だけですよ。

「文句がある奴はあたしが黙らせるわ。エドも協力してくれるわよね？」

「もちろん、君やルチアのためなら」


わたしたちを呼びに、再びゴドフレードさんがやってきたのはそんなときでした。

「陛下のご準備ができました。お一人ずついらっしゃるようにとのことです。殿下におかれましては、すでに旅のご報告を済まされたということですので、こちらでお待ちください。また、お嬢様の衣装は……申し訳ございません、やはり城内にはご用意できる衣装が他になさそうなのです。一応、掻き集めさせてはいますが、可能性は低いとのことでした」

ひどく申し訳なさそうな様子のゴドフレードさんは、そう言うと殿下とわたしへそれぞれ頭を下げられました。そんな、気にしなくてもわたしはこの制服で十分ですよ！

他に衣装はない。そう断言されてしまった殿下は、苦々しげに唇を噛まれます。

「だが、彼女は……」

「あの！　本当に、わたしは平気です！　この服で失礼がないのなら、それで大丈夫です！」

「ルチア……」

「ね、お待たせする方が問題ですよ」

　重ねて告げると、殿下はようやく頷いてくださいました。ものすごく、不承不承でといった様子でしたが。

「わかった。では、最初にマリアが行ってくるといい。褒賞やなにやらの話だと思う。マリアが帰還を希望していることはすでに伝えてあるので、その通りに申し入れて問題ないはずだ。その後、フェルナンド、レナート、セレスティーノ、エリク、ガイウス、ルチアの順で父上に会いに行ってくれ。父上はマリアとルチアが浄化を成し遂げたことを、とても喜んでいたよ」

ルチア、今後の予定を立てる

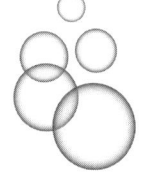

皆さんが陛下にお会いしている間探し続けてもらったのですが、やはりわたしに合うサイズの服は見当たらないとのことでした。王宮侍女の服も採寸が必要で、特に採寸なくあるものでやりくりしているのは下働きのものだけ。それなら愛着のあるこの制服でお願いしたいと再度申し入れると、殿下は本当に申し訳ないと頭を下げられました。そんな、謝らなくてもいいのに。

「ねぇ、これからのスケジュールってどうなるの？　すぐにアカデミアに戻っていいわけ？」

順番待ちをしていると、エリクくんが殿下にこれからのことについて尋ねました。今後のスケジュールは皆さん気になることだったので、現在謁見中のレナートさんを除いた全員が真剣に殿下に向き直ります。

「凱旋パーティは一週間後だそうだ」

「ちょっと待ってよ。ルチアの服はどうなるの⁉　一週間で出来上がるの⁉　またこんなのだったらさすがに我慢できない！」

「僕だって我慢できないさ、それは。王宮お抱えの仕立て屋に突貫《とっかん》で作らせる。マリアのものはすでに出来上がっていて、あとはサイズ合わせと微調整だそうだ」

「あたしはたくさん作ってもらったからいいわよ。それをルチアに流用……でき、るかぁ～？」

殿下に言い募《つの》ろうとしたマリアさんは、語尾を困ったように上げて自分とわたしとを見比べまし

た。マリアさんの細さで作ったドレスでは、どんなに締め上げてもわたしのウエストは入りません
よ、絶対に。これは自信を持って言えます。骨格からして無理です。
「それは聖女様に似合うように仕立てたものだし、ルチアさんはルチアさんに似合うように仕立て
た方がいいと思う。ルチアさん、好みの色やデザインはあるのかい？　先ほど王宮の仕立て屋を手
配したから、陛下にお会いした後、採寸とデザインの話を詰めればいい」
「フェルナンドの言う通りだ。ああ、ついでに花嫁衣装も作らせよう。というか、セレスティーノ、
君、まだルチアにちゃんとした腕輪を贈ってないのか？」
アグリアルディ団長の言葉に、いいことを思いついたと言わんばかりに殿下がポンと手を打ちま
した。
「い、いいいいえ！　滅相もないです！　そんな、花嫁衣装って……！」
「なんでよ？　せっかくだし作ってもらえばいいじゃない」
「そうだよ、なんの問題があるんだい？」
首を振るわたしに、マリアさんと殿下が同時に不思議そうな顔をしました。息ぴったりですね、
お二人とも……。
「あたし、ルチアの結婚式が終わるまで帰らないわよ？　さぁ、さっさとウェディングドレス作っ
ちゃいなさいよ！　とびきり可愛いやつ！」
「あの、マリアさん？」
「マリアの言う通り作ればいい。代金は僕が持つ。結婚祝いとでも思ってくれていい」
「失礼ですが、殿下。花嫁衣装は俺が……」

「セレスティーノは腕輪に集中すればいいだろう。僕にも楽しませろ」

「殿下、本音がダダ漏れです」

「団長ドノは完全に王太子ドノのオカンだな！　よっ、苦労人！」

「クマはもっと苦労すればいいと思う」

勢い込むマリアさんに殿下が乗っかり、困ったセレスさんをあしらう殿下にアグリアルディ団長が額を押さえ、そんなアグリアルディ団長へ野次を送るガイウスさんにエリクくんが冷たいまなざしを向けます。

本来ならお目通りすることもかなわなかっただろう人たちの楽しげな様子を目にして、わたしは嬉しくなりました。平凡非凡とライン引きをするのが馬鹿らしくなります。わたしたちは同じ人間で、旅の仲間だと、そう信じられます。たとえばわたしが少しくらいワガママを言ったとしても、この人たちなら笑って受け入れてくれる。手放しでそう信じられる相手がたくさんできるというのは、本当に幸せなことでした。

この旅の終わりに、わたしはシロと〝シャボン〟の能力を失いました。けれど、残されたものもちゃんとあるんです。今後、今までの日常が帰ってきて、たとえ会うことがかなわなくなったとしても、ちゃんとこの手に残る想いがある。

わたしは楽しげに笑う仲間を見て、ただただ幸福を噛みしめていました。

「ルチア」

「はい、なんでしょう？」

「謁見が終わったら、街に腕輪を見に行こう。前に言ったように俺、次いつ自由時間がもらえるかわからないし、できれば今日中に下見したい」

　皆さんの姿を見ながら幸せに浸っていると、セレスさんが真剣な面持ちでそんなことを言い出しました。殿下に影響されたんでしょうか。

「アンタが女連れで腕輪を見に街に行ったら大騒ぎだろ」

「そうだよ。隊長さんは自分のことを知らなさすぎ！」

「それなら細工屋を呼べばいい。フェルナンド」

「わかりました」

　今後の予定を話し始めたわたしたちに、皆さんが口々に突っ込みました。ええ、ガイウスさんの言う通り、セレスさんとわたしが連れ立って行ったら大騒ぎですよ……。

　多少揉めましたが、殿下の申し出を有り難く受けることにしたわたしたちは、セレスさんの自由が利く間に色々なことを決めてしまうことにしました。

ルチア、再び王様に会う

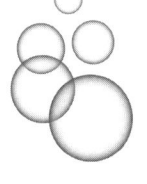

その後、わたしたちは順々に謁見の間へと向かいました。ガイウスさんが戻ってくれば、とうとうわたしの番です。人生で二度も陛下に拝謁が叶うなんて思いもしませんでした！　緊張しますが、二度目のせいか、はたまた旅を終えて多少なりとも成長したのか、最初のときほど戸惑いはしません。

見送ってくれる皆さんに会釈をすると、わたしは呼びに来た方に連れられて謁見の間へ急ぎます。

「あ」

謁見の間へたどり着くと、いつぞや見た重厚なドアの前に、これまた見たことのある姿を見つけました。アストルガ副団長です。アイスブルーの鋭い眼差しは記憶にある通りですが、以前のような落ち着きがないというか、なんだか様子がおかしいような気もします。

「ご無沙汰しています」

「……ああ」

「どうかなさったんですか？」

「…………」

首をかしげるわたしに、アストルガ副団長は少し逡巡した様子を見せました。

「……ルチア嬢」

「はい」

「身の程を知るように」

「え？」

「……行くぞ、陛下がお待ちだ」

厳しい言葉を投げかけると、ゆるく首を振ってアストルガ副団長はドアを開けました。身の程を知るようにって、どういうことですか⁇　やっぱりこの服装がいけなかったんでしょうか⁉


「ルチア・アルカ、御前へ」

困惑したまま足を踏み入れると、謁見の間は以前入ったときより人がいませんでした。陛下と、わたしと、アストルガ副団長だけ。人払いでもしているんでしょうか。アストルガ副団長の言葉といい、なんだか腑に落ちない気持ちを抱えつつ、わたしは陛下の前へ足を進めました。

「そなたに訊く。能力を失ったとはまことか」

御前にたどり着くと、陛下からお言葉をいただきました。これは直答してしまってもいい……んですよね？　アストルガ副団長は知らないわけですし。身の程を知れと言われていますが、陛下のご質問に答えない方が失礼に当たります……よね？

そう自分に結論付けると、わたしは勇気を出して口を開きました。

「はい、そうです、陛下。あの力はもうありません」

「たしかか」

「エリク……エリク様に幾度となく測っていただきましたが、わたしにはもう魔力が残っていないそうです。天晶樹の浄化とともに消えたのだと言われました」

「……そうか」

重々しい陛下のお声に耳を澄ましていると、思いもかけないことを問われました。

「そなた、〝竜殺しの英雄〟との婚姻を望んでいるというのは本当か」

一瞬返答に詰まります。「身の程を知れ」。先ほどの言葉はこのことだったんでしょうか。

けれど、否定する言葉はわたしの中にはありません。わたしはこれからの人生をセレスさんと生きたい。セレスさんと、家族になりたいんです。それは、誰がなんと言おうと譲れない願いでした。

「はい。本当です」

頷くわたしに、深い深いため息とともに沈黙が返されました。反対されていると肌で感じられるような、冷たい、緊迫した空気が流れます。アストルガ副団長だけでなく、陛下もまた、わたしのことを身分知らずだと思っているようでした。

「ならぬ、と言っても聞かぬのか」

しばらくの静寂の後、陛下は乾いた声で尋ねられました。改めて言葉で突き付けられると、その言葉は胸に刺さります。ですが、ひるんではいられません。セレスさんとの未来を望むなら、わたしは逃げてはいけないのだと思うのです。

「あれはそなたには釣り合わぬ。英雄の配偶者はそれなりのものでないといけぬのだ。自分の格好を見てみろ。そなたは身分低き者。下働き風情では英雄とは結ばれぬとは思わないのか。調べさせたが、そなたの血筋に魔法使いは他におらぬ。エドアルドの報告からも、そなたの能力は特殊で、単発的なものだと推測される。元々魔力持ちは生まれにくい。娶《めあわ》せて、能力のある者が生まれる可能性が低い相手を赦すことはできぬ」

下働き風情。そう言いきられてしまうと、つらいです。たしかにわたしの身分は低いです。そう、この洗濯婦の制服が相応《ふさわ》しいように。

ですが、それでも。

わたしは心の中にセレスさんの笑顔を思い浮かべました。これは、わたしだけの願いではないんです。わたしが望んでいるように、セレスさんだってわたしを望んでくれている。それなのに、わたしが折れるわけにはいきません！

「申し訳ありません、陛下。ですが、どうしてもお赦しをいただきたいのです」

「金はいくらでもやろう。諦めることはできぬのか？」

「お金は……いりません。わたしが望むことはただ一つです」

陛下のお言葉の一つ一つが胸に刺さります。どうして、どうしてこんなにも反対されるのでしょうか。たしかにわたしは平民で、セレスさんは騎士団隊長です。身分的に釣り合わないと言われても仕方ないですが、それでも陛下に却下されるほどでもないと思うんです。

陛下のご命令に従って旅に出て、ご命令通り目的を果たしたことに対して、少しも認めてはもらえないのでしょうか。身分って、そんなにも乗り越えられないもの？　騎士とはいえ、セレスさんだって元は平民です。そんな相手でもダメなんでしょうか。

「お願いです。他にはなにも望みません。どうかお赦しを」

思えば勝手に入籍することも可能だと思います。神殿に駆け込んで、結婚証書を発行してもらえれば、わたしは〝ルチア・アルカ〟から〝ルチア・クレメンティ〟に変われるはず。

けれど、セレスさんの職業上、王の勘気《かんき》を蒙《こうむ》るのは得策ではないと考えたわたしは、ただひたすらに頭を下げて希《こいねが》いました。お願いです、陛下。どうか、認めてください……！

「褒賞を持って故郷に帰るのではならぬのか」

「申し訳ありません」

「そうか。――そなたの覚悟はよほど固いと見える」

熱心なわたしの願いに説得を諦められたのか、陛下はため息をひとつ落とされました。

それを聞いて安心しかけたわたしでしたが、けれど、それは間違いでした。嘆息した陛下は、静かにこう告げたのです。

「フロリード、〝黒の馬車〟を用意せよ」

馬車⁇

驚くわたしとは反対に、アストルガ副団長はこの展開を予測していたのか、淡々とした様子で頭《こうべ》を垂れます。

「…………御意《ぎょい》」

「陛下⁉」

思わず顔を上げると、痩せ衰えた陛下のお姿が目に飛び込んできました。疲れ切ったように豪奢な玉座へ全身を預けた陛下は、感情のこもらない平坦な声で恐ろしいことを口にします。

「そなたは余の助命を受け入れなかった。力のないそなたに用はない。この世は力がすべてだ。余は、力ある者しか要《い》らぬ。そなたになにがある？　なにもないだろう。そんな者はエドアルドの側においておけぬ。英雄王エドアルドの治世には有能な者だけが必要だ。ここではない場所なら生かしておいてもいいと思ったが、そなたがあまりにも頑固なのでな、排除させてもらう」

まったく思いもしなかった展開に、一気に血が引きました。どういうことなんですか⁉

泡を食うわたしを気に留めず、陛下は静かに、けれどもとてつもなく残酷な命令を下しました。

「ルチア・アルカ、そなたには——死を与える」

ルチア、すべてを失う

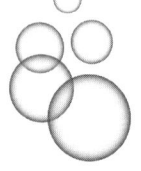

「娘よ、そなた一人の命で済ませるのだ。他の者に累《るい》を及ぼしたくはないだろう？　抗うならば、他の者が傷つくだけだ。フロリード、連れていけ。処理は任せる」

「御意」

「待ってください！　お願い、待って！」

まったく想像もしていなかった展開に、わたしは御前なのも構わず声を荒げました。

なんで？　なにが起こっているの？　なんで？　どうして？

そんな言葉がぐるぐると頭を駆け巡るのに、アストルガ副団長は待ってはくれません。わたしの腕を無造作に掴むと、引き摺るように入ってきたドアとは違うドアから出ていこうとします。

「陛下、わたしがなにをしたっていうんですか！　力を失ったことが罪だというんですか！」

どんなに問いかけても、完全にわたしの存在をないものと見なしているのか、もはや陛下は視線を送ることすらしませんでした。

「放して！　誰か！　助けて‼」

必死に抵抗しますが、アストルガ副団長の力は強く、振りほどくことも足を止めさせることもできません。

身体の奥底から叫んでも、その声はどこにも届きませんでした。先ほど通った豪華に整備された廊下ではなく、絨毯《じゅうたん》もなく磨き上げられた大理石でもない、つめたく冷えた石造りの狭い廊下を引き摺られながら、それでもわたしは誰かに届くことを願って叫びました。

「助けて！　セレスさん！」

けれど、わたしの声はどこにも届きませんでした。

長い廊下を引き摺られていくと、これまた石造りの階段があり、その先は外につながる小さなドアがありました。最初に入ったドアとは違って石で作られたそれは、ごとごとと不吉な音を立てて動きます。

石の扉が開ききってしまうと、鬱蒼《うっそう》と生えた木々が目に飛び込んできました。王宮内なのに手入れされていないその木々の間には一本の細い道があり、そこには一台の馬車が置かれています。黒い車両は木でできていて、ドアの外に閂《かんぬき》が見えるんですが……どうみても、それは罪人を乗せる馬車です。

アストルガ副団長は無言でわたしを座席に押し込むと、座席にかかっていた黒いフード付きの外套《がいとう》を頭からかぶりました。

「待ってください、これでどこに連れて行くんですか⁉　お願い、やめて！」

必死の嘆願もむなしく、非情にもドアは締められ、再び閂がかけられる音が響きます。

馬車の中は真っ暗でした。旅の間に使った馬車にあったような大きな窓はなく、窓と呼ぶのも躊躇われる細い隙間から入り込む光では、内部の様子はよく見えません。その隙間もガラスで塞《ふさ》がれていて、どれだけ声を張り上げても外に届くとは思えませんでした。

なんでこんなことになったんでしょう。

ガタン！　と大きな音を立てて動き出した馬車の中で、わたしはひとり途方に暮れていました。


わたしはなにか悪いことをしましたか？

力がないことは、そんなにいけないことですか？

非凡な人たちの間に、平凡なわたしがいてはいけないんですか？

身分って、そんなにも大切なもの？

同じ人間なのに、わたしは使い捨てられてもいいというんですか？


わかりません。


だって、皆さんは仲間だって言ってくれました。

マリアさんは親友だって言ってくれました。

殿下はわたしを認めてくださいました。

アグリアルディ団長やレナートさん、ガイウスさん、エリククんたちはありがとうって言ってくれました。

セレスさんは、他でもない、わたしを選んでくれたのに。

どれほど進んだのでしょうか。時間の感覚がなくなった頃、不意に馬車が停まりました。

感情のこもらない声に、わたしは伏せていた顔をのろのろと上げます。ドアを開けているアストルガ副団長の顔は、黒いフードに隠れて見えません。

「……降りろ」

その背後に広がる空から、わたしは今が明け方だということを知りました。太陽が昇る直前の、なんとも言えない空の色がなんだか怖いのは、多分わたし自身がこれから起きることを感じているからなのでしょう。

顔を上げたものの動けずにいると、力任せに引き摺りだされました。地面に落ちた際に脚や腕を強くぶつけましたが、痛みは感じません。

果実月《フリュクティドール》の終わりの生ぬるい風が、わたしたちの間を吹き抜けました。風はアストルガ副団長のまとう黒い外套をはためかせ、そのフードを攫《さら》います。

フードの下から現れたアイスブルーの瞳は、かすかに揺らいでいました。

「もう、ダメなんですか?」

唇から滑り落ちたわたしの声は、ひどくかすれていました。咽喉が渇いたなぁ、と、場違いな感

情が浮かびます。

「王命だ。アストルガ家は王から下されるどんな命令も受ける。――それが、たとえ恩人の始末であっても」

瞳とは違い、揺らぐことのない硬質な声音に、わたしはここが最期の場所なのだと悟りました。

さわり、と乾いた風がわたしたちの間を渡ります。

地面にへたり込んだわたしは、ぼんやりとアストルガ副団長の背後に広がる空へ思いを馳せました。紫紺から薄紫へ、朱を織り交ぜながらもその間からうっすらと覗く青は、わたしの大好きな色でした。一番大好きな人の、瞳の色。

ああ、今日もきっと、よく晴れるでしょう。洗濯物も、からりと乾くはず。

――わたしが望んだのは、あの人の隣にいること。ただ、それだけだったのに。

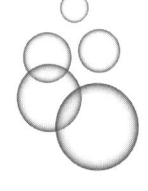

セレスティーノ、不安に駆られる

「ルチア、遅くない？」

最初に口火を切ったのは聖女様だった。それは言われるまでもなく俺が感じていたことで、俺たちが要した謁見時間を軽く超える彼女の時間に、迎えに行った方がいいのかどうか逡巡している最中のことだった。

「ちょっと見てきます」

謁見の間に踏み入らなければ大丈夫だろうと、俺は腰を上げた。なんとなく胸騒ぎがしていたのは、先ほどの謁見内容の影響だろう。


――彼女とでは釣り合わぬ。そなたには、そなたに相応しい相手を用意している。


ルチアとの婚姻を願う俺に対して陛下が口にされた言葉は、最後には撤回されたものの、やはり不安を掻き立てるものだった。

最初それを聞いたとき、ああやっぱりと思ったのは、彼女が聖女と祭り上げられることで、王太子殿下の相手として選ばれるのではないかと心配していたせいでもある。元の世界へ帰られると宣言されている聖女様と、この世界の聖女であるルチアなら、ルチアを王太子妃にと決められる可能性が高かったからだ。

元々〝聖女〟を外交カードとして使おうと考えていらっしゃった御方だ。元平民の騎士風情に聖女であるルチアの夫の座を許されるわけもなかったが、この旅の褒賞としてしつこく願うと、しぶしぶながら赦しが得られた。

そのまま拝謁の時間は終わって戻ってきたのだが……なんだろう、なにかひっかかる。

「あたしも行く！」

「いいえ、聖女様はこちらに」

押しとどめようとする俺に、聖女様は結いあげた髪が崩れるのも気にせずに、強く首を振った。元から色が白い顔が、もはや蒼白に近い色になっている。

「いやよ！　なんか怖いの。さっきの謁見も、なんか微妙な回答しかもらえなかったし、なにか企《たくら》んでそうで怖いの」

「企む？」

「マリア、父上からなにを言われた？」

「そなたの希望は聞いている、そなたの希望を叶えようって。最初、帰ることを叶えてくれるってことだと思ったの。でも、なんかあのうすら笑いを思い出すと、もしかしたら違う意味で言ってたのかもって。ルチアが早く帰ってきてくれれば単なる勘違いって思えるんだけど、あまりにも遅くて怖いの」

不安げな表情を浮かべる聖女様に、殿下が詰め寄る。殿下に肩を抱かれるようにして、聖女様は陛下から賜《たまわ》ったお言葉を繰り返したのだが、企んでいるという言葉を聞いた俺は、なにか得体のしれないものに胸を突かれたような気分になった。

違う意味。そうだ、俺はなにか思い違いをしていたかもしれない。

先ほど、陛下はルチアを王太子妃にするのを諦め、俺との婚姻を認めてくれたのだとそう思っていたが、もし、そうでなかったとしたら？

なにしろ、対外的に〝聖女〟はマリア・ニシメ様お一人とされている。突然ルチアを聖女だと報告し、そのまま王太子妃に据えるのは、時間的にも感情的にも無理がある。

そう——それは無理があるのだ。


——彼女とでは釣り合わぬ。そなたには、そなたに相応しい相手を用意している。


耳に蘇《よみがえ》った陛下のお言葉に、俺は弾かれるように顔を上げた。

「すみません、殿下。団長。俺ちょっと行ってきます！」

あのとき、俺は聖女であるルチアに一介の騎士である俺が釣り合わないのだと思った。

だが、俺にルチアが釣り合わないということだったら？

考えすぎかもしれない。だが、今すぐ彼女の顔を見ないと安心できそうもなかった。

俺は、胸騒ぎを抱えて走った。行く先は謁見の間。今、ルチアはそこにいるはずだった。

本来なら走るわけにはいかない廊下を全速力で駆ける。後から叱責されるのは覚悟の上だ。反省文くらいならいくらでも書いてやる。過保護かもしれない。彼女にはなにもないかもしれない。だけど、顔を見なければ安心できない。彼女の声を聞かないと落ち着けないいんだ。

「中っ……」

「はっ⁉」

謁見の間までたどり着いた俺は、中の様子を確かめようと、扉の両脇を守る第一隊の隊員に声をかけた。上がった息のまま問いかけようとして、瞬時に思いとどまる。

「……交代したのか？」

扉の脇にいた隊員は、俺が拝謁したときの面子《メンツ》とは代わっていた。

「え？　ああ……僕たちは少し前に交代したけど。それがなにか？」

「今、この中にル——ああ、ええと……女の子、いますか？」

俺の言葉に、彼らは怪訝そうな様子で顔を見合わせた。

「いやぁ……特に今は拝謁者いないっぽいけれど」

「ああ。さっき陛下は出て行かれたし。その後も誰も出てきてないから、多分、中は無人ですよ」

彼らが振り返る先にある重厚な扉。

俺は耐えられなくなって、彼らを押しのけるようにしてドアに手をかけた。

「ちょっと……！」

「クレメンティ隊長⁉」

「ルチアっ……」

バンッと勢いよく開いたドアがたてる音と俺の呼び声は、むなしく無人の広間に響いた。

「ルチア……？」

誰もいない広間に、一瞬にして血の気が引く。謁見の間から俺たちのいた控え室までは他に道はない。すれ違う可能性はなかった。つまり、彼女が戻ってこなかったということは——誰かに連れて行かれたということだ。ルチアが挨拶もせず、自分の意思でどこかに行くはずはない。

「陛下が出られるとき、他に誰がいた⁉」

「ひ……ッ！」

突発的に近衛隊員の一人を締め上げる。相手が貴族の子息だとかは頭になかった。

「誰もっ！　誰もいない！　いなかった！　お付きの人間もついてなかったからおかしいなって思ったんです！」

「その前はっ⁉」

「よせ、僕らは知らない！　前任者からはなにも引き継がなかった！　だからレオポルドから手を放せ！　いくら第三隊の隊長とはいえ、貴族の僕らに手をかけてただで済むと思うな！」

もう一人の方が力ずくで引き剥がそうとするのがわかったが、実力と関係なく騎士になった第一隊の隊員に負けるほどやわではない。横目で睨《にら》むと、とたんに口をつぐんだ。

「前後の出入りについて引き継がなかったというのか⁉」

「そ、そうだ……。交代してしばらくしたら陛下お一人が出ていらした。その後ここを出入りした人間はいない。なぁ、これで満足だろう？　レオポルドを放せよ……」

よほど鬼気迫る形相をしていたのだろう、最初食ってかかってきた方が、たじたじと答える。

「セレスティーノ殿！」

「おい、先走るな！」

「ちょっと、セレス！　足速すぎ！」

役に立たない近衛隊員を締め上げて吐かせようとしていると、バタバタという慌《あわただ》しい足音と共に、背後から聞きなれた人間の声がした。カナリス兄弟と聖女様だ。

「ルチアは⁉」

聖女様の問いかけを、俺は無視した。それどころではなかったからだ。

「前任者はどこだ？」

「た、多分控え室……」

「ちょっとセレス！」

ルチアの手掛かりを求めて走り出そうとした瞬間、咽喉にものすごい衝撃が走った。

「ちっと落ち着け。なにがあった。嬢ちゃんはどうした。一人で先走ってどうする」

「ちょっと兄さん！　やり方を考えてください！」

「ガイ、ナイスアシスト！　で、セレス、ルチアどこよ⁉」

首に腕を回すようにして止められたため、しばらく空気を求めて噎《む》せる俺の背中を、困り顔の副官殿が撫でる。その脇で苛立ちをあらわにする聖女様に、俺は頭《かぶり》を振った。

「わかりません。中にはいないんです。第一隊の隊員も出入りを見ていないそうなので、見ているはずの前任者に誰に連れて行かれたのかを確認してきます」

「おい、ちょっと待て、連れて行かれたって……」

「ここまで彼女とすれ違わなかった。わかるでしょう？　あの部屋から謁見の間までは一本道だ。反対側に行ったとして、俺に――俺たちになんの挨拶もなく行くはずがない。自分の意思で移動したんではない以上、連れて行った誰かがいるはずなんだ！」

こんな風に説明している時間も惜しいのに。そう思いつつ状況を説明し、俺は再び走り出そうとした。

「ルチアがいないというのは本当か、セレスティーノ」

「殿下！」

聖女様たちに遅れる形で現れたのは、団長に付き添われたエドアルド殿下だった。さらに遅れてエリク殿がやってくる。

「きみたち、どういうことか説明してくれ」

「団長！」

エドアルド殿下や団長が現れたことで、さすがの第一隊の隊員も居住まいを正した。尋ねる団長に、一礼して答えだす。

「クレメンティ隊長がどなたかをお探しなのですが、僕らが交代してからこの部屋を出たのは陛下だけでして――」

「私たちも交代したばかりでよくわからないのです。前任の者からは特に申し送りなどは受けておりません」

ふにゃふにゃとした隊員の返答を聞いた団長の顔色が、目に見えて変わった。

「フロリードはどこにいる？　セレスティーノ、前任者よりもアストルガを探せ！」

「えっ……⁉︎」

思いもよらない人物の名前に虚を突かれていると、団長は副官殿たちに指示を飛ばし始めた。

「レナート、大至急フロリードの身柄を押さえろ！　エリク君、ガイウス、きみたちは念のため城門を確認するんだ！　団長命令だと言えば城門は一旦閉じられるはずだ」

「団長さん、それってどういう……」

「説明はあとだ。セレスティーノ、きみはレナートと一緒にアストルガを探せ！」

気色ばむ団長に疑問を感じる暇もなく、俺にも指示が飛ぶ。そのやり取りをご覧になっていた殿下がスッと手を上げると、口を開かれた。

「フェルナンド、マリア、こちらへおいで。ああ、君たちは下がってくれていいよ。今すぐにね」

「殿下……僕たちは」

「僕はすぐに下がれと命じたはずだけど？　非常事態なものでね、他人にいられては困るんだ」

殿下にすげなく追い払われ、こちらをちらちらと見ながら扉を守っていた第一隊の隊員が去って行く。

「セレスティーノ殿、行きましょう！」

何故、副団長を探す必要があるのか。理由もわからないまま、俺は先に走り出した副官殿の背中を追いかけた。

セレスティーノ、探索する

俺たちは、全力を尽くしてルチアと副団長の行方を探した。途中遭遇した第三隊の隊員たちも協力してくれたが、二人の姿はアールタッドのどこにもない。副団長が姿を消したのは、ルチアが謁見の間へ向かうよりも先のことだったというのが判明したのが、唯一の成果だったろうか。

口の中に金臭《かなくさ》い味が広がって、俺は自分が唇を噛みしめていたことに気づく。

そんな成果などいらない。君が見つからないのなら、どんな成果も意味がない。

「とにかく、一度戻りましょう。他の情報があるかもしれません」

無人の執務室を確認してきた副官殿が、慰《なぐさ》めるかのような口調でそう言った。たしかに、城門の出入り等で目撃証言があったかもしれない。

一縷《いちる》の望みをかけ、俺たちは元いた部屋へ戻ることにした。

――まさか、そこで恐ろしい事実を聞かされるとは思わずに。


元の部屋では、すでに皆勢ぞろいしていた。足を踏み入れると、難しい顔をした団長が立ちあがって足早にこちらへやってくる。

「セレスティーノ……落ち着いて聞いてほしい」

団長のセリフとともに、憔悴《しょうすい》した様子の殿下と、その胸で泣く聖女様の姿が目に飛び込む。

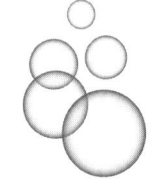

……どういうことだ。

「一足遅かった。フロリードは、ルチアさんを連れて隠し通路から外に出たようで、轍《わだち》の後を追ったのだが……」

嫌だ。

「途中で見失った。今、ガイウスたちが痕跡が消えたあたりを探している。――あいつは、フロリードはそういうことのプロだ。今までも」

嫌だ。

聞きたくない。

団長がなにか喋っているのがわかるのだが、音が耳に入ってこない。

「アストルガ家は、別名〝黒の御者〟。王命によって秘密裏に人を処理する一族だ」

――嫌だ！

「どこに……っ」

気が付いたら、叫んでいた。

「見失ったのはどこですか！　行き先に当てはないんですか⁉」

「セレスティーノ」

噛みつくように叫んだ俺に答えたのは、団長ではなくエドアルド殿下だった。

「先ほど、父上を問いただした。――すまない。すまない……っ」

血を吐くような声で謝罪を口にすると、エドアルド殿下は頭を下げられた。殿下をかばうように団長は前に出ると、茫然としている副官殿と、言葉をなくしている俺の前までやってきた。

「今、私の独断で王都に待機している分の第二隊隊員を動かした。ガイウスとエリク君は彼らと一緒に城外の探索に当たっている。きみたちも行くだろう？　呆けている場合ではない。私が案内する。急ぐぞ！」


団長に率いられ、俺と副官殿はアールタッド城を後にした。

外はすでに視界が効かないほど真っ暗になっており、魔石ランプの灯《あか》りを頼りに馬を走らせる。

「もう少し先で街道と合流する。そこからは様々な痕跡が混じっていて、フロリードがどの方向へ行ったのかがわからなくなった。天晶樹の浄化の知らせを方々に放ったことが裏目に出たんだ」

天晶樹が浄化され、魔物が消え去ったという一報は、城にもたらされると同時に各地に広げられたそうだ。実際、第三隊、第四隊の隊員は、ほぼその任務で出払っていた。

街道を通る馬車や馬の跡が限られていた頃と違い、一気に新しい轍や蹄の跡が増えたため、どれが副団長のものかがわからないらしい。


彼女がその力と引き換えに守ったものが、今、彼女を追い詰めている。

そんな馬鹿な話があっていいはずがない。彼女がなにをした？　身を削り、世界を守り、その結果が――これなのか？

「ルチア……」

引き裂かれるような痛みを胸に抱えながら、俺は馬を駆った。

空が明るくなっていく。視界が開けていくというのに、彼女は見つからない。

途中で第二隊の隊員と思《おぼ》しき人物に会った。隠密《おんみつ》行動が多い彼らは、あまり人前に姿を現すことがないが、団長が共にいるせいか向こうから声をかけてくる。

「目的の者はまだ見つかりません。近くの街へはクアットロを向かわせました」

「わかった。トレ、セディチは？」

「クアランタと共にバチスとの国境方面に向かっています」

「なら、私たちはガリエナとの国境の方を探索する。ガイウスとエリク君はどちらの方向へ？」

「魔法使い殿たちなら、ヴェンティたちを連れてアクイラーニの方向へ。あちらの方には、副団長の領地《カルデラーラ》がありますから、そちらへ人数を割いています」

隊員から情報を引き出すと、団長は手綱を引いて馬首をこちらへ向けた。

「行こう！　もうすぐ夜が明ける」

闇色だった空が、柔らかな菫《すみれ》色に染まる。彼女の瞳に似たその色を仰ぎ、俺は苦しくなった。違う。俺が見たい色は空《これ》じゃない。そう思ったのが伝わったように、菫色はあっという間に青に変わっていく。

夜が明けたのだ。

「一度戻るべきでしょうか」

隣で副官殿が途方に暮れたような声音を出す。それは、いつも冷静な彼に似つかわしくない声だった。彼女の身を案じているのは、なにも俺だけではないのだ。

「そうだな……」

副官殿の呟きを受けて、苦いものを吐くように団長が眉を顰める。細めた新緑の瞳の先にはあたりを照らし始めた太陽があった。

「これ以上進むには、我々は軽装すぎる。態勢を整えるためにも戻った方がいいかもしれない」

そう言うと、団長は馬の首を撫でた。

団長の指摘は的確だった。水すら持たずに飛び出してきた我々が、このままそう遠くまで行けるとも思えない。また、長旅を続け、昨日王都へ戻ってきたばかりの馬の疲労を考えると、これ以上の無理は重ねられないのも事実だった。

気持ちだけは先へ先へと急《せ》くが、現実はそれに追いつかない。

「セレスティーノ、きみの気持ちもわかるが、いったん戻って情報をまとめよう。もしかしたら戻っているかも入れない」

瞬間的に嘘だと感じた。団長もわかっている。彼女が戻っている確率は低い。

アストルガ副団長の負う業は重いものだ。代々そういったことに手を染めているかの人が、今更王命に歯向かうとも思えない。副団長は王命こそ至上のものだと常々公言していた。王が命じたなら、何事も拝命するのが自分のやり方だと。

だが、その希望にすがりたい自分もいるのは確かだった。

諦める気はない。諦められるほど彼女への気持ちは軽くない。

態勢を整えないと捜索は無理だと告げる理性に、嫌だと感情が噛みつく。

「我々とは違い、第二隊は探索に特化した隊だ。彼らに捜索を続けてもらって、いったん戻ろう。馬を換え、糧食を持ってから再び出よう。――急げば、間に合うはずだ」

俯く俺に、団長が言葉を重ねる。頷きたくない。

「……団長、もうしばらく探しましょう。まだ夜明けです。せめて、あともう少し」

俺を慮《おもんぱか》ったのか、副官殿が口添えしてくれた。

「……そうだな」

副官殿の助言に、団長が頷く。

重苦しい空気が、三人の間に漂った。


そのまま、俺たちは捜索を続けた。無理を重ねていることは重々承知の上だったが、見つかるかもしれないというかすかな希望が、ギリギリまで俺たちを駆り立てた。

夜が明けたことで街や村に人々の姿が現れ、探索が進んでいく。

だが、二人の姿を見たものは誰もいなかった。


ルチア、君はどこにいるんだ。

「向かったのはガリエナの方角ではなかったのかもしれませんね」

「見込み違いだったか。やはり、領地《カルデラーラ》の方へ向かったのかもしれないな」

頭上に移動した太陽が、足元に濃い影を作っている。灼けつくような暑さの中で、風だけが冷たさを運んでくる。

明日は、葡萄月《ヴァンデミエール》。収穫の喜びを祝う新しい年がやってくる。

魔物の脅威から解放された、特別な年。

共に祝おうと約束したのに、何故彼女はいないんだろう。何故俺はここにいるのだろう。

俺は隊服の胸を押さえた。その奥に潜ませた、彼女のリボンを想う。旅の当初、このリボンの先がルチアに繋がっていると思えた。今もその気持ちに変わりはない。

リボンを手繰《たぐ》り寄せた先に、君が現れればいいのに。

どうか頼む。君の持ち主を俺のもとに返してくれ。


そのままいくつかの村々を回った後、俺たちは手ぶらでアールタッドに戻った。戻らざるを得なかった。

そのまま馬を換えようと逸《はや》る俺のもとに、エリク殿が駆け寄ってくる。カルデラーラの方へ向かっていた彼らもまた、アールタッドに戻ってきていたようだった。

「団長さん！　副官さん！　隊長さん！　早く！」

「どうした⁉」

切羽詰まったその声音に、団長が気色ばんだ声を上げた。

「副団長が戻った！」

セレスティーノ、激怒する

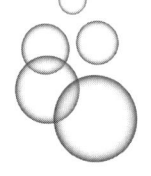

俺は手綱を目の前の厩《うまや》番に押し付けると、エリク殿の肩をつかんだ。

「本当か⁉」

「…………っ」

ルチアがどうなったのか口にする前に、歪む幼い顔に背筋に絶望が奔る。琥珀色の瞳に水の膜が張るのを見て、頭の中が真っ白になった。

「た、隊長さぁん……」

「どこだ！」

「で、殿下の……部屋。今クマが押さえてるけど、副団長、陛下のところに行くって。ルチア……」

最後まで聞かず、俺は走り出した。


「ッ……ざけんな！」

エドアルド殿下の執務室に近づくと、ガイウスの怒鳴り声が聞こえた。普段のフラフラしている様子と違って、ひどく激高した声だった。

礼儀もなにも放り出してドアを蹴破るように開けると、床に尻餅をつく副団長と、仁王立ちになってがなり立てるガイウスの姿があった。

「あいつが……っ、あいつがどんな思いで浄化の旅を続けてきたのか知ってんのか！　たまたま変わった能力《ちから》を持ってたってだけで、普通の子どもだったんだぞ！　魔物に怯えてんのに、王命だからと懸命に頑張ってたっていうのに、おまえらはあの子にこんな仕打ちをして、恥ずかしくねぇのかッ！」

「……私にとって、王命は絶対だ。王が命じるならば、私はなんでもする。それが王家と我が一族とで交わされた盟約だ」

「馬鹿野郎っ！　王が間違ったことをしたら諫《いさ》めるのが臣下《てめぇ》の役割だろうがッ！」

口の端から血を流す副団長と、大きな拳《こぶし》をぶるぶると震わせるガイウスを前にした俺の後ろから、少し遅れて団長と副官殿がやってきた。

「フロリード、どういうことだ」

普段より低い声は、怒号を堪《こら》えているのだろう。けれど、あまり怒気を露わにしない団長の怒りを前にしても、副団長は表情を変えなかった。

「私は王命に従ったまで。彼女が、そこにいるクレメンティ隊長との婚姻を諦めていれば、こうはならなかった。……ガイウス・カナリス、どいてもらおうか。陛下に報告をしなければ。殿下、先ほどのものをお返し願えますか？」

「断る」

こんな事態でも冷静さを失わない副団長の声に、部屋の奥から見たことのない形相のエドアルド殿下が進み出てきた。

「父上は間違っている。こんなこと許されるわけがないし、僕は許さない」

エドアルド殿下の拳の先で、見慣れた長い栗色が揺れた。それに絡まるように見える、淡いピンク色。無残にも切り落とされた彼女の長い髪が、そこにはあった。


――ルチア。


「人でなしッ！　こんな世界、救うんじゃなかった……！　あんたたち、鬼よ！　ルチア返してぇ……っ」

床に這いつくばるような格好で、聖女様が吠える。

「セレスティーノ！」

弾かれるような団長の声と、刃《やいば》と刃がぶつかり合う音に、瞬間我に返る。

「落ち着け！　さすがにそれはまずい！　奴にはまだ訊きたいことがある！」

背中に副団長を庇うようにして俺の剣を受ける団長の姿に、けれども俺は冷静になんてなれなかった。

「どいてください。あなたがそこにいては、殺せない」

視線の先には、彼女の命を奪った男がいる。それなのに、届かない。

「王命がなんだっていうんですか。そんなの俺には関係ない。どいてください」

「ダメだ、それではきみの命も危うい！」

交差する剣の向こうから、新緑の瞳が諭《さと》してくるが、その言葉は到底受け入れられなかった。

「彼女がいない世界に未練はありません」


ねぇ、ルチア。

君に奇麗にしてもらった世界が、その代償として君を奪ったというなら。

俺はそんな世界はいらない。

セレスティーノ、絶望する

「ガイウス、アストルガを捕らえろ！　父上に会わせるな！」

エドアルド殿下の命に、鬼の形相のままガイウスが動く。膂力《りょりょく》のあるガイウスと、多少鍛えているとはいえ、第一線から退いた副団長とでは、勝ちは決まっていた。

「セレスティーノ」

殿下の手から差し出された栗色に、俺は剣を取り落とした。ゴトン、という鈍い音が妙に耳につく。

剣の代わりに手渡された彼女の欠片に、全身の力が抜けた。


ルチア。


さらりとした手触りは、旅の間幾度となく触れたときのままだった。かすかに涼しい香りがする。

赤くなった顔。愛らしい笑顔。怒った顔。泣いた顔。

記憶にある彼女の顔がぐるぐると回る。


——わたしも、セレスさんがいいです。他の誰でもなくて、セレスさんが好きなんです。わたしでいいって言うのなら、側にいてもいいですか？　――

うん、俺も君がいい。他の誰でもなくて、君がよかった。

――いなくなっちゃ、嫌です――

俺だって、君がいなくなるのは嫌だ。

――いなくなるの、怖いです――

ルチア。
俺は、大切な人がいなくなるのが、こんなに怖いなんて知らなかったんだ。
ひとり遺されることが、こんな、身を切られるように哀しいなんて。
こんなに、世界がなくなる方がつらいと感じるなんて、思わなかったんだ。

ルチア。

「……っ、うぁあああああっ!!」
遺された彼女の髪を握りしめる。

守るって誓ったのに。

ひとりにしないって約束したのに。

君を幸せにしたかったのに。

君と、幸せになりたかったのに。


——彼女とでは釣り合わぬ。


しゃらり、と胸元で音がした。揺れる騎士団章に、カッと苛立ちが募る。

「なにが英雄だ……なにが騎士だ！　俺が欲しかったのは、そんなものじゃない！」

俺が騎士じゃなかったら、きっと君とは出会わなかった。

俺が英雄ともてはやされていなければ、きっと君は死ななかった。

君がすべてを失ったのは、俺のせいだ。

力任せにむしり取ると、俺は床に騎士団章を投げつけた。

「アストルガ、ルチアの亡骸《なきがら》をどこにやった」

「……言えぬ。殿下には言う必要を感じない。私が仕えるのは王だ。貴方はまだ王ではない」

「僕が即位すれば、言うというのか？」

「仮定の話には興味はない。私が仕えるのは王だ。陛下のところへ通してもらおう」

「——そうか」

エドアルド殿下の声が低くなった。凍り付くような声だった。

「僕が、王ならばいいんだな。……ガイウス、連れていけ。父上には会わせるな」

「了解」

「フェルナンド、ついてこい。レナート、マリアを頼む」

引き立てるようにして副団長を連れていくガイウスと、怒りの形相のまま団長を率いて出て行くエドアルド殿下がいなくなると、部屋には聖女様とエリク殿の嗚咽《おえつ》の声だけが響いていた。

「どこ、行くの」

エリク殿に問われて、ようやく自分が立ち上がったことに気づいた。どこに行くのかと問われても、わからない。鈍い頭を巡らせて、どこに行きたいのかを考えるが――考え付く先は、ただ一つだった。

「ルチアを、探しに」

「探しにって……ルチアは、もう――いないのに」

エリク殿は俺の手にあるルチアの髪を見て、言いづらそうに告げた。

「死んじゃダメだよ。隊長さん、ダメだよ！　ルチアはそんなこと望まない！」

「ルチアを見つけるまでは死にませんよ」

「死ぬ気あるんじゃん！　ダメだよ！」

「彼女がいないのに、この世界になんの価値があると？」

「セレス」

縋りつくエリク殿を鬱陶しく思っていると、聖女様がゆらりと立ち上がった。

「ルチアは、もういないの？　間違いないの？」

「聖女さま」

「エリくん、教えて。あいつが持ってきたのはルチアの髪だけだった。死んだって言ってたけど、嘘よね？　嘘だって言ってよ、ねえ」

ふらふらと生気の抜けたように、聖女様は俺のところまで歩いてきた。ルチアの髪に手を触れると、ポロリと再び涙を流す。

「嘘だって言ってよ。だってあたし、見てないもん。見てないものは信じない。そんなの信じたくない。あの子がなにしたっていうの？　あの子、手の届くもの全部守って、頑張ったのに、こんなの嘘。こんなの夢だって、ねえ、言ってよ！」

「聖女さま、何度も言わせないでよ！　この世界じゃ、女性の髪を切るのは、死んだときか未亡人になったときなんだよ！　ルチアの髪があるってことは……もう」

「髪だけじゃん！　髪切ったって死なない！　あたしの世界は髪くらい切るもん！」

「ここは……っ」

泣きすがる聖女様に向かって、エリク殿が、ひどくつらそうに叫んだ。

「ここは、あなたの世界とは違うんだよ！」

「！」

「――ひどい言い方してごめん。ごめんね。でもね、聖女さま。この世界の女性にとって、髪を切られるということは死んだことと同義なんだ。すごく重いことなんだよ。……こんなつらいこと、何度も言わせないでよぉ！」

ボロボロと泣きながらエリク殿は言うが、聖女様は頑なに否定する。乱れた髪をさらに振り乱して、聖女様はイヤイヤと頭を振った。

「重くても、死なないもん！　髪を切っても死なないもん！　死んだなんて信じない！　嫌よ！　ルチアは生きてるもん！　あたしが帰るの見送ってくれるって約束したもん！」


髪を切っても、死なない。


その言葉に、俺は手の中にある髪を見た。女性が髪を切ることと、その死は直結していると思っていた。それが現実の死であれ、社会的な死であれ、彼女たちは髪を切ることによって〝死者〟となる。それはこの世界の常識だった。

だが、俺たちの誰一人として、彼女の亡骸は見ていない。


――副団長が嘘をついていたら？


あの人が嘘をついてまで王命に背くとは思えなかったが、それでも一度胸に芽生えた疑問は消えなかった。

それが希望の芽だったから、消したくなかった。

もしあの人が、陛下の、一族の命令に反してまでルチアを守りたいと思ってくれたとしたら。

もしそうならば、彼女が生きている可能性はあるはずだ。
絶望の中に一筋の光が射したように思えた。
俺は、彼女の髪を胸に抱きしめる。
諦めない。諦められない。
ルチアに、必ず守ると誓ったんだ。
俺は床に落ちた剣を拾って鞘に納めると、今度は明確な意志を持ってドアに向かった。
ルチア。
たとえこの世界すべてを回ることになろうとも、必ず君を探し出す。

【挿話】エドアルド、反旗を翻《ひるがえ》す

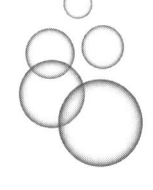

生まれてこの方、これほどまでに頭にきたことはなかった。

父上に求められるまま完璧な王位継承者として生きてきた僕は、日々淡々と公務をこなし、完璧な〝王太子〟として生きてきた。

父上から言われたことに疑問も覚えず、それが正しいのだとこの二十年間信じていた。

――だが、それは間違っていた。

初めて疑問を抱いたのは、マリアの始末を命じられたときだ。「国にとってどうするのが一番か」「王族としてどうすれば正しいのか」を念頭に置いていた僕に、父上から命じられた内容は到底受け入れられるものではなかった。

国にとって〝聖女〟というカードが魅力的であるのは理解できる。聖女を手放さないために僕と娶わせるというのも理解できた。マリアは面白い子だったし、しがらみにがんじがらめにされていた僕にとっては得難い宝石のようだったから、彼女と共に生きるのは楽しそうだとさえ思った。

けれど、使えなければ殺すというのだけは理解できなかった。古《いにしえ》のバチスの聖女は元の世界に戻ったというし、帰れるかもしれないなら帰せばいいと思った。

側近として父上が付けてくれていたフェルナンドと相談して、マリアを元の世界へ帰す方法を探し始めた僕は、仲間の手を借りつつ、旅の目的を達した。マリアを彼女の世界へ帰せる手筈もほぼ整え――本音を言えば、すでに彼女を帰すのは個人的に惜しくなっていたのだが――あとはそれを試してみるのみ、といったところだった。


ルチアが、死んだ。


最初は聖女《マリア》に新たに付けられた侍女だと思った彼女も、マリアと同じく変わった娘だった。

まさか自国にもう一人〝聖女〟がいるとは思わなかった僕も、彼女が見せる奇跡に考えを変えた。

マリアが聖女だというのなら、魔法は違えど、天晶樹を浄化させることのできるルチアもまた聖女だ。

マリアと共にすべての天晶樹を浄化したルチアは、帰国すればその恋人と幸せな結婚をするはずだった。


そんな彼女が、父上の無慈悲な命令で命を落とした。

彼女を手にかけた男からその理由を聞かされ、僕は初めて激怒したのだった。ふざけている。使えないから棄《す》てる。自国の騎士として様々な駒として使える上に、平民とはいえ魔法使いの血筋が少し混じっているセレスティーノと、先祖返りでない能力《ちから》を持っていたものの、それを失ってしまったルチアでは、娶わせても自国のためにならないとは、どういうことだ。もはや人扱いではないではないか。

彼女が最後の天晶樹の浄化と引き換えにその力を失わなければ、あるいはこんな結末は避けられたのかもしれない。救世の英雄であるセレスティーノと救世の聖女ならば、父上のお眼鏡にかなったのだと思う。

だが、力を失っていたとしても、彼女が世界を救った事実は変えられない。それなのに、その事実すら父上はなかったことにしたのだ。彼女の命を奪い、未来を奪い、〝聖女〟は一人だけだと嘘をつく。

それは、王としてあるまじきことだと思えた。


「父上は間違っている」

「エドアルド殿下。……王とは、絶対的な存在。それをお忘れなきよう」

父上に会いに部屋を飛び出した僕に、背後に付き従うフェルナンドが非難がましい声を上げる。元から頭に血が上っていた僕は、その声にぷつりと切れた。

そうだ、元はこいつは父上の臣下だ。父上の信頼を得て、僕に付けられた騎士団長。それが、父上の肩を持たないはずがない。

「なにが言いたい！」

怒りに任せて振り返り――僕は自分の推測が間違っていたことを知る。

フェルナンドもまた、僕と同じように怒っていた。彼は大抵のことは穏やかに受け流す男だったが、今その新緑の瞳は紛れもない怒りで爛々《らんらん》と光っている。

底光りする双眸《そうぼう》で僕を見据えながら、変わらぬ静かな物言いでフェルナンドは諭す。

「あなたが王となるのならば、誰よりも忘れないでいただきたいのです。王がもたらす悲劇を」

フェルナンドは一瞬瞼を伏せた。が、すぐにその瞳は僕を捕らえる。

「王とは、その一言で他人の人生を狂わせ、人の命を奪ってしまえる。どうか、あなたは間違えないでください。私も、もう間違えたくはないのです。私はあなたを守る盾となります。だからどうか、民を思いやれる王となってください」


フェルナンドの深い声に、僕は目を閉じた。

だとしたら、僕にできることは一つだ。

もとより親子の情は薄かった。為政者である父上は忙しく、あまり関わった記憶はない。母上が亡くなってから、それはさらに薄くなった。僕らは父と子ではなく、王とその後継者だった。僕は父上のようになりたいと目指していたわけではなく、王太子だから努力していたにすぎなかった。

王命に従ったルチアは、この世界のために力を失くした。王としてそれに報いるのではなく、さらに命まで奪うなどということは、してはならないことだ。

彼女のような悲劇を生まないためにも、彼女の亡骸の行方を知るためにも、僕は父上を引き摺り降ろそうと決心した。

謁見の間の前まで行くと、先ほど遠ざけた近衛が再び戻ってきていた。

「中に父上が戻られているのか」

「殿下！　い、いえ……陛下はお戻りになられておりません」

どうやら彼らは無人の部屋の警護をしているようだった。彼らの職務はそういうものなのだろうが、空の部屋を忠実に守るその姿は、今までの僕を思い起こさせた。責務だからと、自分で考えることをせずに言われるがまま動いていた僕。空の部屋を守る騎士と、意思を持たず王太子を演じる僕は、よく似ていると思った。


王のために国が在《あ》るのではなく、国のために王がいる。

それなのに、僕は国のためではなく、ただ王のために在った。父上の望むまま、父上のスペアとして生きてきた。

父上と僕は違う人間だ。同じく王となろうとも、同じ生き方はできない。

父上が聖女を犠牲にしてまで王として在るのならば、それを許容できない僕は、反旗を翻す。

父上はどうやら寝室にいるようだった。

たしかにこの数年、父上の健康は芳しくない。僕が浄化の旅に加わったのも、父上の跡を継いで即位するのが間近に迫っていたためでもあった。

「父上」

人払いをして、フェルナンドと中へ入る。

「……エドアルドか」

厚く下ろされた天蓋の奥から、先ほど謁見の間で聞いたものよりしわがれた声が僕を呼ぶ。

天蓋を撥《は》ねるようにして中に入ると、そこには一人の老人が横たわっていた。

老いたな、と思う。父上はこれほど小さかっただろうか。

「何故僕がここにきたか、おわかりでしょう？」

「さて……な。なにかあったか」

色を失くし、かさかさに乾いた唇が、ふと笑みを浮かべた。

「何故、彼女を〝黒の馬車〟に乗せたんですか」

「――フェルナンドか、その話をしたのは」

「誰がもたらしたかなど関係ありません。僕は、何故こんなことをしたのかと訊きに来ている。王として――恥ずかしくはないのですか」

僕の糾弾に、父上はようやく視線をこちらへ向けた。

「王として、か」

そう呟くと、父上は再び天井を向く。その瞳からは、なにを考えているのかは読み取れなかった。

「あの娘に死を与えたのは、王としてではない」

「え？」

思いもよらない返答に、僕は瞬きをした。

「余が〝黒の馬車〟を使ったのは、死にゆく一人の父親としてだ」

思わず言葉を失ったのは、僕だけではないようだった。背後で息をのむ音が聞こえたからだ。

「あの娘が力を失わなければ、あるいは、そなたが聖女を国に帰すと言わなければ殺さなかったかもしれない。力が残っていればそなたと娶せたし、そなたが聖女を王妃とするならば、力を失ったあの娘はクレメンティにくれてやっても構わなかった。だが、聖女が消えたあと、あの娘だけが残るのは危険だ。この世界において、天晶樹を浄化した〝聖女〟の存在は大きい。聖樹教の教えを思えばそなたもわかるだろう？　聖女を得なかった王と、聖女を得た英雄。もし、クレメンティが思い上がったら？　貴族たちが奴を抱え上げたら？　そう思えば、排除するしかなかった」

父上は、疲れたような重いため息を漏らすと、瞼を伏せた。

「セレスティーノは……そんな男では」

「あの娘の力は突発的だった。特殊な力だ。クレメンティとの間に子ができても引き継がないかもしれない。だが、もし引き継いでしまえば？　あやつに王位を狙う野心がなくとも、その子孫は？　王家は絶対でなければならない。王の脇《そ》に力がある者が侍《はべ》るのは幸いである。クレメンティに強い子が生まれ、その子がこの国を支えてくれるならばよい。だが、そなたの子に力がある者が生まれなければ、この国を支えるかもしれないあの娘の子は、〝聖女〟という一言のせいで害にしかならないのだ。クレメンティの子は力があるものが望ましいが、過ぎたる力を持つことは望ましくない。そなたの治世を脅かすものは、すべて余が連れて行く」

「……………」

「クレメンティのあの娘への執着はただ事でなかった。できれば穏便《おんびん》に済ませたかったが、あの娘も引かなかった。二人を引き剥がすには、ああするしかなかったのだ。あの娘が生きていればクレメンティは探すだろうし、あの娘も声を上げるに違いない。〝聖女〟が一人しか残らないのならば、他の誰にも渡すわけにはいかぬのだ」

そこまで告げると、父上は激しく咳き込んだ。背中をさすろうと手を出しかけるが、自分がこの後にしようとしていることを思い出し、そのまま握りこむ。

「エドアルド、あの娘のことは諦めよ。恨むなら余を恨めと、クレメンティには伝えるがいい」

父上は閉じた瞳を再び開けると、僕を見た。エメラルドの瞳は、濁っているのに鋭かった。

「父上……いえ、ランベルト王。それでも僕は貴方のやったことは間違っていると思う。王のために国があるのではない。我々は、私利私欲のために罪なき者を手にかけていい存在ではない。王が代われども、国は存在する。貴方は王家と恩人を秤《はかり》にかけるべきではなかったんだ」

「父を、殺すというのか？　エドアルド」

「初めに〝聖女〟を殺したのは貴方だ、ランベルト・メルキオッレ・バンフィールド。彼女に報いるためならば、僕は父殺しの王の名を冠《かん》しよう。これ以上、王家のために血を流させはしない。貴方で終いにする」

「お待ちください」

隠し持った懐剣の鞘を払おうとしたところで、フェルナンドの制止が入る。

「邪魔をするな」

「エドアルド殿下、あなたが汚名を着る必要はない。陛下をおとめできなかった私に咎《とが》はある。私はあなたの盾。新しい治世に荊《いばら》の冠は不要です。……陛下、お赦しを」

するりと懐剣を奪うフェルナンドに、僕は焦って飛びかかった。違う、そういうことを望んでおまえを連れてきたんじゃない！

「待て、フェルナンド！」

「待てません。私も怒っているのです。陛下をおとめできず、恩人である彼女を守り切れなかった。騎士として、人間として、私は自分が許せない。陛下が聖女殺しの罪を背負って逝《ゆ》くのなら、私も王殺しの罪を背負って逝きます。未来を拓《ひら》くあなたが背負う罪ではありません」

歴戦の勇者であったフェルナンドに、護身術程度の腕しかない僕ではかなわなかった。呆気なく剣を奪われると、扉の方へ押し出される。

「お戻りください、殿下。あなたはなにも知らなかった。よろしいですね？」

「待て、待てフェルナンド！　それはダメだ！　僕はお前を失うつもりはないぞ！」

緊迫する僕らの間に、突然哄笑《こうしょう》が入り込んだ。場違いなほど大きな笑い声に、僕とフェルナンドは一瞬もみ合う手を止める。

「エドアルド、フェルナンドの言う通りにせい。新しき王が背負うには、簒奪《さんだつ》の罪は重い。人々はついてこなかろう。それこそ、国家転覆の危機ぞ。魔物の脅威が去って平和になった国に、新たに火種を蒔《ま》くつもりか」

平和になった国の火種。その言葉に僕は唇を噛みしめた。天晶樹が浄化され、魔物がいなくなったこの世界は、新年を前にしているのもあってお祭り騒ぎだ。その中に聖女の謀殺と王位簒奪という血腥《ちなまぐさ》い話題が伝わるのは、得策ではなかった。

だが、このままにするわけにもいかない。せめてひそかに埋められているルチアの亡骸を取り返し、きちんと葬らなくては。

「では、父上」

僕は改めて父上を見た。どす黒く変色したその顔は、もうその命の火が永くはないということを僕に知らせる。

「母上の眠る、南の離宮へ行ってください。王太子が帰還し、病身の王は静養のため離宮へ移った。そういう体裁をとります。フェルナンド、剣を下ろし譲位の手筈《てはず》を整えよ。おまえが指揮を執り、離宮には何人たりとて近づけるな。王は重い病気である。見舞いは不要。世話をする者も人数を絞れ」

フェルナンドは僕の宣言に苦い顔をしたが、黙って床に落ちた鞘を拾うと、手の中の懐剣をそれに納めた。膝を突き、恭しく懐剣を捧げると、深く首を垂れる。

「仰せのままに、我が主君」

セレスティーノ、旅立つ

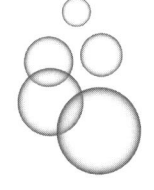

　控え室に置き去りのままの荷物を再び背負い、俺は厩に向かった。

　可哀想だが愛馬は置いていくことにする。さすがに長旅の疲れも癒えぬまま再び連れ出すのは躊躇われた。固定の所有者がない馬を一頭借り受けようと心に決め、大理石の廊下を駆け出した。

「おい、どこ行く！」

　駆け抜けざま、腕をつかまれ引き戻される。見ると険しい表情のままのガイウスだった。

「副団長を見張るんじゃなかったのか」

「そんなもん、王太子殿下と団長命令だっつって牢屋に突っ込んで、任してきたわ。あんな奴の面倒なんざ見る気はない。それよかおまえ、どこに行くつもりだ」

「ルチアを探しに行く」

　ルチアの名に、ガイウスの表情が痛ましげに変わる。飄々とした彼には似つかわしくない表情だったが、人一倍ルチアを可愛がっていた彼が、彼女の訃報に傷ついていないわけもなかった。

「嬢ちゃんは――」

「生きてるかもしれない」

「は？」

「俺たちは、ルチアの死を確認していない。髪だけじゃ納得できない。彼女の生死を自分の目で確認しなければ、俺は諦められない。いや、たとえ二度と会えないとしても、彼女を諦めることなんてできないんだ」

鳶《とび》色の目に浮かんでいた表情が、俺の言葉を聞くにつれて変わっていく。それは、見慣れた彼のふてぶてしい顔だった。

ニヤリとしか表現できない笑みを浮かべると、ガイウスは俺の肩をバンと力強く叩いた。

「了解。同感だぜ、隊長サンよ。ただ、頭に血が上ったおまえを一人にするのは不安だ。オレも行く」

「同行は不要だ。待つ人がいる人間が、来るべきじゃない」

有り難い申し出だったが、俺は瞬時に断った。

苦い気持ちで、俺は彼の左手に嵌まる銀の腕輪を見る。彼の伴侶は半年も帰りを待っていたのだ。これ以上、連れまわすべきではない。

だが、既婚者である目の前の男は、待つべき人という言葉に一瞬躊躇いを見せたものの、すぐに首を横に振った。

「レナートを通じて事情は話す。うちの嫁さんはむしろこの状況を聞いてオレがおまえを放り出したと知ったら、どやしつけるだろうさ。そういう女だ」

揺るがない視線に苦しくなった。言葉の端々から、配偶者への深い信頼が窺える。

「嫁さんの両親は魔物に殺されている。一人残される怖さは、オレよりあいつの方が知っている。その上魔物を消して自分のような子どもを生まないようにした嬢ちゃんを探しに行くのに、賛成しないはずもねぇ。それに隊長サン、おまえ一人にしとくのは怖ぇ。鏡見てみろ、すげぇ顔してるから」

苦笑いを浮かべて、ガイウスは俺の頭に手を乗せた。よくルチアに対してやっていたように、そのままわしわしと掻き混ぜる。そこまで身長の変わらない背丈のせいでやりづらそうにしているところで、その行為をわざとやっているのがわかった。彼は彼なりに元気づけようとしているのだ。

「年長者の言うことは聞いとくもんだ。ほれ、一度控え室に戻るぞ。オレも荷物取ってくるから。あと、念のため王太子ドノに一筆もらっとこうぜ」


――お父さんって、あんな感じなのかなぁ――


いつか、ガイウスをそう評して笑ったルチア。

ルチアが、彼に懐いたのがわかった気がする。心細いときに力づけてくれるその掌は、少し癪《しゃく》だが、たしかに幼い頃を想い出させるものだった。

「お～し、それじゃバシッと準備して出るかぁ！　いいか隊長サン、待ってる間一人で逃げんなよぉ～。おっさんは執念深いんだぞ」

「逃げませんよ。同行、お願いします」

「いやに素直だな」

「あなたのおかげで少し冷静になりました」

「言ってくれるね」

思いがけないが、心強い同行者を得た俺は、手早く準備を済ませると、ガイウスと一緒に旅立った。

「嬢ちゃんと王都《ここ》を出たときも、この門だったな」

人気のない北門をくぐりながら、ガイウスが笑う。

天を仰ぐと、そこには雲一つない青空が広がっていた。

ルチア。

必ず、君を見つけ出すから、待っていて。

セレスティーノ、祈る

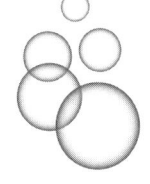

ルチアの行方を尋ねる旅は難航した。俺たちと並行して騎士団も探してくれていたのだけれど、彼女の行方は杳《よう》として知れない。

どうしたらいい？　彼女はどこにいる？　どうやったら見つけられる？

頻繁にアールタッドと連絡を取りながらも、一向につかめない足取りに、俺たちは焦れていた。探索先を国内に絞ってはみたが、それでも街や村は数えきれないほどあるのだ。元より移動に時間がかかるのだが、冬が深まるにつれ、その速度は遅くなる。

八方塞がりな気分に追い込まれた俺は、藁にもすがる想いで提案した。

「ガイウスさん、ハサウェスに行きましょう」

「あ？　嬢ちゃんの故郷か。だが、あそこはすでに探索済みって話じゃなかったか？」

「ええ。ですが、ちょっと寄りたいんです。……ダメでしょうか」

「まぁ、ハサウェスなら近いからいいけどよ」

怪訝そうにしながらも、ガイウスは理由を問うことなく了承する。心の中で感謝しながら、俺は馬首を西へ向けた。

「すみません。墓地はどちらになりますか？」

ハサウェスの街に着いた俺は、門を守る衛兵に尋ねた。墓地の単語でピンと来たのか、ガイウスの瞳が緩む。

教えてもらった墓地の場所は、街の外だった。ハサウェスはそう大きな街ではないので、城壁は一重だ。そのため、城壁の向こう側に墓地が設けてあるらしい。

先ほどくぐったばかりの門を抜け、俺たちは目当ての墓を探す。墓地の片隅にようやく見つけたその墓は、他の墓と同じく荒れ果てていた。王都へ移った彼女だけでなく、街に住んでいる人たちもまた墓参できていないのが一目でわかる。

俺たちは無言のまま、ぼうぼうに生えていた草を抜き、そこに眠っている彼女の両親と対面する。

……すでに亡くなっている方たちだけれど、彼女の両親だと思うと、ちょっと緊張するな。

「……はじめまして、俺、セレスティーノ・クレメンティって言います」

挨拶は大事だろうと自己紹介を始めると、隣のガイウスから「そういうのは心の中でやれ」と突っ込みが入る。それもそうだな、と、俺は目を閉じて祈った。


彼女がたくさんの人から愛されていること。

その中で、誰よりも彼女を大事に想っていること。

そんな彼女に降りかかった災禍《さいか》について。


様々なことを報告しながら、俺は一心に祈った。

どうか、どうか彼女と再び出会えますように。

年齢以上にしっかりした彼女は、ああ見えて誰より淋しがり屋だ。一人ぼっちになってしまった今、また泣くのを我慢しているのではないのかと、心配になる。泣いたっていいのに、彼女は泣いてもどうにもならないと、全部飲み込んでしまうのだ。

俺は、彼女が安心して感情を表せる場所でありたいんです。涙を我慢しなくてもいい、彼女が安らげる場所に。

他の場所で彼女が幸せに暮らせる場所があるならいいけれど、もしそうでないのなら、俺の元に彼女を返してください。

……本当のことを言えば、彼女が幸せに笑える場所は、俺の側がいい。他の奴に渡したくなんてない。なにを措《お》いても大事にすると誓います。もう、淋しくさせることも、泣かせることもしないと誓うから。

だから、どうかルチアを、俺の最愛の人を、この手に戻してください。

俺が祈りを捧げる間、ガイウスは黙って待っていてくれた。
いや、彼もまた、祈っていたのかもしれない。
彼女を大事に想うのは、俺だけではないのだから。

ルチア、身を隠す

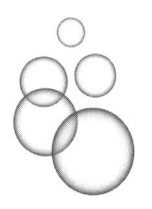

リウニョーネという村は、山間にある小さな集落でした。
人々は畑を耕し、川で魚を捕り、ヤギを飼って過ごしている。そんな小さな村です。
だから、わたしを隠すのにはちょうどよかったのでしょう。

わたしがここに来てから、それなりの時間が経ちました。

あの日からは一月《ひとつき》半？　二月《ふたつき》経たないくらいです。

その間、季節は新しい年を迎えて、今は霧月《ブリュメール》の半ば。もうだいぶ秋も深まっています。

北は冬が来るのが早いのだと、ここに来て初めて知りました。アールタッドもわたしが生まれ育ったハサウェスもバンフィールドの南の方にありますが、ここは北の方にあるそうです。まだ今くらいでは多少涼しくなる程度なはずなのに、もうここでは涼しいを通り越して寒いんです。なんでも、霜月《フリメール》には霜どころか雪が降り始めるのだとか。

この村の人たちはとても優しいです。訳ありだと見た目からしてわかるわたしを温かく迎え入れてくれて、なにくれともなく世話を焼いてくれてます。もちろん、それはわたしをここへ連れてきてくれた人のおかげでもあるのですが。この村は、その人——グイド・アラリーさんの故郷なのだそうです。

あのとき、アストルガ副団長はわたしを殺すことなく、ルチアを死者として報告することにすると、髪を切り名前を奪うことを赦してくれと頭を下げました。

茫然とするわたしに、アストルガ副団長は、〝わたし〟が生きていることが国王陛下に知られれば、他の人間に害が及ぶだろうと苦い顔をして教えてくれたのです。

――そう、わたしの存在は、単にわたしの命だけでなく、わたしが大事に想う他の人たちの命すら危険にさらすのだと。

ガイウスさんや洗濯部の人たちといった、陛下にとって価値が低いと判断されるだろう人たちから始まり、最後はセレスさんやマリアさんといった、〝使い方を誤れば王国に害をなす存在〟にまで被害は及ぶだろうと。

そう言われてしまえば、わたしに抵抗という選択肢はありません。〝ルチア〟の存在がセレスさんを、マリアさんを、皆さんを危機に追いやるというのならば、もう、〝ルチア〟は生きていてはいけないのです。


頷いたわたしを、アストルガ副団長は王都から遠い地へ逃がしてくださいました。

当初はご自分《じぶん》の領地へとおっしゃっていたのですが、さらにわたしの身を案じてくださって、たまたま道中往き合ったグイドさんにわたしの身柄を預け、副団長に関係のない地に送り届けろと命じられたのです。

――貴殿は生きよ。王や英雄とは無関係の場所で……生きてくれ。せめて……三年。耐えてくれ。今しばらくは堪《こら》えてほしい。

〝ルチア〟を殺したとき、アストルガ副団長がおっしゃった言葉が胸に蘇ります。

三年という区切りに、どういった意図があるのかはわかりません。三年後に元に戻れるかもわかりません。ですが、そこにわたしを助けようと必死になってくれている方の想いが籠められているのは、痛いほど感じました。

〝わたし〟を生かすために何人もの人が骨を折ってくださったのです。わたしは……わたしにできることは、身を隠し、日々を懸命に生きることだけでした。

死ぬわけにはいきません。前を向いて、できることから始めて、生きなければ。大切な人たちを守りたいならば、たとえルチアは死んでも、わたしは生きていなければいけないのです。

「ノッテ！」

不意に名前を呼ばれたわたしは、雑草を抜く手を休め、声のした方角を振り向きました。

ノッテ。それはわたしの新しい名前です。あの日、わたしは命の代わりに髪と名前を失い、〝ノッテ〟という新たな名前をもらいました。

とはいえ、わたしは死者。ノッテという人間の戸籍はどこにもありません。生きながらにして死んでいるという、ものすごく曖昧《あいまい》な立ち位置にいるわたしですが、戸籍がなくても普段の生活には問題はなく、他の人と同じように暮らしています。

「オルガさん、どうしました？」

今、わたしに呼び掛けてくれたのは、オルガさん。わたしをここに連れてきてくれたグイドさんの奥さんのお母さんなんだそうです。

オルガさんは突然現れたわたしの出自を不審がることなく、色々面倒を見てくださっています。とても面倒見のいい人で、ちょっとキッカさんのような……いえ、なんでもありません。

「ノッテ。チーズを作るから手伝ってくれるかい？　アンタのも一緒に作るからね」

「わかりました。手を洗ってくるので、先に行っていてください」

オルガさんのお願いに首肯すると、わたしは抜いた雑草をひとまとめにして、肥料を作っている樽の中へ入れました。そのままお借りしている家の脇に置いている水瓶から柄杓《ひしゃく》で水を汲むと、土で汚れた手を洗います。

ひどく冷たい水は、冬の訪れが間近だと告げていました。


一人ぼっちの日々は耐えがたいものでしたが、皆さんを守るためならば頑張ることができました。そうしているうちに時間は過ぎてゆき、空気も水もどんどん冷たさを増して冬が深まっていきます。風景は白一色と化して、厚い雲からは絶えず雪がちらついています。

「あっつ！」

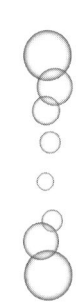

この日、わたしは部屋で洗濯をしていました。この時期、外に干すと洗濯物は凍ってしまうそうなので、わたしもそれに倣います。

部屋に干すとどうしても臭いが気になるので、洗う前に熱いお湯に浸けておきます。しばらく浸けた後、普段通りに洗濯すると臭いが違うのだと、洗濯婦になってから、わたしはキッカさんに習いました。

今はもう、どんな汚れでもすべて奇麗にすることはできませんが、それでも教えてもらった技はわたしの中に残っていて、日常でつく大抵の汚れは自力で落とせます。


それにしても、こうやって洗濯をしていると、どうしてもお城の皆さんや旅の仲間たちのことを思い浮かべちゃいますね。

皆さん、どうしているでしょうか。元気でしょうか。酷い目に遭わされてはいないでしょうか。

わたしが処分されなければ、皆さんに累を及ぼすとアストルガ副団長はおっしゃっていました。

こうやってわたしが隠れていれば、皆さんは大丈夫なはず。

キッカさん、ロッセラさん、ジーナさんにジーノさん。皆さん元気にお仕事をされているのでしょうか。

聖女様がご帰還なされたというお話は、この村まで届いていませんが、マリアさんはまだこの世界にいらっしゃるのでしょうか。

そうやっていろんな人のことを思いますが、結局最後に浮かぶのは、後悔の念でした。

果たせなかった約束が多すぎて、自分がどれだけ当たり前のように未来が来るのだと思い込んでいたのかを知ります。お母さんが死んだとき、明日が当たり前にくるわけでないと知ったはずなのに、いつの間にかわたしはそれを忘れていたようでした。

また一緒にお仕事をしようという約束。

帰ったらケーキを食べに行こうという約束。

帰るときには必ず見送るという約束。

魚のパイ包みを作ってあげるねという約束。

お家にお邪魔するという約束。

いろんな約束が心に引っかかっていますが、どうしても一番苦しい気持ちになるのは、未来を共にするという約束でした。


一緒に過ごせないなら、もっとそばにいる時間を大切にすればよかったです。

名前を呼べなくなるなら、望まれるままの呼び名で呼べばよかったです。

想いを断ち切られる日がくるなら、もっとたくさん大好きだって、伝えればよかった。

わたしを好きになってくれて、
わたしが好きになった人。
わたしを守ってくれて、
わたしの家族になるって決心してくれた人。

取りこぼしてしまった流水のように、それは一瞬にしてわたしの掌から失われてしまいました。苦い思いを逃がしたくて、わたしは唯一残された品に触れます。左腕に嵌まるそれは、あの日と同じすべらかさを指に伝えました。

いつか、帰れるのでしょうか。

帰れなかったとしても、王都にいる彼のその後を聞いて笑える日が来るんでしょうか。だとしてもそれはすべて今ではなく、また、果たしてそんな日が来るのかどうかも、今のわたしにはわかりませんでした。

ルチア、シャボンをかけられる

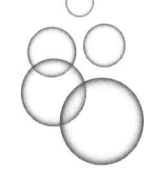

家に籠りがちになるとはいっても、毎日水瓶に水を満たすため、村の共同井戸のまわりは早朝、人だかりができます。皆さん、そこで多少お話をしたりしてから再び帰宅するのです。

リウニョーネ村は辺境にあって、外からの情報はほぼ入ってきません。魔物に怯える村の人たちは、グイドさんから魔物の脅威は去ったと聞かされてもいまいち信用できていないようで、お年寄りになればなるほど、頑なに家からでようとはしませんでした。

ですが、ここ数ヶ月魔物の姿が見えないことから、本当に聖女様が浄化してくれたのだと、ようやくここに至って理解してくれたようでした。

「まさか、本当に魔物に怯えなくていい日がくるなんてねぇ」

「ばあちゃん、だからオルガが言ってたじゃないか。グイドくんがそう言ってたって」

「聖女様々だねぇ。本当に、亡くなったうちの旦那も喜んでるだろうよ」

目に涙を浮かべつつ、おばさま方は手を取り合って喜んでいます。浄化のその場に居合わせた身としては、早々に大丈夫だと太鼓判を押してあげたかったのですが、ルチアであったことは秘密にしなければいけないわたしにはなにも言えなかったので、ようやく皆さんが愁眉《しゅうび》を開いたのを見てほっとしました。

「そしたら、他の村に行っても大丈夫なのかね」

「私、それなら王都にいる娘のところに行ってみたいわ。婿《グィド》さんがいるとはいえ、子どもがいちゃ危なくてなかなか里帰りひとつできやしなかったからね」

「あたしも生きてるうちに王都へ行ってみたいね。春になったら皆で乗り合わせて行くかい？」

「そのためにはまず馬を手に入れなくちゃ」

「ヤギしかいないからねぇ。ヤギに牽《ひ》かせるわけにもいかないかねぇ」

離れていた家族に会えるかもとあって、オルガさんはとても嬉しそうです。アールタッドからキリエストまで馬を飛ばして一週間でしたが、同じ北方にあるとはいえ、山越えが必要なリウニョーネ村はさらに日数がかかるようでした。

そんな風に話していると、ふと村の入り口の方が騒がしくなります。見ると、見たことがない馬車の姿がそこにはありました。

死者となって逃がしてもらったものの、ある意味お尋ね者なわたしは真っ青になりました。まさか、生きてここにいることが陛下にバレたのでしょうか？　ダメです、それがバレてしまえば、皆さんが、マリアさんが、セレスさんが危険にさらされてしまいます！

ですが、その心配も馬車から降りてきた人物によって掻き消されました。馬車から現れたのは、小さな子どもを連れた女の人だったのです。

「かあさん！」

女の人は、井戸を囲むわたしたちに向かって叫びました。彼女の姿を見たオルガさんが顔を輝かせます。

「ビーチェ！」

急いで駆けて行き、ぎゅっと女の人を抱きしめたオルガさんの態度から、彼女が王都に嫁いだという娘さんだというのがわかりました。

「ああ、ああ、よく来たね！　子どもが生まれてからは里帰りできていなかったから気になっていたんだよ。あんたがジュストだね？　大きくなったねぇ……。元気にしていたかい？」

「もちろん。ジュスト、おばあちゃんよ。ご挨拶は？」

「こんにちは……」

「こんにちは！　ああ、賢そうな子だねえ！」

ビーチェさんのスカートに半ば隠れながら挨拶をした男の子に、オルガさんが相好《そうごう》を崩します。

「会えて嬉しいよ。でも、王都からじゃ遠かったろう？」

「遠かったわよ。でも、ようやく魔物がいなくなったんだもの。……ああ、そういえば、王様が代わったのってここまで聞こえてる？」

「ええっ⁉」

ビーチェさんの発言に皆さんが驚きの声を上げましたが、それはわたしも同じでした。

新しい王様。それは王太子であったエドアルド殿下に他ならないです。つまり、もうわたしが生きていることを知られても、皆さんの安全が脅かされることは……ない？

胸が締め付けられるように痛くなって、わたしは両手を胸元に引き寄せました。わたし、〝ルチア〟に戻れるんでしょうか。戻れるなら――帰りたい。帰りたいです、皆のところへ。セレスさんのところへ。

「やっぱりここまで情報来てないのね。王様が代わるなんて大事《おおごと》なのに、情報網が発達してないって困るわね。でも、聖女様が魔物を退治してくださったから、辻馬車の本数も増えたし、行き先も増えたわ。多分、手紙やもののやりとりもそのうちできるようになるはずよ」

「まぁ、王様が代わっても、あたしらの生活には関係ないからねぇ」

「そうさ、税率が代わるなら話は別だけどね！」

頬に手を当てて嘆息するビーチェさんに、他の奥様達が大きな笑い声を響かせました。

「あら？　見ない顔ね？」

不意にビーチェさんがわたしに目を止めて首を傾げました。たしかに、突然故郷に見知らぬわたしが現れたのは不審にしか思えないのでしょう。

ビーチェさんの疑問に、オルガさんが笑って答えました。

「グイドが連れてきたんだ。……もしかして聞いてないのかい？」

「聞いてないわ。あなた、名前は？」

眉根を寄せて、ビーチェさんはわたしの全身をじろじろと眺めました。旦那さんが見知らぬ女性を自分の母親に託したと聞いて、不審に思わないはずはありません。

「あの、ノッテ、と申します。グイドさんには命を救ってもらって、行き先がなくて困っていたのでオルガさんのところへお世話になりました」

「まぁ……かあさんに預けるってことはやましい間柄じゃないんだろうけど。ごめんなさいね、なにも聞いてなくて、私。なんでアールタッドへ連れてこなかったのかしら」

内心汗だくのわたしに、ビーチェさんは困ったような声を出しました。

「まぁいいわ、あの人に訊くから。はじめまして、私はグイドの妻のビーチェよ。ところでノッテさん、あなたどこからきたの？」

「あの……えっと」

「年頃は王都で探されてる人に似てるけど、髪の色も違うし、名前も違うから、違うのかしら」

わたしは思わず短くなった髪に手をやりました。薬草で染めたそれは、元の栗色ではなく、今は赤みがかった色をしています。

「探されてるって……ノッテくらいの女の子をかい？」

「それがね、かあさん、探されてるのは天晶樹を浄化したもう一人の聖女様で、〝竜殺しの英雄〟様の婚約者らしいのよ。今、新王即位記念としてその恋物語が王立劇場で誰でも見れるようになってるんだけど、もう、アールタッドは彼女のお話でもちきりよ！　異世界に馴染めず苦しんでいた聖女様を救って、聖なる竜を懐かせて、天晶樹を浄化して……。そんなにも世界のために尽力したのに、先代王によって命を奪われかけたその方を、英雄様が助けに行くの。実際は今探されている最中みたいなんだけど、どこかで生きていらっしゃることはたしかなんですって。ただの物語じゃないの。その話は事実だって、聖女様も新王陛下も口をそろえておっしゃったんだから！」

王様の交代も聞こえてきてないここに、その話が来てるはずもないわよね、と笑うビーチェさんでしたが、最後の方はよく聞こえませんでした。

わたしが生きていると、アストルガ副団長が伝えてくれたのでしょうか？　それならば、なぜ探されているのでしょう。グイドさんは？

ドキリ、と胸が高鳴りました。死んだと聞かされても、もしわたしを探し続けてくれているとしたら。甘い考えかもしれませんが、それはわたしの気持ちを高揚させるには十分です。

わたしは震える手を握りしめて、ビーチェさんに尋ねました。

「あのっ……その話、本当なんですよね？」

「そうよ？　セレスティーノ様が今、国中を駆けずり回って探してるわ。恋人を探してさまよう騎士。素敵なシチュエーションよねぇ」

うっとりとしたビーチェさんの返事に、わたしは言葉を失います。だって。


――セレスさんが、わたしを、探している？

頭がぐるぐるしてきました。いろんな情報が一気に入ってきて、パンクしそうです。


陛下が退位なされたこと。

殿下が即位なされたこと。

王都でのわたしの扱い。

そして――セレスさんがわたしを探している、ということ。

様々な想いがせめぎ合って暴れる胸を、わたしは握りしめた手でそっと押さえました。今すぐに帰りたい。でも、どうやって帰ったらいいのでしょう。ここでわたしがルチアだと告白しても、信じてもらえるかどうかわかりませんし、信じてもらえても帰る手立てがありません。ビーチェさんたち親子が帰る際に同乗するとしても、無一文のわたしでは、辻馬車代を捻出《ねんしゅつ》できませんし。

泣きたくなったそのときです。

「シャボン！」

「え？」

突然した幼い声に顔を上げると、ビーチェさんの陰からこちらを見ている灰色の瞳と視線が合いました。

「おねえちゃん、悲しいのとまった？」

「こら、ジュスト！」

ビーチェさんの声に、ジュストくんは不満げに唇を尖らせます。

「だっておかあさん、シャボンは幸せの魔法なんだよ。劇でマリアさまが言ってたよね。マリアさまを笑顔にしてくれたシャボンは、幸せの魔法だったって。ルチアさまは悲しいときや助けてほしいとき、みんなにシャボンをかけて幸せにしてくれたって言ってたよ。だからおねえちゃんにもかけるんだよ」

「…………！」

そのときの衝撃を、どう言い表したらいいのでしょうか。

わたしは、たまらなくなって両手で顔を覆いました。泣かないって決めたんです。でも、涙が抑えきれません。泣いちゃダメなのに。

──ねぇ、マリアさん。〝シャボン〟は幸せの魔法だって、思ってくれていたんですか？　わたしは、あなたを幸せにできていたんですか？　色んなものを奪って、何度も悲しい思いをさせたのに、それでもそう思ってくれていたんですか？

「おねえちゃん？」

「ありがとう。大丈夫ですよ。……その魔法、効きますね」

心配そうなジュストくんの声音に、わたしは顔を覆っていた手を外し、にこりと笑ってみました。

でも、きっと奇麗に笑えていなかったのでしょう。ジュストくんだけでなく、オルガさんやビーチェさんも気遣わしげな表情になります。

心配させてごめんなさい。でも、わたしが泣いていいのはここじゃない。わたしが帰る場所は、ここではないんです。

——今すぐ会いたい。強くそう思ったその瞬間。

「ルチアッ!!」

半ば悲鳴のような、大好きで懐かしい声がわたしの耳に飛び込んできたのです。

ルチア、涙を流す

弾かれるように声がした方向を探すと、そこだけ光が当たったように、すんなりその声の主の姿が目に飛び込んできました。

お日様色の髪、グレイの隊服。その青空の色の瞳は、まっすぐにわたしを見ています。

「ルチア！」

セレスさんってすごく足が速いんだな、と場違いな感想を抱いた瞬間、わたしはその腕の中にいました。

懐かしい香り。懐かしい人。

これは夢でしょうか。帰りたいと、会いたいと思った瞬間、それが叶うなんて。あまりにも都合がよすぎます。夢なら、またいつものように掻き消えちゃうのかな。ああ、それは、それだけは嫌です。もう、あんな夢、見たくないんです……！

ぎゅっと目を瞑ったわたしの耳元に、セレスさんの「間違いない、ルチアだ……」という呟きが落ちます。その言葉に、わたしはハッと目を見開きました。

「ルチア、会いたかった……！」

絞り出すような震える声を聞いて、わたしの胸の奥も震えました。咽喉《のど》の奥が、きゅうっと締め付けられるように痛いです。

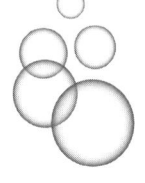

「セレス、さん……」

そっとその広い背中に指を這わせると、覚えているより少し痩せたような気がします。

頬から、指先から、確かに感じるその人の存在に、わたしはようやく、これが自分に都合のいい夢ではないことを知りました。名前を呼んでも、もうその姿は消えないのだと。

そう理解したとき、わたしの瞳を熱いものが濡らしました。

だって。


わたしもあなたに会いたかった。

あなたを守りたかったから、言われるがままに身を隠したけれど、淋しくて仕方がなかった。

なによりも誰よりも、あなたを失ったのが哀しかったんです。

あなたを失った事実がつらすぎて、空も見れないくらいに。


「セレスさん……！」

帰ってきたのだと、もう、ひとりで頑張らなくってもいいのだと、そう感じた瞬間、わたしは泣いていました。

怖かった。

哀しかった。

さみしかった。

会いたかった。

そんな感情が爆発したみたいで、わたしはセレスさんの腕の中で、子どもみたいにわんわんと泣きました。

「ルチア……」

きつく抱きしめられていた腕がゆるむと、セレスさんはわたしの頬に手を伸ばします。

「遅くなってごめん。待たせてごめん。守れなくて、本当にごめん。君が……無事でいてくれて、……よかった……！」

セレスさんは泣いていました。初めて見る男の人の泣き顔に、わたしは言葉を失います。

そうです。つらかったのはわたしだけではないんです。わたしが死んだのだと知らされただろうセレスさんは、きっと身を切るようにつらかったに違いないんです。

「ごめんなさい……」

思わず謝罪を口にすると、わたしの頬の涙をぬぐったセレスさんが首を振りました。

「君が謝ることなんてなにひとつとしてない」

「でも」

わたしも、同じようにセレスさんの頬に触れました。

「わたし、ずっとセレスさんに言いたかったんです」

「え？」

見開かれる青い瞳に、わたしは覚悟を決めました。伝えられるときに伝えられなくて、後悔するのはもうごめんです。

スッと息を吸うと、わたしはセレスさんの顔を見つめて口を開きました。

「セレスって呼べなくてごめんなさい。ずっと、後悔してたんです。恥ずかしがってないで、もっと早く呼べばよかったって。……セレス、迎えに来てくれてありがとう。わたしもあなたに会いたかった。すごくすごく会いたかったんです」

「ルチア?」

「大好きです、セレス。会えない間も大好きだったけれど、こうやってもう一度あなたに触れられて、わたしはすごく嬉しいです」

頑張ってそう伝えると、セレスさんはようやく笑顔を見せてくれました。わたしの大好きな、お日様みたいなあの笑顔を。

「ルチア……」

「ストーップ！　そこまで！　二人とも、これ以上の二人の世界に入るのはちょっと待て！」

セレスさんの顔が近づきかけたとき、聞き慣れた大きな声が降ってきました。それと同時に、目の前のセレスさんが沈没します。

「おう、嬢ちゃん。探したぞ！」

「ガイウスさん！」

セレスさんに伸《の》し掛かるようにして現れたのは、ガイウスさんでした。まさかガイウスさんまでいるとは思っていなかったわたしは、ぽかんと口を開けてしまいました。

ぽんぽんと頭を撫でられて、目の前のガイウスさんもまた、本物だと理解します。

「ガイウスさん！」

「しばらく見ねぇ間に随分痩せちまったな。大丈夫か？　つらい思いをさせたな」

嬉しくなってその大きな身体に抱き着くと、こちらでもまたぎゅっと抱きしめられます。

「会いたかったです！」

「オレが殺されるから、そういうセリフを不用意に言うのはやめれ。嬉しいけどな？」

笑うガイウスさんにそっと下ろされると、地面につくかつかないかのタイミングで、今度はセレスさんに抱えあげられてしまいました。

「セレスさん⁉」

背中と膝裏に手を入れられ、掬い上げられるように抱えられたわたしは、間近になったセレスさんの顔に驚きます。一旦冷静になると、ちょっと恥ずかしいですね。気が付けば、村の人たちが皆こちらに注目しています。

「それじゃ、二人きりになれるところに行こう」

「待て、オレを置いていくな」

「こういうときは遠慮するのが大人ってものじゃないんですか？」

「暴走する若者を止めるのも大人の役目だろう。落ち着け、セレスティーノ」

二人の掛け合いがおかしくて、わたしは泣いていたのも忘れて、声を上げて笑いました。こんな気持ちになったのは久しぶりです。

帰ってきたのだと、大好きなこの場所に帰ってこれたのだと、わたしはようやく実感します。

わたしはセレスさんの首に抱き着くと、全部の感情を吐き出すように告げました。

「ただいま、セレス！」

ルチア、状況に戸惑う

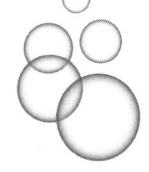

「ノッテ……その、どういうことなの？」

オルガさんの困惑した声に、わたしはハッと我に返りました。迎えに来てもらえたのが嬉しくて、ついあたりの状況を忘れてしまいましたが、ここには村の人たちがたくさんいるんですよ！

見ると、予想通り村の人たちの視線はわたしたちに集中していました。それもそうですよね。わたしが村人でも見ちゃうと思います。

「あの、この人たちは」

どう説明していいのかわからず、わたしはあたふたとしてしまいました。

わたしの名前はノッテではないこと。二人はわたしを探しに来てくれた騎士だということ。伝えなければいけないことはたくさんあるのに、なにから話していいのか、またどこまで話していいのか、判断がつかずにぐるぐると思考だけが巡ります。

「はじめまして、ご婦人。村の皆さんも、お騒がせしてしまってすみません。私はバンフィールド王国騎士団の……」

「〝竜殺しの英雄〟様⁉」

わたしを抱えたままのセレスさんが名乗ろうとすると、オルガさんの後ろからビーチェさんが心底驚いた声を上げました。ビーチェさんの声に、ざわざわと村の広場がざわついていきます。

そうでした、グイドさんの奥さんであり、王都に住んでいるビーチェさんは、第三隊の隊長であるセレスさんの顔を知っているのです。

「ご存知の方もいらっしゃったようですね。ご指摘の通り、私は第三隊の隊長を務めさせていただいております、セレスティーノ・クレメンティと申します。彼女がこの村で匿われていると伺ったので、迎えに来た次第です」

そう言うと、セレスさんはわたしを抱えたまま、ビーチェさんをはじめとする村の皆さんに会釈をしました。爽やかな笑顔で如才なく挨拶するセレスさんは、なんだか別人のようです。これが公の態度なんでしょうか。〝竜殺しの英雄〟として表舞台に立つセレスさんを知らないわたしは、なんだかそのギャップにドキドキしてしまいます。

「まさか、彼女が……聖女様?」

「わー！　すごいすごい！　シャボンってホントに幸せの魔法なんだね！」

「え？」

「なんだあ？」

ジュストくんを抱きしめたまま悲鳴を上げるビーチェさんでしたが、驚きの声を上げたのはなにも彼女や村の人たちだけではありませんでした。セレスさんやガイウスさんもまた、わたしを聖女だというビーチェさんの発言に驚きを隠せないようです。

「なんでも……アールタッドでわたしとセレスさんのお話が劇になってるみたいで。殿下……いえ、今は陛下なのだそうですね、陛下やマリアさんもそれを公言されてるって聞きました」

「なんだそりゃ！」

少し恥ずかしく思いながら、わたしは二人に説明しました。そんなわたしの説明に、ガイウスさんが大声をあげます。当事者であるセレスさんは言葉もありません。

「なんだ、王都はそんな面白いことになってんのか」

面白い……んでしょうか？

正直、なにがなんだか、わたしにもわかっていません。ついさっき聞いたばかりな上、突然に事態が動きすぎて、消化しきれていないんです。陛下が退位され、殿下が即位されたこと。王立劇場でわたしとセレスさんのお話が上演されていること。それにびっくりしていると、まさかのセレスさんとガイウスさんの登場なんですから、怒涛《どとう》の出来事に目を丸くするしかないですよ。

「よくわからないけれど、そうみたいです。ガイウスさんたちは聞いてないんですか？」

「こちとら嬢ちゃんがいなくなってから、ずっと国内を回ってたもんでなぁ。なにせ、セレスティーノが生きてるはずだって譲らなくてな。旅の途中で譲位の話は知らされたが、さすがに王立劇場の話までは知らん」

なんでもないことのようにガイウスさんは言いましたが、その言葉にわたしは胸を突かれました。

……探していて、くれたんですね、ずっと。あの日から。

苦しい思いをしていたのは、わたしだけじゃなかったんです。戻ってきたばかりだというのに、二人とも即座にまた旅立ったなんて。それも、生きているかわからないわたしの生存を信じて。

「まぁ、二人は積もる話もあるだろうし、あとはおっさんに任せてあっちに行っとけや。セレスティーノ、オレは村長と話つけとくから、それまで嬢ちゃんと話しとけ。あ、すぐ戻るから理性保っとけよ？」

「わかってますって。じゃあ、すみませんが後よろしくお願いします。ルチアア、どこか話せる場所ある？」

「あ……わたしがお借りしているお家が」

「そこに行こうか。では、一旦失礼します」

再び頭を下げると、セレスさんはわたしを抱えたまま歩き出しました。

「自分で歩けるので、下ろしてください」

「君がいるって感じたいからダメ」

別に怪我をしているわけでもないので歩けると主張してみましたが、セレスさんはにべもなく却下します。

「ようやく見つけたんだ。手を離したらまたどこかに隠されそうで怖いから、今はこのままでいて？　君に触れていることが嬉しいんだ」

そんなことを言われて、嫌だなんて言えません。むしろ喜びが胸を満たしてしまい、わたしはなにも言えなくなりました。

「わたしだって……こうやってもう一度触れられて嬉しいんです。だから、そんなもっと嬉しくなるようなこと、言わないでください」

「……っ、ルチア、そんな俺の理性を試すようなこと、言わないで……。えっと、家はどっち？」

「むこうです」

「ここ……です」

お借りしている家の前に来たけれど、セレスさんはわたしを下ろすことなく片手でドアを開けました。無人の家の中に、ドアが閉まる音が響きます。

「もう下ろしてもらえませんか？」

二人きりになったので下ろしてもらえないかと頼み込むと、ようやく地面に立つことができました。ですが、ほっと息をつく暇もなく、そのままきつく抱きしめられます。

「……夢じゃ、ないよね」

ぽつんと、不安げな声が耳元に落ちました。

それは、わたしの中にもあった言葉でした。

なによりも渇望していたその人が、今そこにいること。夢を見ているみたいで、現実味がありません。どれだけ触れても、抱き合っても、目を醒《さ》ましたら消えてしまうようで怖いです。

わたしは、震える手に力を籠めて、セレスさんの服をつかみました。

「夢じゃないです。だから、わたしにも夢じゃないって、言ってほしいです」

ここにいるって、言ってほしい。

ここにいることを、信じさせてほしい。

もう、悪夢はいらないんです。目を醒ましたら一人きりだなんていう朝は、もう欲しくない。

触れたら壊れるシャボン玉と違って、手を触れてもわたしの目の前から消えてなくならないでほしいんです。

「夢じゃないよ、ルチア。俺はここにいる。君に触れてる」

「はい」

「夢じゃ、ない――」

短くなったわたしの髪に顔をうずめるようにして、セレスさんは押し殺したような声を出しました。苦しげなその声に、わたしもまた、涙が出てきました。

「ようやく、会えた。遅くなってごめん。本当に、ごめん」

「もう謝らないでください。迎えに来てくれて、本当に嬉しかったんです。隠れていてごめんなさい。そして、ありがとうございます。探してくれて、とても嬉しかったです」

そっと頭を上げると、セレスさんの青空を映したような瞳がわたしを見つめていました。涙にぬれているその色は、今まで見たどの青より色鮮やかでした。

「ルチア」

名前を呼ばれて、心が歓喜の声を上げているのを感じました。

どれだけこの名前を呼ばれたかったでしょうか。

大好きなこの人の声で、ちゃんと自分の名前を呼ばれることが、こんなにも嬉しかったなんて。

「はい」

ルチアと呼ぶ声とともに、髪に、額に、瞼に、優しいキスが降ってきます。

「ようやく見つけた。もう離さないし、離せないけど、いい？　今度こそ、必ず守るから、側にいてほしい。側に、いさせてほしいんだ」
はい、と頷く言葉は、空気を震わせることなくセレスさんの唇に消えました。

ルチア、セレスと話す

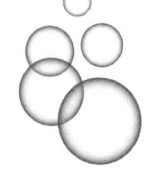

「なんだかわたし、セレスさんの前では泣いてばかりですね」

子どもみたいに泣いてしまったことが今更恥ずかしくなって、わたしは顔をこすりつつ笑いました。目元、腫れちゃってるでしょうか。久しぶりに会ったのだから、あんまりみっともない顔を見せたくないんですけれど。

「どんな顔も、ルチアは可愛いよ。それに、こんな可愛い泣き顔を他の奴らに見せたくないから、俺の前だけで泣くのはむしろ嬉しい」

セレスさんは歯の浮くようなことをあっさり言ってのけると、もうひとつキスをくれました。

「あと、名前。さっき、さん付けなしで呼んでくれて嬉しかったんだけど、もうダメ？」

「あ！」

つい癖でセレスさんと呼んでしまいましたが、セレスさんはちゃんとそれに気づいていたようでした。ちょっといたずらっぽい笑みを浮かべて、もう一度呼んでほしいと乞われると、断れる気がしません。

「が、がんばります……」

こういうのは慣れですからね、多分。慣れればこの気恥ずかしさもどこかに行ってしまうでしょう。多分。

わたしは改めて勇気を出します。後悔するのはもうこりごりです。後で呼べばよかったと思うくらいなら、今呼ぶべきですよ！

「セレス……っ、……あの、ちょっとやっぱり恥ずかしいかも！」

「うん。ありがとう」

勇気を振り絞ったのですが、正体不明の恥ずかしさは消えてはくれませんでした。呼べたけれど、恥ずかしくて顔が見れません！

両手で顔を覆ってしまったわたしの手首を、セレスさんがそっと掴みました。

「腕輪、してくれてるんだね」

セレスさんが掴んでいる方の手首には、彼の手製の腕輪が嵌まっています。見るのがつらくて、でも外してしまったら完全に絆が切れてしまうようで、怖くてそのままにしてあった腕輪。

「はい」

わたしはそっと腕輪に触れました。外さなくてよかったと、改めて思います。

「本当は、つらくて外そうかと思ったんです。それでも、どうしても手放せなくて。これまで失くしてしまったら、もう完全に諦めなきゃいけないようで……でも、外さなくてよかったです。こうやって、またあなたに会えたんですから」

「ありがとう。もういらないって捨てられてたらどうしようかと思った」

「捨てませんよ。誰にもあげません。わたしの宝物なんです」

わたしは勇気を出したついでにもう一歩踏み出すことにして、目の前の腕に抱きつきました。今なら、許される気がします。

「誰にも、あげません」

「俺も、誰にも渡さない」

そのまま腕を引かれて抱きしめられます。人前では恥ずかしいですが、二人きりの今なら、これくらいしてもいいです……よね？

「そういえば、どうしてここがわかったんですか？」

ふと、そこが気になって尋ねると、笑顔だったセレスさんの顔がしゅっと引き締まりました。

「どこから話そうか」

逡巡した様子を見せたのはほんの少しの間でした。わたしを抱きしめたまま、セレスさんはあの日からのことを教えてくれます。

いなくなってすぐ、アールタッド中を探してくれたこと。アストルガ副団長を糾弾《きゅうだん》したこと。マリアさんがわたしの生存を示唆《しさ》してくれたこと。騎士団を辞める覚悟で出奔《しゅっぽん》したこと。ガイウスさんがついて来てくれたこと。

わたしの存在が起こしたいざこざが、この人の心だけでなく、皆さんの心をひどく傷つけたことがわかって、苦しくなりました。

わたしを探して、セレスさんとガイウスさんはいろんなところに行ったんだそうです。最初は、アストルガ副団長の行動範囲と思われる部分をしらみつぶしに。それでも手がかりすらつかめず、どんどん探索範囲を広げて行って。

「まさか、こんな遠くにいるとは思わなかったよ」

アストルガ副団長の帰還が早かったので、わたしは比較的アールタッドの近隣にいると思われていたんだそうです。

それもそうですよね、どこかに隠すとしても、隠した人が王城に戻っているんですから、その不在時間で隠せるところにいるだろうって、誰でも考えると思います。

「わたしをここに連れてきたのは、アストルガ副団長じゃないですから」

「みたいだね。副団長も君の行き先を知らないって言い出したと聞いて、俺はどうしていいかわからなくなったよ」

王都とは手紙でやりとりしていたそうです。次に探索する方向をあらかじめ知らせて、お城から情報をそこに送ってもらうという手段をとっていたと、セレスさんは言います。

戻ることはしなかったのかというと、わたしが見つかっていないのに戻るのは、諦めてしまうように思えてどうしても嫌だったと言い切られました。

「じゃあ、グイドさんから聞いたんですか?」

「うん。直接じゃなくて、手紙だけどね。まさか、アラリーが関わってるとは思わなかったよ。あいつも、任務途中で副団長と遭遇して、君をここに送り届けてから任務に戻ったから」

グイドさんは、わたしを故郷に隠してから、再び任務に戻る前にセレスさんに手紙を書いたんだそうです。ですが、他の人間にわたしが生きていることが発覚しては、また命を狙われる可能性もあると、その手紙は厳重に封をして、本人以外開封禁止と書き添えて騎士団宛に送ったようでした。

なので、その手紙はずっと第三隊の執務室に置いてあったのだと、セレスさんは言います。

「うちの副隊長がね、さすがに気にして団長に報告したんだよ。私的な書簡だったら開封するわけにもいかないけれど、俺がいつ戻るかわからないのもあって、このまま放置していいか悩んだんだそうだ」

グイドさんからセレスさんに宛てて書かれた手紙は、アグリアルディ団長とレナートさんの判断で開封されたそうで、そこでようやくわたしの行方がわかって、セレスさんたちに連絡がいったそうです。

「本来は他の騎士が迎えに来るべきだったのかもしれないけれど、団長は俺たちが行くべきだと、連絡を優先したんだ。だから、ルチアごめん。迎えに来るのが遅くて。王都から誰かが直行したなら、きっともっと早く君は帰れたはずなのに」

しょんぼりとセレスさんは言いますが、わたしは迎えに来たのがセレスさんでよかったと、心から思います。

「早いか遅いかより、迎えに来たのが二人でよかったです。だって、わたしが一番会いたかったのは、セレスだから」

マリアさんにも会いたかったですが、やっぱり、迎えに来てくれたのがセレスさんでよかったと、そう思うのです。

「ガイウスさんが戻ってきたら、挨拶を済ませて王都に帰ろう。あ、その前にハサウェスに寄らないと」

「ハサウェスに？」

セレスさんの口から懐かしい故郷の名前が出てきたので、わたしは驚いて訊き返しました。

「実はね、あんまりにも君が見つからないから、藁にも縋る思いで君のご両親のお墓にお願いしてきたんだ。今後決してひとりにしないから、君に会わせてくれって」

少し照れくさそうに、セレスさんは笑います。「だから、見つかった報告とお礼をしなくちゃ」と言われて、わたしになにが言えるでしょうか。

こみあげてくるのは、喜びと申し訳なさです。そこまで苦労をかけてしまったのだという気持ちと、同じくらい強くそれほどまで探してもらえたのだという気持ちが、ぐるぐると渦を巻きます。

「あのさ、本当は王都に戻ってからのがいいのかもだけど、ハサウェスはルチアの故郷だし、ここの神殿で籍を入れるのもいいかな、とか思うんだけど……ルチアはどう思う？　早めに俺の奥さんになってくれますか？」

奥さんの一言で、顔に熱が集まります。もう、一生結婚することはないだろうと思っていただけに、一番好きな人の奥さんになれるということが、とてつもなく嬉しいです。

……あ、ちょっと待ってください。なにか忘れてる気が。そう、結婚することはない……そうです！　結婚できないんですよ、わたし！

「待ってください！」

セレスさんと会話をしていたわたしは、はたとそのことに気づきました。

奥さん。それは、セレスさんと結婚すればそうなると思っていましたが――

「セレスさん……わたし、どうしましょう！」

「ルチア？」

一転して真っ青になったわたしに、セレスさんは怪訝そうな顔をしました。

「奥さん……なれません！」

「ええっ⁉」

半泣きのわたしでしたが、それ以上に慌てたのがセレスさんでした。

「な、なんで⁉　え、俺嫌われた⁉　やっぱダメ⁉」

「違います！　嫌いになんてなりません！　そうじゃなくて、わたし……戸籍が」

公には死者となっているわたしは、唇を噛みしめつつ、小さな声でそれを告げました。〝ルチア〟は死んだものとして処理されているなら、今のわたしはいわば亡霊です。短い髪は一見未亡人ですが、戸籍の上でのわたしは死者。結婚することはできないんです。

嬉しかった気持ちに冷水をかけられたようで、わたしはしょんぼりしました。誰よりも大好きな人にもう一度会えて、お互いの気持ちを確かめられたのに、わたしはセレスさんの奥さんにはなれないのです。

「ああ、そのことか」

ですが、わたしの発言を聞いたセレスさんは、ほっとしたように破顔しました。ぽかんとしていると、セレスさんは優しい口調で説明してくれます。

「大丈夫、君はちゃんと生きてることになってる。エドアルド陛下が直々に手配してくれているから。……髪の毛、短いのも可愛いよ。俺、遠くからでもすぐ君だってわかったよ。髪の長さなんて関係ないんだね。まぁ、どんな姿をしてても、どこにいても、必ず見つけるけど」

セレスさんの説明を聞いたわたしは、安堵のあまり再び泣いてしまい、セレスさんを別の意味で困らすことになりました。泣き止むまで抱きしめてくれたのが嬉しくて、さらに泣いてしまったのはナイショです。

わたしが泣き止んでしばらくすると、村長さんと共にガイウスさんがやってきました。

「今までありがとうございました」

わたしは目元を冷やしていた布をタライに戻すと、村長さんに向き合って、深々と頭を下げました。この数ヶ月、この村であたたかく迎えてもらったことを感謝すると、村長さんはにっこりと笑みを深くします。

「なにやら訳ありのお嬢さんだとは思ったけれど、まさかグイドが連れてきたのが〝竜殺しの英雄〟様の奥さんだとはね」

ふふふとおかしそうに笑う村長さんに、わたしは顔を赤くしました。「まだ奥さんではないです」と、小さな声で訂正するのが精一杯です。

「本当に、皆さんで彼女を守ってくださって、ありがとうございました。なんとお礼を申し上げていいかわかりません」

わたしに寄り添うようにして立つセレスさんも、同じように頭を下げます。

「私はなにもしてないよ。お礼を言うならオルガたちに言っておくれ」

「はい。出立前に改めてお礼をしたいと思います」

本当に、オルガさんたちにはどれだけ頭を下げても下げたりません。怪しいわたしの出自を詮索することなく、にこやかに色々世話を焼いてくれたのは誰でもない、オルガさんだったのですから。

そんなオルガさんたちとお別れをする日がくるとは思ってもいませんでしたが、さよならをする前にきちんとありがとうと伝えたいです。

ルチア、帰りつく

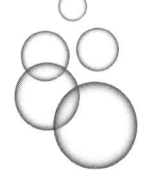

「身体に気を付けて、元気でね。幸せにおなりよ」

オルガさんは、そう言うとわたしをぎゅうっと抱きしめてくれました。

「はい。本当に今までありがとうございました。オルガさんもお元気でいてください」

オルガさんをはじめ、村の皆さんにお礼を言うと、わたしたちは早々にリウニョーネ村を発ちました。

いくら別れを惜しんでも惜しみ足りませんが、今はなによりも帰れることが嬉しいです。

帰りたいのに帰れないことは、会いたいのに会えないことは、思っていた以上に苦しいことでした。

マリアさんは、この気持ちをずっと抱えて、知らない人ばかりのこの世界で過ごしていたんですね。

わたしは、王都にいる大事なお友達のことを思いました。マリアさんは、わたしのせいでまだ自分の世界に戻っていないそうです。わたしの無事を自分の目で確認するまではここにいるのだと、そう言い張ったというマリアさんの気持ちに、涙が出てきます。

「淋しい？」

馬上で、防寒着でぐるぐる巻きにされたわたしを抱えていたセレスさんが、優しく尋ねます。その問いかけにゆるく頭を振って否定を返したわたしは、マリアさんの名前を口にしました。

「マリアさんも、自分のいた場所に帰りたくて仕方がなかったんだろうなと思ったんです。帰りたくて帰りたくて仕方がなかったろうに、わたしのためにまだこの世界に留まってくれていると聞いて、申し訳なくなりました。だから、早く会いたいです。会って、安心してもらいたいです」

　思えばわたしは、マリアさんを不安にさせてばかりです。守るって言ったのに、守れていません。

「お墓参りは後回しにしませんか？　マリアさん、きっと心配してます。アールタッドに帰りましょう、セレスさん」

「そっか。そしたら先に帰ろうか。聖女様を見送ったら、君のご両親に挨拶に行こう」

「はい。ワガママを言ってごめんなさい」

「それくらいはワガママにならないよ。俺の方がワガママ言ってる」

「だな。嬢ちゃんは気に病む必要なんてないさ。さぁ、なんだったら飛ばすか!?」

　轡《くつわ》を並べたガイウスさんが、わたしの発言を笑い飛ばします。旅の間と同じ空気を感じて、わたしはこの場所に帰ってこれたことを深く感謝しました。


　リウニョーネ村からアールタッドまでは、山越えをしても十日近くかかるそうです。わたしがグイドさんに連れてこられたときも、実際はよく覚えていませんが、それくらいかかったように思いました。

ですが、今回は山越えをせず、迂回《うかい》してアールタッドに戻るそうです。まだ雪が深いこの季節は、山越えするには危険なのだとか。たしかに村の外は雪が積もっていて、街道まわりだけが除雪されているような状況です。

「来たときのルートでいいか？」

「そうですね、となると、バルビかカンポスあたりで宿を取りますか？」

旅慣れた様子の二人は、手際よく今後の予定を組んでいきます。野営の準備はお手伝いできても、地理に疎《うと》いわたしはこういったことのお手伝いはできません。

そういえば、リウニョーネ村は北端にある村だということと、キリエストが近い山間の村だということしか聞いていませんでしたが、地図上ではどこらへんにあるのでしょうか。

それが気になって尋ねてみると、次の休憩のときに地図を見せてもらえました。アールタッドからキリエストへ向かったときは、テージョやアマリスといった街を経由して行きましたが、山を越えずに帰るとなるとそちらの街道は通れず、ぐるりと海の方を迂回して帰るのだそうです。

「海なんて見たことないです」

「まぁ、普通に生きてりゃ縁遠いだろうな」

海と聞いて目を丸くしていると、ガイウスさんがおかしそうに笑いました。たしかに、お母さんが亡くならなければハサウェスから出ることはなかったでしょうし、浄化の旅に同行することがなければ、わたしは多分アールタッドかハサウェスで一生を過ごしていたでしょう。どちらも内陸にあるので、海とは縁遠いです。

「オレらも任務がなけりゃなかなか行かねぇもんな。そりゃ嬢ちゃんも初めてだろう」

「以前、セレスさんに聞きました。風が竜の羽ばたきみたいだって」

「隊長サンらしいたとえだな、そりゃ」

「海沿いはまた違った意味で寒いから、ルチア、風邪をひかないようにね」

雪深いここは、防寒着を身に着け、セレスさんと密着していても寒いのですが、それとは違う寒さってどんな感じなのでしょうか。

このときのわたしは、そんなのんきなことを思っていましたが、数日後、いざ海の近くまで行くとセレスさんが言っていた意味がわかりました。なんていうのでしょう、こう、風が身を切るように痛いんですよね。しんしんと染み入る寒さでなく、もっと攻撃的な寒さです。ざくざくと頬を切られているような気持ちになり、わたしはマントに顔をうずめました。


海沿いの街道を通り、いくつもの街や村を抜けるとともに、景色は白一色ではなく、ゆっくりと色づいていきました。

メーナールの天晶樹を浄化した後、アールタッドに戻る間にも思いましたが、本当に魔物の影すら見えなくなっていて、不思議な気持ちになります。そして、そのときには見かけなかった馬車や人影がちらほらと見かけられて、浄化から時間が経ったのだと、改めて思います。

「平和に、なったんですね……」

思わず呟くと、セレスさんが胴に回した腕に力を籠め、軽く抱きしめてくれました。

「君が、平和にしてくれたんだ。君と、聖女様が」

街道を行く人たちの表情には、怯えたところは見えません。街にいるように普通にしています。

行き交う馬車も、物々しく護衛を連れたものではなく、もっと簡素なものもありました。

魔物の恐怖が去ると、こんな風に人は自由になり、活気に溢《あふ》れるのだと、肌で感じました。

そうこうしているうちに、あたりは見慣れた風景に変わります。

遠くに懐かしいお城が見えたとき、わたしは思わず息を止めました。

帰ってこれたのだと。

もう、ひとりで悪夢に怯えなくてもいいのだと、そう改めて思いました。

この旅の間、昼も夜も側にはセレスさんがついていてくれて、目が醒めても一人でいることはありません。目が醒めて、一番に大好きな人の顔が見れる日々は、確実にわたしを癒やしていってくれましたが、帰ってきたという実感はまた、格別なものでした。


「あっ！」

街道に面した南門の前に立つと、そこにいた兵士隊の方がセレスさんの顔を見て大きな声を上げました。片方の方が「呼んでくる！」と叫んで走っていくと、残されたもう一人の方が恭《うやうや》しく中へ通してくれました。身分証の確認とか、大丈夫なのでしょうか？　騎士団の隊服で免除なんでしょうか。

そんなことを考えつつ、南門をくぐります。すると、門番をしていた兵士隊の方がザッと地面に膝を突きました。

「おかえりなさいませ！　ご帰還を、お待ちしておりました！」

こんなに待たれているなんて、セレスさん、すごすぎます！

そう思って隣のセレスさんを仰ぐと、優しい微笑みが返ってきました。

「ルチアにだよ」

「え？」

意味をうまく飲み込めず訊き返すと、ポンと防寒着のフードをかぶった頭に掌が載りました。

「俺からも言わせてほしい。ルチア、おかえり」

「だな。おかえり、嬢ちゃん。お疲れさん。皆きっと待ってるぞ」

改めての「おかえり」に、涙が出ます。本当に、セレスさんと再会してから涙腺がゆるんで仕方ありません。

「ありがとうございます。ただいま帰りました！」

門番さんに会釈をして王城の方へ歩き出すと、いくらも行かないうちに、ざわついた街の人たちに囲まれます。

「おかえりなさいませ！　聖女様！」

「お帰りをお待ちしておりました！」

「今度こそ、英雄様とお幸せに！」

思わない大歓迎に面食らいましたが、そういえばビーチェさんが王都でわたしたちの話がお芝居になっていると言っていたことを思い出します。どういう話が流布《るふ》しているのかわかりませんが、少なくとも歓迎されているのは間違いありません。ですが――ひどく恥ずかしいです。

わたしは防寒着のフードが外れないよう、襟元をぎゅっと押さえました。歓迎されていますが、歓迎されているからこそ、短くなった自分の髪をさらすことを躊躇《ちゅうちょ》してしまいます。

「ああ、来たな。ほら、見てみろ」

ぽかんとしていると、ガイウスさんが指さした方向から、わたしの名前を呼ぶ声がしました。

「ルチアっっっ！」

これまた聞きたかった声を耳にしたわたしは、目をこらして声がした方角を確認し、その人の名前を呼びました。

「マリアさん！」

スカートの裾をたくし上げて、全速力で駆けてきたマリアさんは、人垣を押しのけるようにしてわたしの前までやってきます。

「ルチアっ！　ルチア、ルチア……ルチアぁっ！」

わたしの首に飛びついたマリアさんは、泣きながらわたしの名前を呼びますが――わたしは、そんなマリアさんの姿に目を瞠《みは》りました。だって――

「マリアさん、なんで⁉　どうしてマリアさんまで髪の毛が短いんですか⁉」

腰まであったマリアさんの髪の毛は、わたしと同様、ひどく短くなっていました。わたしより少し長いくらいでしょうか。肩を越したくらいの長さに切りそろえられています。

マリアさんを抱きしめ返しながら尋ねると、ボロボロと泣きながらマリアさんは言います。

「だって、エリくんがこの世界は髪の毛を切られることがすごく重いことだっていうから、そんなことないって切ってみたの。ルチアが帰ってきたとき、あたしも短かったら目立たないでしょ？　おそろい」

「そんなことで切ったんですか⁉」

「大事なことでしょう⁉　ルチアが、ルチアだけが傷つくなんて嫌！　あのね、髪を切ることなんてなんてことないんだよ。あたしの世界じゃ、おしゃれで切るの。もっと短い人なんていっぱいいるよ。だから、ルチアも短い髪を楽しもうよ。可愛いよ、短いのも。髪を切ることが社会的に死ぬことと同じなんて、そんなのナンセンスだから。女性だけそんなデメリットあるのもおかしいし」

どうやらマリアさんは、わたしを想うためだけに大事な髪を切ってしまったようでした。

その気持ちが嬉しくて、わたしはかぶっていたフードを外します。パサリという音と共に、短くなった髪の毛が露出しました。

わたしの髪が露わになった途端、あたりからため息や小さな悲鳴が聞こえました。ざわざわとざわめく人々に、思わず俯きそうになったとき、わたしを力づけるようにマリアさんが手を伸ばしてきます。

「……短くなったね。でも、可愛い。ていうか、なんで髪染めてるの？　びっくりなんだけど」

この髪を可愛いと言ってくれたのは、マリアさんで二人目です。わたしの短くなった髪を初めて見たセレスさんと同じ反応に思わず笑うと、同じようにマリアさんも愛らしい笑顔を見せてくれました。

「外見から行方をたどられないようにと、アストルガ副団長が」

「あいつか！　おかしなところに気が回るんだから！　でも、その色もいい感じよ！　あたしは染めたことないけど、あたしの世界では染めるのも当たり前のことなんだよ」

優しく髪をなでると、マリアさんは再びわたしのことを抱きしめてくれました。

「ルチア、おかえり！」

マリアさんと抱き合っていると、横から勢いよく誰かに抱き着かれました。びっくりして顔を上げると、燃えるような赤い髪が目に飛び込んできます。

「エリクくん！」

「おかえり！　無事でよかった！　帰ってきてくれてよかった！」

ぼろぼろ泣きながら、エリクくんはわたしが帰ってきたことを喜んでくれました。少し合わない間にエリクくんは背が伸びたみたいで、旅の間はわたしより少し背が低いくらいだったのが、今では若干わたしの方が小さい気がします。

「ただいま帰りました！」

抱き着かれたので抱きしめ返そうとしたら、にゅっと間から手が伸びて、半ば力任せに引き剥がされます。

「これくらいいいじゃん！　再会を喜ぶだけだよ、隊長さん！」

「ダメです。聖女様はいいですが、他の男はダメです」

「せっま！　心せっま！　ルチア探す間になんか拗《こじ》らせてる！」

「なんとでも。誰になにを言われようが、痛くもかゆくもありません」

わたしの肩に手を置いたセレスさんに、エリクくんが噛みつきましたが、セレスさんはどこ吹く風です。

「ルチア嬢、おかえりなさい。本当に無事でなによりです」

「レナートさん！」

マリアさんを皮切りに、懐かしい顔ぶれが目の前に揃っていきます。

「貴女が生きていて……本当に、よかっ……」

そういうと、レナートさんは唇を噛みしめ、下を向きます。片手で眼鏡を浮かせると、もう片一方の手で目元を覆いました。普段冷静でいたレナートさんの泣いている姿を見てしまったわたしは、思わずあわあわとしてしまいます。ですが、ガイウスさんが落ち着かせるようにレナートさんの頭をぽんぽんとしたのを見て、ほっと胸をなでおろしました。

「おう、泣くな泣くな」

「子ども扱いしないでください、兄さん」

ガイウスさんの掌はレナートさんにとっても特別のようで、目元をこすって眼鏡をかけなおしたレナートさんは、いつも通りの顔に戻っています。

「……ルチアさん」

再びマリアさんと抱き合っていると、遠慮がちな声がわたしを呼びました。アグリアルディ団長です。

「おかえりなさい。……守れなくて、すまなかった。むしろ、きみにはまた守ってもらってしまって――」

少し離れたところに立ったアグリアルディ団長は、わたしが振り向くのを見ると、地面に膝を突いて深々と頭を下げました。

「大丈夫です。探してくださって、ありがとうございました」

視線を合わすためにわたしも膝を突くと、困ったような顔のアグリアルディ団長と目が合います。

「わたしは、無事だったし、元気ですよ。アストルガ副団長とグイドさんが助けてくれたんです。皆さんはなにもされませんでしたか？　わたしは、セレスさんとガイウスさんが迎えに来てくれたし、もう大丈夫ですよ」

「本当に、きみは……」

元気づけようとそう告げると、アグリアルディ団長はむしろもっと俯いてしまいました。

どうしようとおろおろしていると、ざわざわとした声がすっと引きます。突然静かになったことに驚いて顔を上げると、人垣が二つに割れて、王城から殿下——いえ、もう陛下ですね——エドアルド新王陛下が現れました。

「ルチア……」

わたしの姿を見たエドアルド陛下は、途端にほっとしたような、泣き出しそうな顔になりました。覚えている顔より幼く見えるその表情に驚いていると、陛下は走り寄ってきて、アグリアルディ団長の隣に同じように跪《ひざまず》きました。

「へ、陛下⁉　やめてください！　ダメですよ、高貴な方がこんな人前でそんなことをしちゃ……！」

「いや、今回のことは父と、僕が原因だ。民の前で頭を下げることなどなんともない。君に謝罪する方が大切だ」

「ですが！」

「この都の人間は、僕と父のせいで聖女たる君が害されたことを知っている。君がどれだけこの世界に尽くしたかということも、父がそれを顧みず英雄から引き剥がすためだけに君を殺せと命令したことも、僕がそれを止められず、ただ玉座を引き継ぐことしかできなかったことも、全部知っている。今更何を恥じることがある。一番恥ずかしいのは、君に謝罪ができないことだ」

この国で一番偉い人が、そう簡単に頭を下げてはいけないと思うんですが、皆さん、とめないんですか⁉


「団長様、陛下をおとめください！」

「いや、これは私たちの総意だ」

「団長様まで！」

困り果てたわたしを助けてくれたのは、陛下に絶大な効力を持っているマリアさんでした。

「エドもフェルも、ルチアが困ってるの見てまで自分を押し通すのは違うんじゃない？　もういい加減に頭上げなよ。で、お城に戻ろう！　ルチア疲れてるんだから、早く休ませてあげないと！」

「マリア……」

「ほら、ルチア行こっ！　セレスからこれくらいに帰るって知らされてから、毎日今か今かと待ってたんだよ？　話したいことたくさんあるの。今日は寝かせないからね！」

ルチア、涙を零《こぼ》す

マリアさんの助けによって、わたしたちは街中から王城の中へと移動することになりました。道すがら、アールタッドの皆さんが口々におかえりと言ってくれるのは、恥ずかしくもあり、また、嬉しくもあります。

ですが、ひとつだけ、ひとつだけ問題があります。

「セレスさん、下ろしてください！」

「セレス、だよ？　ルチア。でもごめんね、そのお願いは聞けないなぁ」

王城に戻ろうとしたわたしを、セレスさんは再び抱きかかえたんですよ。どうして⁉　と焦るわたしに、セレスさんは無言の微笑みを向けました。

「セレス、きもい」

「お言葉ですね、聖女様」

「隊長さん、心狭い」

「エリク殿にもそのうちわかりますよ」

「まぁ、そうなるわな」

「そうなりますね」

「セレスティーノ殿、気持ちはわかりますが……」

「無理です」

セレスさんは皆さんと笑顔で会話しますが、この状況、おかしいですから！　恥ずかしいです！

そんなわたしをよそに、エドアルド陛下を先頭にしたわたしたちは、ぞろぞろと連れ立って王城の廊下を歩いていきます。浄化の旅を終えて帰ってきたのと同じ道順ですが、なんだかあのときとは違っておかしな空気になっているのは、絶対セレスさんがわたしを下ろさないせいだと思います。皆さんの視線が痛いんですよ！　セレスさんは自分が人気者だということを自覚すべきだと思います！　ほら、騎士団の方も見てるじゃないですか！

「セレス、お願い、下ろして……」

いたたまれなくて、わたしはセレスさんの肩に顔を埋めて呻きました。恥ずかしすぎて、顔から火が出そうです。

「ちょっとセレス……」

「まぁまぁ。今度ばかりはとめてやんなって。な？」

そんなわたしの様子を見たマリアさんが、どうにもこうにも聞き入れようとしないセレスさんに声をかけようとしてくれましたが、なぜか間に入ったガイウスさんがマリアさんを止めてしまいます。

「マリアも嬢ちゃんといたいんだろうが、今だけは譲ってやれや。部屋に着いたら解放すると思うからさ」

「なによそれ」

ガイウスさんの発言に、マリアさんは不満げな顔をしました。

「ごめんね、ルチア。もう少しだけこのままでいて？」

困惑を隠せないわたしに、セレスさんは優しく言いますが、何故部屋までこの状態で行かないといけないのか、見当もつきません。

梃《てこ》でも理由を話さないセレスさんですが、ガイウスさんはその訳がわかるみたいですし、あとで聞いてみましょう。


そんな風に思っている間に、目的地に着いたようでした。

ようやく下ろしてもらえたわたしのところに、マリアさんが駆け寄ってきてくれます。

「今度はあたしがルチアを独り占めする番だからね！　ずっと待ってたんだから！」

「ごめんなさい、マリアさん。本当にごめんなさい」

「ルチアが謝ることじゃないでしょ」

「でも、その間マリアさんは帰るのを待っていてくれたんですよね？　シロの魔石があるから、すぐに帰れたのに……」

わたしは、マリアさんの胸に下がる魔石に手を触れました。金色の雫のような〝天晶樹の雫〟と連ねるように鎖に通してある金色を帯びた白い魔石は、触れるとほんのりあったかいような気がします。気のせいかもしれませんが、なんだかシロもおかえりと言ってくれているようで、嬉しいです。

「見送ってくれる約束でしょ？」

魔石に触れたわたしの手に白い奇麗な手を重ねて、マリアさんがにっこり笑います。その笑顔にもう一度会えたのが嬉しくて、わたしはまた泣いてしまいました。

「も〜、泣かないでよ〜。あたしまで泣けてくるじゃ〜ん！」

「そうだよ、ルチア。ボクも泣けてきたよ〜！　泣かないでよ。せっかく会えたんだから、笑ってよ」

「そうですね、あんまり貴女が泣くと、またセレスティーノ殿が独占欲を発揮しますよ？」

お互いの肩に額を寄せるようにしてマリアさんと抱き合っていると、その横でエリクくんやレナートさんが笑います。

「だって……嬉しくて。会いたかったんです、すごく」

皆に、会いたかったんです。すごくすごく、会いたかった。

皆さんの笑顔を見ながら、また会えてよかったと、わたしは心の底から思いました。


「その……ルチア」

しばらくマリアさんと無事を喜び合ったところで、陛下が恐る恐るといった様子で口を開きました。自信に満ちていた双眸は、今は力なく伏せられています。

「はい」

「許せと僕は言わない。言えない。君は僕と父を恨んでくれていい。僕は父を止められず、父がどう行動するかもわからず、君たちのことを安易に告げてしまった。すべてのきっかけは僕だ。怖い思いをさせて、セレスティーノと引き裂いてしまって、本当にすまなかった。身体は大丈夫か？」

その静かな声に、わたしは笑みを返しました。恨んだりなんてしません。たしかに哀しかったし、つらかったけれど、それはすべて済んでしまったことです。

「恨んだりしません。それより……あの、ランベルト陛下は……」

わたしが気になっているのはそこでした。辺境にあったリウニョーネ村には、自国の王が交代した話すら入ってきませんでした。お亡くなりになったのか、単に退位されたのかすらわからず、わたしは言葉を濁しつつ尋ねます。

「……崩御《ほうぎょ》なされたよ。退位後は亡くなった母上の眠る離宮に行ってもらったんだが、いくらもしないうちにお隠れになられた」

「そう……ですか」

視線を合わせずに告げる陛下に少し疑問を感じつつも、わたしはその言葉にうなずきました。

「ご冥福をお祈り申し上げます。天晶樹に、再び魂が実りますように」

わたしが死者を悼《いた》む言葉を告げると、エリクくんが「そういえば」と声を上げました。

「その言葉だけどさ、ボクら、だれかが死ぬと定型文としてそれ言ってたよね。でも、天晶樹に実るのって、魔物だったじゃん？　どういうことなんだろうね？　神話だと、死者の魂は天晶樹に還るって話だったから、その言葉ができたんでしょ？」

「そういえばそうですね。考えたこともありませんでしたけど」

「死者の魂もあの樹に実るなら、魔物って元は人間の魂だったのかな？　ちょっと探求心がうずくな！」

「うずいても、どう研究すんだよ」

「それ！」

エリクくんは、まぜっかえしたガイウスさんに指を突き付けました。

「ボクさ、天晶樹の研究をしようと思って」

「は？」

「え？」

皆の驚いた声に、エリクくんは満足げな声を出します。

「今まで天晶樹の研究が進まなかったのって、魔物がいたからなんだよね。アカデミアでも、魔法の根源である天晶樹の研究をしたいって声は、昔からあったんだ。でも、危険すぎるからってずっと倦厭《けんえん》されてきた。でも、聖女さまとルチアのおかげで魔物がいなくなったでしょ？」

「本当にいなくなったんですか？」

「そうなんだって。あれから、騎士団の人たちが各地を調査したんだけど、魔物の報告は一件もないらしいよ！」

わたしの疑問に、エリクくんは力強く頷きました。顎に手を当てたガイウスさんがそれを肯定します。

「ああ、たしかに旅をしてる間も遭遇しなかったな」

「でしょ⁉　だから、今がチャンスってわけ！　もう、準備は始めてるんだ。ルチアも無事帰ってきたし、もうしばらくしたらボクをはじめとする、アカデミアの調査団がキリエストに向かうことになるよ」

ワクワクという言葉でしか言い表せない様子で、エリクくんはこれからの予定を披露しました。研究がとても好きだった彼は、新しい研究対象を得て、ひどく楽しそうです。

「ああ、楽しみ～」

「研究馬鹿か」

「お褒めに預かってなによりだよ」

「褒めてねぇよ」

相変わらずのやりとりをガイウスさんと交わすと、エリクくんは満面の笑みをわたしに向けました。

「ルチアの今後の予定は、隊長さんとの結婚式だよね。式の準備、だいぶ進めてるよ！」

「あ！　エリくんそれ言っちゃダメ！」

「え、ダメだったの？」

エリクくんの発言にマリアさんが待ったをかけましたが、式の準備って……どういうことですか？

セレスさんのお願いなのかと、隣にいるセレスさんを振り仰ぎましたが、慌てたように首を振って否定されました。

「俺はなにも」

「まぁ、オレらはあのあとすぐに旅に出たしな。こいつはキレてたし、なにも言ったりする余裕はなかったぞ、嬢ちゃん」

セレスさんとガイウスさんは、なんだかすごく仲良くなったようで、以前より距離感が近いです。

肩を叩くガイウスさんに、セレスさんも苦笑しながら頷きました。

「あたしよ」

バツが悪そうに、マリアさんが手を挙げます。

「ルチア待ってる間、あたしがルチアのためにできることっていったら、セレスと幸せになるための準備しか思いつかなくって。ほらぁ……セレス、人気があるじゃない？　他の女がうるさいから、ルチアの居場所を絶対のものにしたくて、ルチアの功績をオープンにしてくれるよう、エドに頼み込んだの。ごめん、勝手なことした」

「それって、もしかして劇のことですか？」

「知ってたの⁉」

どうやら、わたしたちの話を劇にしたのは、マリアさんの発案だったようです。

驚いた様子のマリアさんは、わたしを窺うようにして謝罪の言葉を口にしました。

「ごめんね、勝手なことして。ルチアがあんなに頑張ったのに、誰もそのことを知らないままでいるのがどうしてもいやだったの。しかも、ルチア探しにすっ飛んで行ったセレスの結婚話とか勝手に持ち上がってるし、我慢できなかった」

マリアさんの発言に、びっくりしたのはわたしだけではありませんでした。

「えっ！」

一瞬にして顔色を失くしたセレスさんを、慌ててエドアルド陛下が宥めます。なぜかエリクくんやレナートさんも焦って、皆でセレスさんの両腕を押さえに走りました。

「大丈夫、大丈夫だ！　縁談《それ》は僕がつぶした！　君は安心してルチアを娶っていい！　だから落ち着け！」

「……ありがとうございます」

頷いたセレスさんに、皆さん一様にほっとしたような表情を見せました。どうしたんですか、一体……。

「ルチアが帰ってきたらすぐ結婚式ができるように、ドレスの下準備とかしといたの。デザインは好きなのがあるだろうから、たくさんデザイン画だけ描いてもらってね、布地やスケジュールも押さえてあるから！」

「ドレスなんて……」

「え、式挙げないつもりだったの⁉」

思わぬところで進んでいた話に戸惑っていると、マリアさんが困った顔をしました。

「いいえ、セレスさんは今のところ騎士団の隊長様ですし、場合によってはそれなりにお披露目することもあるかもとは、一応思ってはいましたけど……」

「大々的にあげたくないってこと？　ルチアは相変わらず控えめねぇ！　エド持ちで式できるんだから、やりたい放題オプションつければいいのに！」

「いえ……それは」

マリアさんの言葉に、わたしは首を横に振りました。どうしましょう。

「式は……あの、挙げますか？」

「そうだね、出奔する前なら挙げる必要もあったかもだけど、どうしようか」

なんと告げていいか迷ったわたしは、助けを求めてセレスさんを見ました。脳裏には、アールタッドに戻るまでの間に相談されたあのことが浮かんでいます。

「なに？　どういうこと？」

「これのことを気にしているのなら、ちゃんと保管してあるから」

顔を見合わせたわたしとセレスさんに、マリアさんが首を傾げます。その奥からアグリアルディ団長がセレスさんの隊長の記章を内ポケットから出してきますが、セレスさんはそれを受け取らず、押し返しました。

「旅の間にルチアと話し合ったんですが、俺、騎士団を辞めようと思っています」

「は？」

「えっ⁉」

「な、ちょっと、セレスティーノ殿⁉」

「なに言いだしてんの隊長さん⁉」

セレスさんの発言に、アグリアルディ団長は目を剥き、陛下が言葉を失くし、レナートさんも慌て、エリクくんが問いただしました。

「なによセレス、結婚するのに無職とか、ありえないわよ！　あんた、ルチアを不幸にする気⁉」

「待て待て、逸るなって。こいつらも考えた末の行動だから、責めてやるなって」

セレスさんの胸ぐらをつかもうとしたマリアさんを、ガイウスさんが止めます。旅の間、このことについて相談に乗ってくれただけあって、ガイウスさんは驚いた様子は一切ありません。

「……理由は、やはり」

「騎士団《ここ》にいては、一番守りたい人を守れないからです。騎士が守るのは国。ですが、私は国より優先したい人がいます。彼女を守れないなら、騎士である必要を感じません」

顔を曇らせるアグリアルディ団長に、わたしの手を取ったセレスさんは、きっぱりとした口調で答えました。

「私が騎士であり続けることで彼女に負担をかけるなら、故郷に戻るか、どこか遠い地で、二人で暮らそうと思っています」

そんなセレスさんを、わたしは複雑な想いで見つめました。

この決断をするまで、幾度かわたしのせいで騎士を辞めることはないという主張もしました。けれど、同じくらいその気持ちが嬉しかったのも本当です。

ひとりぼっちの怖さに負けて、セレスさんの守ってくれるという言葉にすがってしまうわたしは、弱い人間です。この国のためには、〝竜殺しの英雄〟は騎士団に必要です。そんな大事な人を、わたしのワガママで去らせてしまっていいのか、いまだに迷います。「側にいたい」と言い切ってくれたセレスさんの強さに甘えてしまっていいのか、そうでなく、わたしが側で支えて騎士でい続けてもらった方がいいのか。まだ、わたしの決意は揺らぐんです。

「わかった」

「陛下⁉」

ですが、エドアルド陛下はセレスさんの申し出を、すぐに受け入れました。眉を顰めるアグリアルディ団長を手で制すると、陛下はわたしとセレスさんの前に足を進めました。

「本当のところ、君が騎士団を辞めたいというんじゃないかとは、薄々思っていた」

陛下の静かな声に、わたしたちは思わず無言で耳を傾けました。

「君たちがルチアを探してくれている間に、僕たちも色々話し合ったんだ。この国は、王《ぼく》に権力が集中しすぎていて、僕がなにか間違ったことをしたときに止める機関がないと、マリアに言われてね。それで、彼女やフェルナンドたちと相談して、議会を作ることにしたんだ」

うっすらとほほ笑んで、陛下は言葉を続けます。ほほ笑んではいますが、その目に宿る光は強いものでした。

「マリアやルチアのときも、王《ちち》を止めるべき立場の人間はたくさんいた。王太子《ぼく》、騎士団長《フェルナンド》、アカデミア学園長……。だが、誰一人として諫めなかった。聞き入れないだろうと思ったからとか、保身のためだとか、越権行為だとか、そんなことでのちに悲劇を引き起こすくらいなら、止めることが仕事な存在を作るのもありかと思えた。ただ、王を止めるほどの力を持つ人間がいると、いらぬ争いを引き起こすことになる。だから、人ではなく機関に権力を持たせようということになった」

「まぁ、そんな機関を作っても、その座に就く人によって腐敗もするけどね。でも、ないよりはいいんじゃない？　この国」

陛下のお話に、マリアさんが相槌を打ちます。一方わたしたちは、思いもよらない国の中枢の変動計画に目を丸くしていました。国王が一番尊くて、そのお言葉は絶対だという価値観だったわたしたちと違って、異世界で暮らしていたマリアさんは違う視点を持っていたようです。

「王家と貴族だけで構成する気はない。人々の生活を一番よく知るのは、そこで暮らす市井《しせい》の人間だ。最初は王《ぼく》、騎士団、アカデミア、各領主に各種組合《アルティ》、そして街の代表者。そういった人たちで構成して、色々なことを決めて行きたいと思っている」

「ダル・カントの〝学びの塔〟から、学者さんたちも来てるしね、学べることはたくさんあるよね」

今後の構想を語られた陛下は、不意にセレスさんとわたしの顔をまっすぐ見据えました。

「セレスティーノ、騎士団を辞めた後、どうするかはもう決めているのか？　遠くに行くと言っていたが、もう行き先は決めている？」

「いえ……まだおおまかにしか。まず、ハサウェスに向かってルチアのご両親に挨拶をしてから、一旦ミストに戻ろうかと思っていますが、それ以降は……」

「そうか。それで相談なんだが、僕が持っていた王太子領がいくつかあるんだ。そのうち、君たちが一番いいと思うところを譲るから、そこでゆっくり過ごすのはどうだろう？　君への報奨もそうだが、なによりルチアに報いたいんだ。領地がルチアの献身に釣り合うとは思わないが、申し訳ない、僕には他に思いつかなくて」

陛下の申し出に、わたしたちは顔を見合わせます。どうしましょう、そんなすごい話をいただいても、身に余りすぎますよ！

「もらっとけばぁ？」

「そだね、ルチアの功績って、それじゃすまないくらいじゃない？　聖女さまもそうだけどさ」

「そうですよ、わたしよりマリアさんの方が……」

困惑するわたしを後押しするように、マリアさんが口を開き、その発言をエリクくんがさらに後押ししました。ですが、エリクくんが言うように、わたしよりマリアさんの方が報われるべきだと思います。

　言い募ろうとしたわたしを、マリアさんは柔らかい笑みで押しとどめました。

「あたしはいいの。あたしは、ルチアからたくさんのものをもらったから」

「マリアさん……」

「あたし、この世界に来てよかった。最初は投げやりだったけど、あんたと一緒に頑張れてよかったって、今は思うよ。あたしだって誰かのために頑張ることができるんだって、見返りなしに誰かに大切に想ってもらえるんだって、そう思えたから。あたしが皆の聖女なら、ルチアは聖女の聖女だよ。あたしを救ってくれたのは、ルチアだから」

　マリアさんは胸の魔石に手をやると、少し言葉を途切らせました。

「……あたしね、むこうに帰るって言ったでしょ。こうやってあんたが無事に帰ってきたから、一度帰るよ。で、きちんと向こうでやらなきゃいけないことをして、こっちに戻ってくるから。エドも待っててくれるっていったし、こっちに帰ってきたとき、少しでも役に立てるように勉強してから来るね。王妃様とか面倒だって思ったけど、逃げないで、できることを増やしてから必ず戻ってくるから」

「……待ってますね。マリアさんが戻ってくるの、わたし待ってます」

「そうね。数年後くらいに戻ってくるから、きちんと待ってなさいよ！」

ルチア、一旦区切りをつける

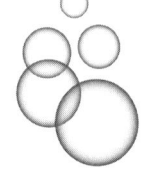

それからわたしたちは、これからの話をたくさんしました。わたしとセレスさんの結婚式のこと。そしてマリアさんが無事に帰れるのか、また戻って来れるのかも含めて、たくさんたくさん話しました。

恐ろしいことに、マリアさんが来たときと同じ時間に帰れるのかは、確証はないそうなんです。リモラの神殿やバチス王家に残されていた魔法陣や口伝では、一応〝理論上は同じ時間に帰れる〟ということでしたが、それを確認する術《すべ》がないのだと、エリクくんはしょんぼりと告げました。

招《よ》ぶときも無理やりでしたが、帰すときも確証がないだなんて、と、わたしは言葉を失いましたが、わたしがいない間にその説明をされていたのだというマリアさんは、静かにほほ笑むだけです。

「ちゃんと、それもわかってるから、平気よ」

「マリアさん……」

「聖女様はそれでもお帰りになるのですか？」

セレスさんの問いかけに、マリアさんはコクリと頷いて見せました。その様子にためらいはありません。

「帰る。そして、今度は自分の意思で来る。大丈夫よ、シロがいるもの。あたしが困るようなこと、あの子はしないわ」

「あのね！　一応、ボクも頑張ったの！　聖女さまがこっちに帰ってくるのは、確実に戻って来れるように魔法陣編んだんだよ！　聖女さまが魔法陣発動したら即座にアールタッド城に移動するようにしたの！」

　マリアさんの隣で、エリクくんが胸を張ります。マリアさんはそれでいいのかと尋ねると、いいのだと返答が返ります。

「ここには戻って来れるんでしょう？　なら、あたしは試してみたい。ここに来るのは自分で選んだ結果でありたいの。誰かに強制された結果でなく、自分で来てみたい。だから、これはあたしのワガママね」

　わたしの手を握ったマリアさんは、いつもの快活な笑みを浮かべました。わたしを力づけるかのような微笑みに、けれどもわたしは笑顔を返すことができません。

「大丈夫よぉ！　あたしはエリくん信じてるもの。あんたが帰る先がセレスのとこなのと同じく、あたしが帰る先もここなの。自分で決めたの。自分で選んだの。誰かに強制されたわけじゃなくて、あたしは自分で、あんたやエドのいるこの世界で生きるって決めたの。ただ、一度帰ってお母さんたちにさよならを言いたいだけ。仕切り直しってやつ？　このままここに残るのは、ちょっとね、ヤなんだ」

「僕は、いつまででも待つよ。セレスティーノのように迎えには行ってあげられないけれど」

「そんな無茶なことは頼んでないわ。ただ、帰ってきたときに他に奥さんいたら許さないから」

「僕の妃はマリア、君だけだよ。誓ったろう？」

「そうね。でも、改めて釘を刺しときたいのよ。たくさん刺した方が効果があるような気がするから、ガガガガガン！　っと刺しときたいの」

エドアルド陛下とマリアさんの仲睦まじいやり取りに、ガイウスさんが吹き出します。それをきっかけにして、あたりは華やかな笑い声に包まれました。


話し合いが終わった後、わたしたちは用意された部屋へ通されました。わたしの部屋は、マリアさんの希望で彼女と同じ部屋です。

「じゃ、オレは自宅に戻るから。お疲れ、嬢ちゃん。しばらくゆっくりしろよ。自分の家だと思ってのびのび羽伸ばしてろ」

「ガイウスさん、長い間ありがとうございました。

「迎えに来てくれて嬉しかったです」奥様にありがとうございましたと伝えてください」

荷物を再び手にしたガイウスさんは、わたしとセレスさんの頭を順番にわしゃわしゃっと掻き混ぜると、笑顔で帰路につきました。後日、奥様にご挨拶に伺うことを約束したわたしは、その背中を見送ります。

「ボクもアカデミアの研究室に戻るね！」

「私も執務室に戻ろう。ルチアさん、本当にすまなかったね。式までゆっくりと過ごしてほしい」

「私も仕事があるので、戻ります。ルチア嬢、また改めて伺いますので、今は旅の疲れを癒やしてください」

ガイウスさんが帰ったことを皮切りに、皆さんは自分のあるべき場所へと戻って行きます。

「ルチア、一旦俺も騎士団に戻る。辞めるにしても引き継ぎとかしなきゃいけないし、留守を守ってくれた礼もしたいから」

「はい。セレスさ……セレスも長旅を終えた後ですし、無理はしないでくださいね」

「うん。ちょくちょく会いに来る。それと、まとまった時間を作るから、ちゃんとした腕輪を一緒に見に行こう」

名残惜しそうな様子を見せて、セレスさんも荷物を手に取りました。離れ離れになるのは少しさみしいですが、ずっとお別れということではないので大丈夫です。

「ルチアはあたしに任せて、セレスは自分のすべきことしてらっしゃいよ。あんた、旅の間ルチアをひとり占めしてたんでしょ？　今度はあたしの番だから！」

わたしに抱きつくマリアさんに、セレスさんはその整った顔に苦笑を浮かべると、静かに頭を下げました。

ルチア、家族ができる

マリアさんが下準備をしてくれていたおかげもあって、わたしとセレスさんの結婚式の準備はとんとん拍子に進みました。

マリアさんが見立ててくれたのは、純白のドレスでした。バンフィールド王国では特に花嫁衣装は白と決められているわけではないのですが、マリアさんの世界では白一色なのだそうです。たっぷりとしたスカートの上に豪華極まりないレースがかけられ、さらにその上を斜めに流れるように、レースとチュールが優雅なドレープを作っています。

そんな純白のドレスの中、唯一ある色彩が空色のリボンでした。腰のところに花と共に飾られた大きなリボンは、わたしの大好きなセレスさんの瞳の色です。

「ルチア、よく似合ってるじゃない！」

「マリアさんもですよ！」

「そう？」

わたしのドレスを褒めてくれたマリアさんでしたが、同じく花嫁衣装を着けた彼女の方がわたしの何倍も奇麗です。それを指摘すると、マリアさんは頬を染めてくるりと回りました。ものすごく可愛いです。

「あたし的にはエンパイアの方がよかったんだけど、王家の結婚式はこの形だーってうるさい侍女連中に押し切られたわよ。もうちょっと露出度上げてくれてもいいのにね？」

「十分奇麗ですよ。すごく似合ってます」

わたしのドレスは白一色ですが、マリアさんは陛下の瞳の色に合わせたエメラルドグリーンのドレスでした。張りのある布地には細かな刺繍が施され、小さな宝石が縫い付けられているせいか、キラキラと光って見えます。わたしと同じレースが裾や袖に惜しげもなく使われていて、とても奇麗です。

「この刺繍ってルチアの空色のワンピの胸元にあるやつと一緒よね？」

「はい。この国古来の柄なんです。祝福の紋なんですよ」

わたしがマリアさんの世界のドレスだとしたら、マリアさんはこちらの世界のドレスといったところでしょうか。使われているレースや花は同じものですが、かなりデザインが違いますね。

「見て見て！　ドレスのデザインは違うけど、ヴェールはおそろいなんだよ～」

「こんな豪華なもの、王族になるわけでもないのに、使えませんよ」

「あのねぇ、あたしたちのは聖女の結婚よ。相手が誰とか関係なくて、〝聖女《あたしたち》が〟主役なの！　王都の人たちも、ルチアの姿を今か今かと楽しみにしてるんだから、おとなしく見世物になんなさい！」

ふふふっと嬉しそうに笑うと、マリアさんは胸元に手をやりました。

「ホントは襟元も詰まってるらしいんだけどさ、シロの魔石を飾るからって、胸元だけは少し開けてもらったの。可愛いでしょ？」

マリアさんの華奢な鎖骨の上には、天晶樹の雫と白の魔石が飾られていました。「本当なら、肩が凝りそうな重い宝石をつけさせられるところだったんだから！」と、マリアさんは不服そうな口調ですが、魔石に触れるその顔は優しい笑顔のままです。

「結婚式が終わったら、その足で帰るよ」

「はい……」

「でも、ちゃんと戻ってくるから！　その頃にはルチア、お母さんになってたりしてね」

わたしは、思ってもみないことを言われて目をぱちぱちとさせました。お母さん……わたしが？

ですが、セレスさんと結婚するということは、そのまま家族になるということです。わたしたちが夫婦になれば、いつかお父さんとお母さんになることもあるんですよね。

ひとりだったわたしですが、セレスさんという家族ができて、さらにその人数が増えるとしたら、それはとても素敵なことでした。

「ルチア似がいいなぁ。セレスに似たらヘタレになりそう」

「まだいませんよ、赤ちゃん」

「そりゃもういたら、あたしセレスをぶっとばしてるわ。八つ裂きよ。ううん、細切れかしら？」

「裂いちゃダメです！」

そんな風にこれからのことについておしゃべりをしていると、遠くで鐘の音が鳴りました。普段時刻を知らせている鐘の音とは違う音は、わたしたち二人の結婚式の始まりを知らせるものでした。

「そろそろ主役の登場の時間みたいね！」

「行きましょうか、マリアさん」

マリアさんを誘って歩き出そうとすると、「そういえばさ」とマリアさんが口を開きました。

「あんた、セレスのことを呼び捨てにするようになったじゃん？　セレスのことを呼べるなら、あたしのことも呼んでよ。いつまでもさんづけとか、他人行儀でさみしいよ。マリアって呼んで？　無理なら、マリアちゃんでもいいよ」

「マリア……ちゃん、ですか？」

「そう。他の誰にも呼ばせない、あんただけの呼び方。うん、そっちのがいいな。ね？　結婚祝いってことでひとつ！」

拝むように両手を合わせると、マリアさんはパチンとウィンクして見せました。愛らしいその仕草に、わたしは思わず笑顔になります。

「マリアちゃん、ですね」

「そう！」

マリアさんが手を伸ばしてきたので、わたしは伸ばされた指先に手を触れました。

「マリアちゃん」

わたしがそう呼ぶと、マリアさんはくすぐったそうに目を細めます。幸せそうなその姿に、わたしは自然とその言葉を口にしていました。

「……〝シャボン〟！」

もちろん、もうその呪文を唱えてもなにも現れません。

ですが、シャボンは幸せの魔法だとマリアさんが思ってくれているのなら、彼女に贈る餞《はなむけ》の言葉として、なによりも相応しいように思えたのです。

「マリアちゃんが、誰よりも幸せになりますように」

「ふふ、ありがと。うん、あたし、幸せだよ。ルチアに会えて……よかった」

そうして、わたしたちはそれぞれの新しい家族の下へと向かったのです。

ルチア、愛を誓う

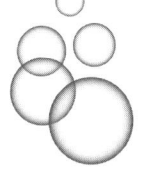

響き渡る鐘の音を聞きながら、わたしは目の前の大きな扉が開くのを、胸を高鳴らせながら見つめました。

ゆっくりと開く扉の向こうは、王族専用の礼拝堂。本来なら、わたしは足を踏み入れることもできない場所ですが、王族に名を連ねるマリアさんと同時に挙式するということと、わたしに対して最大限の配慮をしたいという陛下のお言葉によって、ここでの挙式と相成《あいな》りました。

この礼拝堂に入れるのは、本来なら身分ある人だけです。今日もいらっしゃるのは、聖樹教の大司教、他国からいらっしゃった国賓の方、王族に連なる貴族の方、そして旅の仲間たちとセレスさんのご両親です。その中で平民なのは、わたしとセレスさんのご両親だけという、大変平凡極まりない身としては心もとないというか、心細い状態です。

ですが、下は向きません。だって、わたしの隣にはマリアさんがいます。そして、わたしが向かう先にはセレスさんがいるんです。

身分とか、平凡とか、関係ないです。わたしをわたしとして必要としてくれる人がいて、その人たちが許してくれるのだから、わたしは胸を張って歩けます。

礼拝堂に足を踏み入れると、中にいたすべての人の視線がわたしとマリアさんに向かいました。

ほほ笑んでいる人、涙ぐんでいる人、様子を窺うような人、いろんな人がいます。

その中で、一際わたしたちを優しい眼差しで見つめているのは、やはりセレスさんと陛下でした。

陛下は王冠を頭上にいただき、マリアさんと対《つい》になる衣装を身に着けていらっしゃいます。

先日正式に騎士団を退職したセレスさんは、隊服ではなく、白っぽい色合いの衣装を身に着けていました。あまりセレスさんの私服を見たことのないわたしは、そのカッコよさに思わず見とれてしまいます。なにを着ても様になるとか、さすがですよね！

ですが、見惚れている場合ではありません。わたしとマリアさんが入室した途端、荘厳な曲が流れ出し、式が始まりました。一歩一歩踏みしめ、わたしは世界で一番大好きな人のところへ進みます。


ここまで、いろんなことがありました。

お母さんが亡くなったこと。借金の返済を迫られたこと。お城で働きだしたこと。セレスさんと出会ったこと。魔物に襲われたこと。浄化の旅に加わったこと。

歩きながら、わたしの脳裏には、これまで経験したことが走馬灯のように巡ります。

マリアさんと仲良くなれて嬉しかった。皆さんとはぐれて心配だった。セレスさんと両想いになれて幸せだった。天晶樹を浄化できて安心した。またひとりぼっちになって怖かった。

いろんな気持ちを抱えて、今、わたしはここにいます。

ひとりぼっちだと思っていたけれど、いつだってわたしの側にはあたたかな人がいて。

ひとりが怖いと思っていたのは、まわりが見えていなかったせいだと気付かされて。

わたしが助けを乞えば、側にいてくれる人は皆、手を伸ばしてくれたのに、わたしはいつだって自分ひとりで頑張ろうと肩ひじを張っていました。泣いてもどうしようもないからと、泣くことを自分に禁じて、必死に生きていました。

そんな未熟なわたしを大切に思ってくれる人たちを、わたしも同じように大切にしたい。

もう、わたしに魔法《シャボン》はありません。

なんの力もない、ただのルチア《わたし》ですが、そんなわたしでもできることがあるから。

大地に足をつけ、大切な人と手を取り合って、頑張って生きて行こうと思うのです。

誰かを想うことが自分の力になるのなら、それは、なによりも強い力を持つ魔法なのではないでしょうか。

「ルチア」

お日様みたいなあたたかい笑顔で、セレスさんがわたしに手を伸ばします。

大切な人の手を取ったわたしは、きっと今、誰よりも幸せに満たされていることでしょう。

ルチア、皆に結婚を祝われる

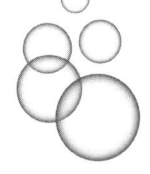

誓約書にサインをし、司祭様に祝福をいただくと、結婚式はおしまいです。

式を終えたわたしたちは、披露宴の入室までの少しの間、四人で話す時間を持てました。

「無事、終わったわね……」

マリアさんの感慨深げな声に、わたしは頷きました。

式を終えた今、これで正式に、わたしは〝ルチア・アルカ〟ではなく、〝ルチア・クレメンティ〟になりました。名前が変わった実感はありませんが、左の手首に嵌まった真新しい銀の腕輪が、新しく家族ができたことを教えてくれています。

「ただ、指輪じゃなくて腕輪ってところが、実感薄れるのよねぇ」

わたしの隣で同じように自分の腕輪を眺めていたマリアさんは、ため息交じりにそんな呟きを漏らしました。マリアさんの世界では既婚者は指輪を嵌めると言っていたので、文化の違いに違和感を感じるのも仕方ありません。

「贈った指輪ではダメかい？」

「いや、そんなことはないけど……ほら、なんかね。文化の違いってやつ？　ね！」

エドアルド陛下はマリアさんの世界での習わしに則って、腕輪だけではなく指輪も贈られていたようでした。

陛下に指摘されたマリアさんは、一瞬で真っ赤になって、慌てて弁明に走っています。ものすごく可愛らしいその様子に、陛下も満面の笑みを浮かべました。

「ま、あとはお披露目よね！　これで〝バンフィールド王国の正妃は聖女〟ってことが周知されるから、安心して帰れるわね！」

「もうちょっと未練を持ってほしいと思うのは、ワガママかな……。ねぇ？　セレスティーノ」

「えっ……いえ、その」

突然陛下から話を振られて、わたしの隣のセレスさんが目に見えて慌てます。

「返答困るような話題振ったら可哀想でしょ。エド、自分の立場考えなさいよ。王様でしょ！」

「そうだけど、今は他に誰もいないし、こういったときくらい仲間として扱ってほしいものだね。単なるエドアルドとして」

陛下は、無人の控え室を見回してそうおっしゃいます。

少しさみしそうな色をにじませる陛下に、わたしは旅立つ前にセレスさんと話したことを想い出しました。

どんなに身分差があっても、わたしたちは同じ人間です。〝エドアルド陛下〟ではなく、〝エドアルド〟として扱ってほしいと願う陛下の気持ちは、わたしよりセレスさんの方がよくわかったのでしょう。陛下の言葉に、セレスさんは困ったように微笑みました。

「そうですね、同じくらいの強さで想いを返してほしいと思うことは、自然なことだと思います」

「だろう？　どうもね、僕ばっかり想いを募らせてる気がするんだよね」

「ヤダ、あたしだってちゃんと好きよ？　じゃなきゃ、名ばかりとはいえ、結婚なんてしないわよ！」

「名ばかり……」

マリアさんのとどめの一言に、陛下は目に見えて落ち込み始めました。

「違っ……その、あたしすぐ帰るでしょ？　新婚生活送れないし、まだ実質が伴わないじゃない？　それでね」

「名ばかり……」

「ごめんって！　エド！　ちゃんと好きだから、ね？　機嫌直して～！」

マリアさんが陛下の腕に縋ると同時に扉がノックされ、披露宴の開始が告げられました。


わたしたちが通されたのは、ルフの襲撃を受けたのとは違うホールでした。

陛下とマリアさんを先頭に入室すると、途端に割れんばかりの拍手と祝福の声が上がります。

気圧されているわたしの背中に、セレスさんがそっと手を添えました。力づけるようなその掌に、わたしは背筋を正して前を向きます。大丈夫、セレスさんもマリアさんも皆さんもいるんです。怖いことなんてなにもないですよ！

部屋に入ると、怒涛のように偉い人たちから挨拶を受けました。その中には、旅の前にお会いしたディ＝ヴァイオ学園長もいらっしゃいました。臙脂《えんじ》のローブの上の柔和な笑顔は、以前と変わりがありません。

「娘さん、久しぶりじゃの」

「学園長様」

「いろいろつらい思いをさせてしまってすまなかったの。お主の力に頼ったばかりでなく、酷い目に遭わせてしまった。なんの責もない娘さんに、無体《むたい》なことをしてしまった償いは、わしにもさせておくれ。この後、ブランカの地に行くそうじゃな。そちらの方へ魔石や魔道具をいろいろ届けておいた」

「そんなこと、していただかなくても……」

「気になるのなら、爺《じい》からの結婚祝いだとでも思っておくれ。幸せにおなり、娘さん。〝竜殺しの英雄〟殿、娘さんを大事にしてやっておくれ」

「学園長先生。言われずとも、必ず」

ディ＝ヴァイオ学園長とは、そのまま二、三言お話しして、お別れしました。この場にいらっしゃるのは貴族の方ばかりなので、来賓の方でわたしが存じ上げているのは、この方とダル・カント国王陛下くらいでした。

それにしても、アグリアルディ団長はいらっしゃるのに、アストルガ副団長のお姿は見えません。お二人とも、騎士団を代表される方ですし、貴族出身の方なのでここにいらっしゃると思ったんですが……。

「あの、アストルガ副団長は……」

こっそりセレスさんに尋ねると、少し悲しそうな表情でほほ笑まれてしまいました。

「任を退いて、カルデラーラに戻られ、その足で修道院に入られたそうだよ。今回もお見えにはなられていない」

助けてくださったお礼を言いたかった相手でしたが、王都《アールタッド》にはもういらっしゃらないとのことで残念に思っていると、セレスさんが「ハサウェスの後にカルデラーラへ寄ろうか」と提案してくれました。

「はい、お願いします！」

会っていただけるといいのですが、たとえ会っていただけなくとも、お礼の言葉だけは託したいです。あのときアストルガ副団長に助けていただかなかったら、わたしは再びセレスさんと会うことはできなかったのですから。


一通りの挨拶が終わると、セレスさんは陛下とマリアさんに挨拶をしに行こうと言いだしました。偉い方々との会話に疲れていたわたしは、一も二もなくその提案に乗ります。

ですが、セレスさんは二人とのおしゃべりが目的ではなかったようでした。

「いいよね、君たちは」

「すみません。皆、待っているので」

挨拶を終え、退出を告げるセレスさんに、陛下は少し笑いを含んだ声で揶揄《やゆ》しました。そんな陛下に、セレスさんは困ったような笑顔を返します。

「うう……あたしもルチアと一緒に行きたいぃ～」

「ごめんね、マリア。宴が終わった後なら行けるから、それまで待ってはもらえないかな？　僕も頑張るから」

「うー、がんばる〜。ルチア、あとでね」

「はい。ごめんなさい、マリアさ……ちゃん。待ってますね」

繋いでいた手を不承不承離したマリアさんに、わたしは名残惜しい気持ちで別れを告げました。

それにしても、国王と王妃であるお二人がこのホールから動けないのは仕方ないとしても、わたしたちは退出してしまっていいのでしょうか？

「俺らは二つかけ持ってるから、元からこの予定だよ」

ホールから退出しながら、セレスさんとそんな話をします。これからどこへ行くのでしょうか。


「ルチア！」

「ルチアちゃん、おめでとう〜！」

連れて行かれた部屋の扉を開くと、色とりどりの花びらと共に、様々な祝福の声が降ってきました。

「こっちの披露宴も大事だろう？」

「……っ、はい！　すごく、すごく大切です！」

ウィンクするセレスさんに、わたしは飛びつきたい気持ちを抑えて頷きました。

そこには、わたしの大事な人たちがいました。キッカさん、ロッセラさん、ジーナさんジーノさん姉妹、ガイウスさんレナートさん兄弟に、エリクくん……身分差で向こうのホールへ入れなかった皆さんが、こちらの部屋には溢れています。

「隊長ぉ……」

グラスを片手に泣きながらやってきたのはフェデーレさんでした。アスカリさんに支えられていますが、大丈夫でしょうか？

「僕は、僕は認めませんからね！　辞めちゃうことも、結婚も！　ずるいですよ！　追いつけないじゃないですか！　攫《さら》ってくなんてずるい！　隠してたくせに！　独り占め反対！」

相当セレスさんを尊敬していたのでしょう。フェデーレさんは騎士団を辞めて王都を去るセレスさんに、泣いて抗議をしています。ぽかすか胸を叩かれながらもセレスさんは笑みを絶やしません。

「すまない、全部と引き換えにしても譲れないんだ」

「譲ってくださいよ！　チャンスすら与えられないとか、ひどすぎます！」

「すんません、隊長。こいつ酔ってて……」

「うん、もとはといえば俺が悪いから平気。ていうか、俺、もう隊長じゃないよ」

「隊長は隊長でしょうっ⁉」

「オレらにとっては、隊長はいつまでも敬愛すべき隊長ですよ」

フェデーレさんとアスカリさんの言葉に、騎士団の方々が同調します。セレスさんの慕われっぷりは半端ないですね！

誇らしい気持ちと同じくらい、そんな敬愛すべき隊長さんを奪ってしまったことに罪悪感を覚えます。ですが、わたしも譲れないんです。ワガママなことはわかっていますが、セレスさんと一緒にいたいんです。

「あの……この度は、本当にすみません。皆さんの隊長さんを連れて行ってしまって。許してほしいとは言えませんが、いつか認めていただけたら、と思います」

謝って許してもらえるとは限りませんが、せめてもの謝罪として、わたしは深々と頭を下げました。頭上で、フェデーレさんの慌てた声がわたしの名を呼びます。

「ルチアさんが悪いんじゃないです！　悪いのは全部黙ってコトを推し進めた隊長ですから！　それよりルチアさん、無事で帰ってきてくれてよかったです！　あなたになにかあったら、僕……」

「だっ、大丈夫でしたから！　泣かないでください！」

ボロボロと涙をこぼすフェデーレさんに、今度はわたしが慌ててしまいます。相当心配をおかけしてしまっていたようです。

「ルチアさん……うぅ、すごく奇麗です。隊長ぅ～！　なんで言ってくれなかったんですか！　早く教えてくれれば僕だって！」

「それについては謝る！　けど、俺だってどうしても渡したくなかったんだよ！」

「フェアじゃない！　フェアじゃないですよ！　騎士道精神に反します！」

「俺にとっては、騎士より彼女の方が大事なの！」

なんだか口喧嘩のようになってきたセレスさんたちを、第三隊の人たちがはやし立て始めて、あたりがカオスになってきた頃、そっとわたしの手を引いてキッカさんたちが助けに来てくれました。

「キッカさん！」

「ルチア、おめでとう！」

キッカさんがわたしを抱きしめたのを皮切りに、皆さんがかわるがわる抱きしめに来てくれます。

「ルチアア、おめでとう。奇麗だね、よかった」

「ルチアちゃ～ん！　結婚おめでとう～！　いろいろあったけど、セレスティーノ様と結婚できてよかったね」

「ルチアちゃん～！　花嫁姿、すっごく奇麗！　てか、やっぱり〝セレスさん〟ってセレスティーノ様だったんだね！」

騎士団洗濯部の皆さんの変わりのない愛情に、思わず涙腺がゆるみます。帰ってきたかったところに、ようやく帰ってこれた。アールタッドに戻ってはきていましたが、洗濯部の皆さんとは帰ってきた際に一度会えたきりだったので、こうやってお話しできるこの時間が嬉しくてたまりません。

「生きることを諦めなかったから、今があるんだね、ルチア。つらかったろうに、よく耐えたよ。今まで頑張りすぎるくらいに頑張ったんだから、これからは英雄様に甘やかしてもらって、幸せになるんだよ」

「キッカさん……」

「見守ってるからね。なにかあったらいつでもあたしに言いな。このキッカさん、何肌でも脱いであげるよ！　あんたは……そうさね、あたしの娘みたいなもんなんだから」

キッカさんの言葉にたまらなくなったわたしは、キッカさんのあったかい胸に顔を埋めて、泣いてしまいました。皆さんの前では泣かないと頑張っていたのに、台無しです。

「泣くとせっかく奇麗にしてもらったのが台無しだよ。花嫁さんには笑顔が似合うよ」

「はい！」

セレスさんが騎士団の方々に囲まれているように、わたしも下働きの仲間たちに囲まれ、祝福を受けました。

「ノッテ」

そんな中、遠慮がちにかけられた声に、わたしはびっくりして振り向きました。皆さんの輪から少し外れるようにして、オルガさんと、寄り添うようにして立つビーチェさんがいます。

「！　オルガさん！」

「ノッテ……いや、なんだっけね、本当の名前は違うんだったよね。いやだ、本当に奇麗になって……よかったねぇ」

泣きながら話すオルガさんへ駆け寄ると、両手を握られて何度もおめでとうとよかったねを繰り返されました。

「オルガさん、わざわざ来てくださったんですか？　ありがとうございます」

「そりゃ、あんたが幸せになったって言うから……王様から直々に招待状もいただいたし」

なんと、オルガさんを呼んだのはエドアルド陛下のようでした。陛下からの招待状が迎えの馬車と共にやってくると、リウニョーネ村は大騒ぎになったそうです。オルガさん夫婦と村長さんとビーチェさん親子を乗せた馬車が王都に着いたのはつい昨日のことだそうで、そんな忙しい中に駆けつけてくださったのはとてもありがたいことでした。

ルチア、別れを惜しむ

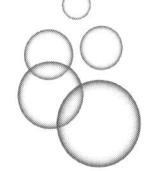

皆さんからの惜しみない祝福をいただいて、わたしとセレスさんの披露宴は終わりました。部屋から去って行く皆さんを見送ると、そこには王城に留まる予定のわたしとセレスさんだけになります。

また、同じ頃にホールでの披露宴も終わったようで、無人になった部屋に、華やかな装いのマリアさんと陛下がやってきました。

「ルチア～！　疲れた～、労《いたわ》って～！」

「お疲れ様です。大変だったでしょう？」

「もうおっさんたちの相手疲れるよ～。顔が引き攣《つ》りそう！」

「ごめんね、マリア」

「エドが悪いわけじゃないでしょ。第一、これに慣れなきゃ、あたし戻ってきたときに困るじゃん。王妃様ってそういうのでしょ。王妃ならしっかりしないとね！　外面よくするのは得意なの、あたし」

「……っ、マリア！」

マリアさんの言葉に、感激した陛下が抱きつきます。なんでしょう、マリアさん、すごくかっこいいです。

「それに……さ、あたし、明日帰るでしょう？　色々ちゃんとしときたいの」

トーンダウンしたマリアさんの声に、わたしたちも自然と無言になります。

そうです。マリアさんは、とうとう明日元の世界へ戻るんです。喜ばしいことですが、同じくらい淋しくもあります。それくらい、マリアさんという存在は、わたしたちの中でかけがえのないものとなっていました。

「今までひきとめてしまってごめんなさい」

「あたしが待ちたくて待ってたのよ。ちょっと、泣かないでよ！　明日は笑顔で送り出してよね！」

笑顔という言葉と一緒に、マリアさんはわたしの頬をつまんで横に伸ばしました。地味に痛いですが、我慢です。

「笑え～！　笑うんだルチア～！　女は愛嬌よ！」

「……あの、もしかしてマリアちゃん、酔っぱらってますか？」

かすかにする酒気に、わたしはそう陛下に尋ねました。「少し……だいぶん」と、陛下は頷きますが、顔を赤らめたマリアさんはその間にセレスさんに絡み始めていました。

「セレス！　あんたね！　ルチアを大事にしなさいよ！　泣かせたら異世界でも地の果てでも追いかけて追いつめて灼き尽くしてやる！」

「泣かせません」

「嘘ばっかり！　あんたといるとルチア泣くのよ！　なんであんたの前でしか泣かないわけ⁉　ずるい！　あんたばっかりずるい！」

なんだか今日のセレスさんは、ずるいと詰られてばかりですね。

「ルチア返してよ～！　あたしのたった一人のトモダチなの！　連れてくから返して～！」

「それだけはダメです！　連れてかれたら耐えられません！」

「ルチアとシロ連れて帰るの～！　エドは王様だから無理でも、ルチアならいいでしょぉ～？」

とうとう泣き出したマリアさんは、セレスさんを突き放すとわたしのところに飛び込んできます。

「ルチア～！　あたしのこと、忘れないでね！　絶対絶対忘れないでね！」

「忘れるわけありません。マリアちゃんがわたしたちにしてくれたことも、一緒に話したことも、全部きちんと覚えてます。大事な宝物ですから」

わんわん泣くマリアさんを抱きしめながら、わたしは彼女に語りかけました。

「生きてるって信じてくれてて嬉しかったんですよ？」

「うん」

「髪の毛、わたしのために切ってくれたのを見たとき、どれだけ感動したかわかりますか？」

「わかんない～」

「アールタッドに戻ってきてからも、たくさん話しましたね」

「もっと話したかったぁ～」

「大好きですよ。どこにいても、いつまでも、わたしはマリアちゃんが大好きです。人のために泣いたり怒ったりできる、あなたのまっすぐなところが大好きです。見も知らぬこの世界の人《わたしたち》のために、怖いのを我慢して頑張ってたあなたに返してあげられるものが少ないのが、とても歯がゆいです」

黒曜石みたいな瞳からこぼれる涙をぬぐって、わたしはマリアさんに笑いかけました。

「必ず帰ってくるって、信じて待ってます。マリアちゃんがわたしを信じて待っててくれたように、わたしもマリアちゃんが帰ってくるのを待ってます。どれだけ時間がかかっても、あなたを待ってますから」

手を取り合うわたしたちの後ろで、セレスさんと陛下が笑っています。その姿に、マリアさんもようやく笑顔になりました。

「待っててよね」

「待ってますよ、いつまでも」

そんな風に、マリアさんとの最後の夜は過ぎて行きました。


翌日は快晴でした。窓から覗く雲一つない青空を見上げながら、わたしは喜びと淋しさが綯《な》い交《ま》ぜになった複雑な気持ちを抱きます。

何故なら今日、マリアさんはこの世界からいなくなるのです。元の世界へ戻ることはとても喜ばしいけれど、やはり大好きな人との別れは、淋しいのには変わりがありません。

ですが、永久《とわ》の別れではないんです。笑顔で送り出してあげたいと、強く思います。マリアさんが向こうで想い出すわたしが、泣き顔のわたしでは恥ずかしいです。

マリアさんは、聖女として国の人たちに挨拶をした後、最初に現れた部屋から帰るみたいでした。最初の部屋以外で帰還の魔法陣を動かすと、戻る先がずれるかもしれないということで、皆さんの前で帰るということはしないんだそうです。

彼女が来たときと同じ時間、同じ場所で、わたしたちはマリアさんとお別れをします。

あと数刻。ちょうど午前の最後の一刻に、マリアさんは帰るのです。

「支度はできた？」

部屋の扉が三回ノックされて、セレスさんが顔を出します。整ったその顔を見た瞬間、わたしの顔が火を吹きました。な、なんだか気恥ずかしいですね！　今まで毎日顔を合わせていたけれど、こう、関係性が変わってしまったせいか、ちょっとというか、だいぶ照れくさいです！

わたしが照れてしまったせいか、つられてセレスさんも赤面しました。二人で顔を赤くしながら、しどろもどろに会話をします。

「は、はい。さきほど着つけてもらいました……」

「に、似合ってるね！　あ、うん！　なんか、お化粧した君は新鮮っていうか！　なんかさ、うん、その……照れるね！　あ、ドレス似合ってるよ！　ルチア、ピンク似合うね！」

セレスさんに褒められたドレスは、マリアさんと一緒に選んだものです。

有り難いことに花嫁衣装と一緒にいくつかドレスも仕立てていただいたわたしは、マリアさんが選んだこの一着を、彼女が帰るこの日に着ようと決めていました。ドレスなんて着慣れていないので、違和感があるというか、この格好で人前に出ることにどうしても照れがありますね。

「それじゃ、行こうか」

「はい」

セレスさんにエスコートされて、わたしは皆さんの待つ部屋へと急ぎます。

「ルチア！」

部屋へ入ると、一番にマリアさんが名前を呼んでくれました。いつもドレス姿だったマリアさんは、今日は元の世界の衣装を着ています。脚が、脚ががっつり見えちゃってますよ！

マリアさんは自分の格好が気にならないようですが、部屋にいた男性陣は皆さんマリアさんからそっと視線を外しています。だって、太ももまで見えちゃってるんですよ⁉　女のわたしでも目のやり場に困ります！

「見て〜！　制服！　結構可愛いでしょ？」

「マリアさん……脚が」

「あんたまで脚気《ソレ》にしてるのぉ？　別に見られたからって減るもんじゃないし、気にしなければいいのよ！　それより、名前！」

襞《ひだ》が入ったチェックのスカートを広げて見せたマリアさんは、いつもの明るい笑顔を浮かべました。気にしなければいいって……無理ですよ！

「だから言ったろう？　ルチアですらびっくりするんだから、せめて脚だけでも隠してほし……」

「隠してどうするの。あたしはあたしよ！　髪もそうだけど、〝女性はこうであるべき〟っていう制限が多いのよこの世界。もっと自由になってもいいんじゃない？　誰もやらないならあたしがやるし、あたしがやったことで追従する人がでたならそれでいいでしょ。理由がある文化ならまだしも、相手を縛るための不自由な文化だったりするなら、一石投じるのもありじゃないの」

　肩先で切り揃えられた黒髪をさらりと掻き上げて、マリアさんは自信たっぷりに笑います。マリアさんはいつでもどこでもマリアさんです。それが嬉しくてわたしは自然に笑顔になっていました。

「マリアちゃん、よく似合ってますよ」

「でっしょ～ぉ？　ほら、女子はわかるのよオシャレが！　このあたしがいいっつってんだから、見なさいよ！　ほらほらほら～！」

「マリアちゃん、それはなにか違う気がします」

　暴走を始めようとしたマリアさんを押しとどめると、よくやったと言わんばかりに陛下が目配せをしてきました。たしかに大切な女性の脚は、他の男性には見せたくないですよね。

「僕のためだけに、隠しておいてほしいな」

「も～、仕方ないなぁ」

　ご自分のマントを肩に着せかける陛下へ、マリアさんは嬉しそうな笑顔を向けました。

「それにしてもルチア、ちょっと色っぽくなってなぁい～？　愛されちゃって、まぁ。よっ、人妻！」

　マリアさんの脚が陛下のマントで隠れると、あたりにほっとした空気が流れます。でも、マリアさんはそんな空気は一顧《いっこ》だにせず、わたしの頬を突っついたり脇腹を肘で小突いたりということに集中しているようでした。

「マリアちゃん、まだ酔ってますか？」

「酔ってないわよ。さすがに抜けました！　ジュースと間違えてうっかり口にしただけだから、すぐ抜けたわよ、あんなの」

テンション高く絡んでくるマリアさんに、違和感を覚えます。普段から快活なマリアさんですが、こんなにあたりに絡んだり暴走したままということは……さすがになかったような気がします。

「マリアちゃん、無理しないでいいですよ。わたしは、いつもの、自分の気持ちに素直なマリアちゃんが好きです。無理して元気に振る舞ってるなら、わたしたちの前でくらい無理はやめてほしいです」

こっそり告げると、マリアさんの動きが止まりました。奇麗な弓型の眉がへにょっと下がります。

「だって、そうじゃないと泣いちゃうもん」

「泣いたっていいじゃないですか。わたしたちの前で無理に笑顔を作ったり、聖女様の顔や王妃様の顔になんてならなくていいんですよ。いつもの、素のままのマリアちゃんでいいんです」

「ルチアぁ～」

ぎゅっと抱き着いてきたマリアさんを抱きしめていると、四回のノックと共に時間を知らせる文官の方が部屋へやってきました。

「……行きましょうか」

「そだね」

顔を上げたマリアさんの長い睫毛《まつげ》に、小さな雫がついています。ですが、マリアさんはそのままにっこりと笑うと、ひとつ伸びをしました。

「さあって、行くか！」

ルチア、マリアを見送る

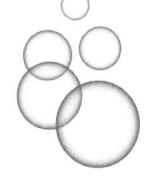

お城の正面バルコニーへ出ると、割れんばかりの歓声がわたしたちを包みました。陛下とマリアさんは、優雅にそれに手を振って応えますが、場慣れしていないわたしなんかは、気圧されてしまってがちがちに緊張してしまいますよ！

「皆！　あたしはこれから元の世界へ帰るね！」

大きく手を振りながらマリアさんが声を張り上げると、水を打ったように人々の声がぱたりとやみます。聖女の帰還のことについては事前に知らせてあったものの、やはり当人からそれを聞かされると、少なくはない衝撃があったのでしょう。両手で顔を覆う人もちらほら見かけられます。

「でも！　必ず戻ってくるから！　向こうの世界で、この世界のためになることを勉強して、バンフィールド王国の王妃として、あたしは必ず戻ってきます！」

だから待っててね！　と叫ぶマリアさんに、ありがとうという声と、行かないでという声と、待ってますという声が、歓声に混じって届けられました。

一歩下がったマリアさんの代わりに、陛下が前に出られます。人々に呼び掛けた陛下は、穏やかな声音で話し始めました。

「異世界の聖女は、我々が無理やり連れてきたにもかかわらず、骨身を惜しまず、自分に関係のないこの世界を救ってくれた。身勝手な我々が彼女に返せることは少ないが、せめてもの償いとして、彼女を元の世界へ帰すことにした。だが、彼女は自分の意思で、再びこの世界を訪れると、そう誓ってくれた。その気持ちへの感謝を忘れず、余は、聖女が再びこの地に戻ってくるその日まで、この国をより良いものへと変えることを皆の前で誓おう！」

陛下のお言葉に、場がわぁっと盛り上がりましたが、歓声を片手で制すると、陛下は言葉を続けられます。

「余や先王、またそれに関わる人間たちは、異世界の聖女マリアや、この国の聖女ルチアに、償いきれない罪を犯した。同じ悲劇が繰り返されぬよう、皆、この日のことを覚えていてほしい。余は、生涯を聖女が守ったこの世界のために費やすと誓う。また、二度とこのような悲劇が起こらぬよう、聖女の召喚を禁じる命を出す。再び天晶樹に異変が起ころうとも、この世界には必ずどこかに聖女がいるはずだ。本人の承諾なく異世界より聖女を招《よ》ぶことなく、我々の手でこの世界を守ろう。それが、この地に生きる我々の責任だ」

マリアさんの最後の挨拶が終わると、人々の惜しむ声を受けつつ、わたしたちはマリアさんが召喚された部屋へと移動しました。

とうとう、このときがきたのです。そう思ったのはわたしだけでなく、皆さん、一様に押し黙ってしまいました。いつもにぎやかなガイウスさんやエリクくんも無言です。

〝最初の部屋〟と呼ばれた部屋は、わたしたちが式を挙げた礼拝堂のすぐ近くの、塔の上にありました。狭い螺旋階段を一列になって上ると、小さな部屋にたどり着きます。

部屋は、陛下とマリアさん、わたしとセレスさん、アグリアルディ団長にレナートさん、ガイウスさんとエリクくんの八人が入ったらいっぱいになってしまうほど小さなものでした。

「それじゃ、聖女さま、魔法陣の上に立って」

「待って！　最後に別れを惜しませてよ」

帰還の儀式を始めようとしたエリクくんの声を遮って、マリアさんは一人一人に抱き着き始めました。初めに陛下。次にアグリアルディ団長、レナートさん、ガイウスさん、エリクくん、セレスさん。そしてわたしです。一人一人と言葉を交わしつつ、マリアさんはしばしの別れを惜しみました。

「ルチア、これあげる」

そういうと、マリアさんは上着の内ポケットから小さな手帳を出しました。灰色の小さな手帳は表紙がつるりとしていて、見たこともない素材です。なにかの文様が浮き出ているのが不思議ですが、これはなんでしょうか。

手帳を裏返すと、そこには精巧なマリアさんの絵姿がありました。今にも動き出しそうなその絵は、人間の手によるものとは思えません。すごく小さいのに、すごく細かいその絵に驚いていると、マリアさんが楽しそうに笑いました。

「それ、写真だよ。見たことない？」

「シャシン？　これが？」

「うん。前話したよね。これはね、生徒手帳。ホントは人に渡したりしちゃいけないんだけど、あたしが今持ってる写真って、これしかないの。だから、ルチアにあげる」

「そんな大切なもの……！　せめて、陛下に」

「ううん、いいの。ルチアにあたしの写真持っててほしいの。エドには他の大切なもの、昨日あげたし、ね！　これ見て、あたしのこと、想い出してね。忘れちゃヤだよ？」

「忘れたりしません！」

「うん。約束ね。そだ、皆で写真撮ろうよ！　スマホ、電源入ったの。圏外でも写真くらい撮れるから、記念に撮ろう！　ほら、皆寄って寄って！」

マリアさんはわたしの手に手帳を握らせると、再び内ポケットから四角い板を取り出して、皆さんを呼びました。よくわからないまま側に寄ると、マリアさんは板に指を滑らせます。途端に変わる絵に驚きますが、さらにそこに自分たちの顔が映ると、もう言葉もありません。

「なにそれ！」

「カメラだよ。これで写真撮るの。言っとくけど、これはあげないからね⁉　あたしが向こうで見るために撮るんだから！」

目を輝かせて身を乗り出したエリクくんの頭を、マリアさんが後ろに押しやります。唇を尖らせて不満を訴えるエリクくんですが、マリアさんは黙殺することに決めたようで、「撮るよ！」と声を張り上げました。

カシャカシャカシャッと軽い不思議な音が立て続けにしたあと、マリアさんは手にしていた不思

議な板を手元に下ろすと、再び指で触れ始めます。

「うん、可愛く撮れてる！　次来るとき、皆の分まで印刷してくるね。見るのは、それまでのお楽しみ♪」

満足げな声を出して板をポケットにしまうと、マリアさんは伸びをしました。

「さぁって、帰るとしますか！」

そう宣言して、マリアさんは振り返りもせず、すたすたと床に描かれた魔法陣の上へと足を運びます。跪き、左手を魔法陣の中心にある丸い石に触れさせると、マリアさんは右手に持っていたシロの魔石と天晶樹の雫を連ねた首飾りをしゃらりとその上に翳しました。天晶樹の雫と召喚秘石を触れさせれば、マリアさんは元の世界へ戻れるはずです。

固唾を飲んで見守るわたしたちを、マリアさんが振り向きます。ボロボロ泣いているその顔を隠しもせず、マリアさんは口を開きました。

「あたし、この世界に来てよかった。ありがとう、皆。必ず帰ってくるから、待っててね。行ってきます！」

そう告げると、マリアさんは右手の石を左手の秘石に触れさせました。その瞬間、眩《まばゆ》い光がはじけます。

皓《しろ》い皓いその光は、マリアさんの光魔法によく似ていましたが、シロの鱗にも似ていました。

「マリアちゃん！　ありがとう！　待ってます！」

叫んだ言葉は届いたのでしょうか。泣き笑いの笑顔を残して、マリアさんは光に飲まれるようにその姿を消したのでした。

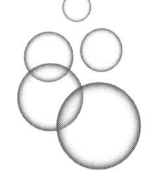

ルチア、セレスと幸せになる

マリアさんの帰還を見送ったわたしたちは、しばらくその場を動けませんでした。

「戻ろうか。マリアが再びここに戻るまで、この部屋は封印しておく。僕は、その日まで彼女からもらったアイデアを形にするよ。議会を機能させ、各地の調査をし、人々が安心して暮らせるような国にする。君たち、よければ力を貸してくれないか？」

ほほ笑みながら陛下はそうおっしゃいました。わたしにできることならなんでもしたいです。そう思って頷くと、周りの皆さんも同じ気持ちだったようで、口々に同意の声を上げて行きます。

「陛下の御心のままに、我が持てる力をすべて捧げます」

「全身全霊をかけて尽力いたします」

「新ブランカ領主として、地方で先陣を切らせていただきます」

「アカデミアを挙げて協力するよ！」

「おう、なんでもやってやるぜ！」

「わたしも頑張ります！」

マリアさんの不在は淋しいですが、帰ってきたときに笑顔でいてもらえるよう、残ったわたしたちは頑張らないといけませんよね！

わたしの掌は小さくて、できることは限られています。ですが、微力でもなにもできないわけじゃありません。できることからはじめましょう。ひとつひとつ片付けて行けば、いつかそこにたどり着けるはずです。つらいことや、苦しいこともあるでしょう。けれど、いつかは。

決意を新たにして、わたしはこっそり微笑みました。わたしはひとりじゃないから、きっとそれは苦しいだけの道ではないでしょう。

さあ、手を取り合って新しい世界を築きましょう。願いを叶える魔法がなくても、ひとりひとりの力は小さくても、いつかきっと、目指す先にたどり着けるはず。

誰もが、幸せになる可能性を持っているはずなんですから。


マリアさんが帰って行った数日後、わたしもまた、旅装に身を包んでいました。隣に立つセレスさんも同様です。

「なんだか、淋しくなるなぁ」

「そんなに離れてるわけでもないですし、遊びに来てくださいね！」

「おう。元気でな」

ガイウスさんにわしゃわしゃっと頭を撫でられていると、これまた旅装姿のエリククんが笑いました。彼もまた、天晶樹の調査のため、この後キリエストへ旅立つのだそうです。

「ルチア、隊長さん、元気でね！」

「エリクくんも。身体に気を付けてくださいね。無理はしちゃだめですよ？」

「わかってるって！　今度会ったときに研究の話を聞いてね。きっと、たくさん新しい発見があると思うんだ。もう、楽しみで仕方ないよ～！」

大好きな調査や研究に没頭できるとあって、エリクくんは今すぐキリエストへ向かいたくて仕方がないようです。アカデミアの調査隊の人たちの姿が見えないので尋ねると、出発はあと二刻も後なんだそうです。

「ごめんなさい、忙しいときに」

「そんなのいいよ。ルチアたちを見送るのも大事なの！　また会おうね、ルチア！」

ぎゅっと抱き着いてきたエリクくんを、セレスさんが静かに突き放します。

「なんだよ、ケチ！」

「だから、抱き着くのはダメだと言ったでしょう！」

「クマが撫でるのはいいのかよ！」

「それは……特別です」

「ずるい！　えこひいき！　クマびいき！」

セレスさんとエリクくんが仲良くはしゃいでいる横で、わたしはアグリアルディ団長とレナートさんから挨拶を受けていました。

「ルチア嬢、いえ、もうクレメンティ夫人でしたね。無理をせず、頑張りすぎないようにしてくださいね。貴女が望むなら、いつでも駆けつけますから」

「身体には気をつけて、幸せになってほしい。ルチアさん、今までありがとう」

「はい、お二人とも、お仕事頑張ってください。応援しています。あ、グイドさんへのお手紙、よろしくお願いしますね！」

「ええ、必ず渡しますよ。多分今日あたり戻ってくるとは思うんですが……すれ違ってしまって残念ですね」

「セレスティーノが抜けた穴は大きいけれど、そこはなんとかやってくよ。もう魔物と戦うこともないし、他国との戦も陛下は考えていらっしゃらない。騎士団の在り方も見直す必要があるだろうね」

「ああ、戦など、もうこりごりだ。せっかく平和になったのだから、皆が笑っていける国がいい」

会えずじまいだったグイドさんへの手紙を快く預かってくれたレナートさんは、手にしたその手紙をわたしに見えるように掲げ、アグリアルディ団長はその隣で静かにほほ笑みました。

そんなアグリアルディ団長の言葉に頷いた陛下は、幸せそうに笑います。その左手には、銀の腕輪と、金色の指輪が光っていました。

「それじゃ、そろそろ行こうか」

「はい！」

エリクくんとじゃれあうのをやめたセレスさんが、わたしに声をかけてきました。とうとう出発のときがきたみたいです！

必要な荷物などは先に向こうに送ってもらえたので、わたしとセレスさんは、浄化の旅と同じような状態で馬に乗りました。馬車を用意すると言ってもらえたのですが、身軽な方が動きやすいとのことで、二人でセレスさんの愛馬に乗ることになったんですよね。

「そういえばわたし、南門から出るの、初めてです」

馬に乗せてもらったわたしは、ふと目の前の門を見てそんなことを思いました。旅立ったときは北門でしたし、連れ去られたときは北門ですらありませんでした。アールタッドに来てから、南門から出るのは初めてなんですよね。なんだか新鮮です！

「新しい旅立ちだからな、新鮮でいいんじゃねぇか？」

「そうですね！」

ガイウスさんの言葉に笑っていると、セレスさんがひらりと馬に跨《またが》りました。わたしと違って堂々たる動きです。

「それじゃ、行ってきます！」

皆さんに見送られて、わたしもまた、旅立ちました。

「まずは、ハサウェスに行こうか」

「はい！」

わたしの耳元で、セレスさんが優しく囁きます。

目の前には、そんなセレスさんの瞳と同じ色の空と、どこまでも続くまっすぐな道がありました。

「セレスさん、頑張って幸せになりましょうね！」

「頑張らなくても、俺は君がいてくれるだけで幸せだよ？」

「それは、わたしもです！」

嬉しくなって笑うと、そっと頭にキスをされました。

「誓いのキス。本当は唇がいいけど、さすがに馬上だとね」

びっくりして振り仰ぐと、悪戯《いたずら》っぽく笑うセレスさんがいました。そうでした、セレスさんはこういうとき油断ならないんですよ！

「人前ではダメですよ！」

「仰せのままに、奥さん」

ゆっくりと、わたしたちは新しい故郷となる地へ足を進めます。

大好きな人と、幸せになるために。

【後日談】ルチア、新しい家族を迎える

その日、わたしはひとりで寝室にいました。

セレスさんは会議のため、少し前から王都《アールタッド》に行っています。エドアルド陛下がはじめられた議会ですが、創立当初こそ色々揉めたものの、回を重ねるにつれ、円滑に回っていくようになったようです。

議会では、様々な立場の人たちが席に着くのですが、やはり当初は貴族の発言権が強かったそうです。ですが、陛下は商人や平民の声を拾うよう、すごく尽力してくださったみたいです。「聖女様の言いつけらしいよ」とセレスさんが教えてくれたのですが、いなくなってなお、この世界に影響を与え続けるマリアさんは、やはりかけがえのない存在だと強く思います。

「今頃、どうしているでしょうか」

誰も応えないとわかっていましたが、つい口をついて出てしまいます。カーテンを開けて外を眺めますが、闇に沈んだ風景が見えるだけです。

「お父さん、早く帰ってくるといいですねぇ」

わたしは、大きくなったお腹を撫でながら、まだ見ぬ我が子に話しかけました。意外と声をかけると中で反応するのでついつい話しかけてしまうのですが、このときもまた、ぽこんと中から衝撃

が返ってきました。

最近はだいぶ動きが鈍くなってきたので怖くなったんですが、産み月が近くなるとそうなるのだそうです。たしかに以前はくるくると中で回転するような、お魚みたいな動きを感じたんですけど、今は会話に反応してぽこぽこ蹴るくらいなんですよね。お腹の中のお魚がいなくなってしまってさみしいような、会うのが間近になってきて嬉しいような、複雑な気持ちです。

「まだ早すぎるみたいですね。もう少し寝ましょうか」

昨日はお昼寝をしすぎて明け方――というより、まだ夜中ですか。陽が昇るにはまだ間があるようです――に目が醒めてしまったのですが、やはり子どものことを考えると、もう少し横になっていた方がよさそうです。


カーテンを閉めようとしたそのときでした。

紺碧《こんぺき》の夜空を斬り開くかのように、カッと空中に閃光《せんこう》が奔ったのです。

雷とは違う皓《しろ》い光は、空全体を明るく照らしましたが、一瞬で消え去り、今の光景が夢だというように、すぐに外は再び闇に包まれます。一体全体、なんなんでしょう？

謎の光にびっくりしたわたしは、思わずお腹を押さえました。痛いわけでもなんでもありませんが、つい庇ってしまいます。

その夜、わたしはあの皓い光が脳裏から消えず、なかなか寝付くことができませんでした。

ブランカのお屋敷は、わたしとセレスさんが穏やかに暮らせるよう、エドアルド陛下がこまやかに手配してくれた場所です。

その心遣いは、家具などだけでなく、こちらで働いてくれている人たちの選別にもなされていました。

「予定では、旦那様はもう少しでお着きになるみたいですよ」

セレスさんからのお手紙に目を通した執事のアナクレリオさんは、優しい声でそう教えてくれました。

以前騎士団でマナー講師をしていたというアナクレリオさんは、数年前に引退して故郷に戻られていたのですが、貴族のマナーに疎いわたしのために、陛下がわざわざ直筆の書簡をしたためてお願いしてくれた方です。

貴族出身なのに、「楽しいから」という理由だけで執事に立候補された茶目っ気のある方なのですが、教官として尊敬していたらしいセレスさんは、アナクレリオさんが執事として働かれることに二年経った今なお、慣れない様子です。「教官」と呼び掛けては「アナクレリオとお呼びください、旦那様」と返されるやり取りは、もはやお二人の挨拶のようです。

「出産には間に合いそうですね！」

アナクレリオさんの言葉に、嬉しそうに笑ったのは、キッカさん。

そうなんです！　洗濯部でお世話になっていたキッカさんは、洗濯婦を辞めて、旦那様と一緒にこちらへ移ってきてくれたんです！

わたしがひとりで淋しい思いをしないように。そのためだけに陛下はキッカさん夫婦にお願いの手紙を書き、キッカさんたちはお城での仕事を辞めてまでこちらへ来てくれたのです。それは、言い表せないくらいの幸せでした。

今までのような気安い言葉遣いは二人きりのときにしかできなくなったものの、キッカさんは常にわたしの側にいてくれます。

「今回のお出かけも、しぶしぶでしたからね」

「気持ちはわかりますけどね」

アナクレリオさんとキッカさんは、わかるわかると互いに頷き合います。

産み月が迫っている中での議会開催に、セレスさんは当初行くつもりがなかったようでした。陛下もそれでいいとおっしゃったようなんですが、行って帰ってくるまでにはまだ産まれそうもなかったので、気にせず行ってもらうようお願いしたんですが……無茶だったでしょうか。

「おや。旦那様はどうやらお客様を連れて戻ってらっしゃるようです」

「お客様？」

実は、子どもができるまではわたしも一緒にアールタッド城へ行っていて、向こうに行くたびに、皆さん入れ代わり立ち代わり顔を出してくださっていました。今回わたしが会えなかったのもあって、セレスさんはどなたか連れて戻ってくるようです。ガイウスさんあたりでしょうか。子どもが産まれたらお祝いに駆けつけるってお手紙をくださいましたし。

「それでは、おもてなしの準備をしなくちゃいけませんねえ」

「はい。手配しましょう」

「あ、わたしもなにか」

「奥様はお子様に集中してください」

手を挙げかけたら、アナクレリオさんに却下されました。宥めるようにキッカさんが背中を撫でてくれます。

「でも、赤ちゃんのお迎えの準備は済んでしまったんです。産着もおむつも縫ったし、小物だって用意したし、おもちゃもセレスが作ってくれました」

「ですけどね、無理はしちゃいけませんよ。ルチア様はすぐ無理するんですから」

「お医者様は動いた方がいいって言ってらしたんです。キッカさんも聞いていたでしょう？　少しくらいはダメですか？」

無理はしないからとねだると、ようやく玄関に飾るお花を選ぶお仕事をもらえました。あまり動かない仕事なのは仕方ないです。


ちょうど気候のいいこともあって、庭で育てている花はどれも奇麗に咲いていました。

昨夜見た皓い光が記憶にあったせいか、その中でも白い花ばかり目について しまい、ついつい白いものばかりを選んでしまいます。それではいけないと、差し色に華やかな色も選んでみますが……これでいいでしょうか。

選んだ花を預かってもらい、そのままわたしは外を軽く散歩することにします。お庭はびっくりするほど広くて、貧乏育ちの身としては、引っ越し当初は気ままに過ごすことが躊躇われました。それも、もう慣れてしまったことを思うと、人間の順応力というものはすごいと思います。

「このまま、外に出たいんですが……ダメですか？」

調子に乗ったわたしは、庭から外――つまりブランカの街へ出てもいいか尋ねました。元・王太子領の上に、現在治めているのが名高い英雄セレスさんだけあって、ブランカの治安はとてもいいものです。

ですが、基本的に一人歩きというものは、わたしには許されていません。ひとりでも問題ないし、なにか起こるはずもないとは思うのですが、心配だからとセレスさんに禁じられ、貴族とはそういうものなのだとアナクレリオさんに諭されたため、こちらへ来てから女性の護衛者を付けてもらっています。

ですが、この日は護衛の方は所用があるとかで、午後からいらっしゃるようでした。それなら今日はお庭でのお散歩にしようと、わたしは再び歩き始めたのですが――

「ルチア！」

背後からかけられた声に、わたしはハッとしました。だってそれは、帰りを待っていた相手の声だったんですから。

「セレス！　おかえりなさい！」

「待って、行くから走らないで！」

出迎えに行こうとしたら、即座に止められました。セレスさんは過保護だと、最近とみにそう感じます。走ったりしませんよ、もう！

そう思ったのはわたしだけではなかったようで、セレスさんの後ろから、快活な笑い声がやってきました。

「相変わらずの過保護っぷりだなぁ！」

「ガイウスさん！　いらっしゃいませ！」

「調子はいかがですか？」

「レナートさんも、遠いところをようこそ！　調子はいいですよ！」

セレスさんが手紙で言っていたお客様は、予想通りガイウスさん兄弟だったようです。懐かしい顔ぶれに嬉しくなって笑うと、セレスさんが向こうの話を教えてくれました。

「ホントは陛下や団長も来たいって言ってたんだけど、二人ともさすがに何日も王都を空けられないからね。残念がってたよ」

「お二人とも、大変ですね」

「その代わりって、手紙を預かってきたよ。あと、贈り物も。エリク殿からもあるよ」

「エリクくんは元気ですか？」

「うん、キリエストで調査に励んでるみたいだ。今度、アカデミアから調査隊の第二陣が出るって。〝学びの塔〟からの研究員も、天晶樹の調査に加わるみたいだよ」

天晶樹の調査のためキリエストへ向かってから、エリクくんはずっと向こうにいっぱなしなのだそうです。たまにお手紙が王都へ届くそうなのですが、その大半が研究についてのことらしいので、ガイウスさんが大笑いしています。

「ちびっこは相変わらず研究馬鹿でなぁ！」

「楽しく研究に励めてるのなら、それが一番ですよ」

手紙の内容は相当楽しそうな様子です。こらえきれないといった様子で笑うガイウスさんを、レナートさんが窘めますが、一向にとまる様子はありません。

「でも、皆さん元気でよかったです」

「そうですね。ルチア夫人も、順調のようでなによりです。予定日はもうそろそろでしたっけ？」

レナートさんの問いかけに頷くと、「セレスティーノ殿が早く帰りたいと大変だったんですよ」と笑いながら教えてくれました。急《せ》かしてしまってすみません……。

それにしても、とわたしは蒼穹《そうきゅう》を仰ぎました。

こんな風に皆さんの消息を伺うと、あの中で、ただ一人今どうしているかわからない人のことを思ってしまいます。

ちゃんと帰れたでしょうか。元気にしているでしょうか。

マリアさんが戻ってから、もう少しで二年になります。短かったわたしの髪も、染めた部分を切っても肩を超すくらいの長さがあるほど伸びました。

——誰よりも会いたいけれど、会うことができない人。

わたしはため息をつくと、お腹を一撫でしました。

そんなときでした。

「ルチアー！」

あんまりにもその人のことを考えていたので、幻聴まで聞こえてしまったようです。

ですが、懐かしい声にちょっと嬉しくなります。

元気かな。元気だといいです。むこうで、笑っていてくれれば。

そう思った瞬間、セレスさんに肩を叩かれました。ガイウスさんとレナートさんも顔色を変えます。

「ルチア！」

「おい、あれ！」

「まさか⁉」


ハッとして指し示された方を見ると、そこには——

青く抜けるような空に、白い鳥がこちらへ向かって滑空してくるのが見えました。

どんどん大きくなるその姿に、わたしは、わたしたちは息を呑みます。

だって、それは鳥ではありません。現れたのは消えたはずの魔物——一頭の白い竜でした。

そして、そこには——求めてやまない黒髪の少女の姿があったのです！

「マリアさん！」

「ただいまぁ！」

帰ったときと寸分たがわない姿で、マリアさんは再びわたしたちの前に姿を現しました。

彼女の帰還はセレスさんたちにとっても寝耳に水な出来事だったようで、驚きの声が次々と上がります。信じられなくて目をこすりますが、夢じゃないみたいです。

「驚いただろう?」

現れたのはマリアさんだけではありませんでした。得意満面といった様子でマリアさんの隣で笑っているのは、エドアルド陛下です。

「えへへ、きちゃった!」

「マリア、おまえ来ちゃったって……いつ戻ってきたんだよ!」

「ガイは相変わらず遠慮がないわね! 昨日の夜よ!」

「昨夜だぁ!?」

驚くガイウスさんに向かって悪戯っぽく笑うと、マリアさんは乗っていた竜に頬を寄せます。まさかと思いますが――その子は。

「うん、シロだよ!」

「!」

小さかったシロ。消えてしまった白い仔竜は、成竜となってマリアさんと戻ってきたのです。

あんまりにも驚きすぎて言葉を失ったわたしたちに、マリアさんはぷっと膨れました。

「ねぇ、おかえりなさいは?」

驚きすぎて彼女を迎える言葉を忘れていたわたしたちは、改めて地面に降り立ったマリアさんを迎えました。

「聖女様、おかえりをお待ちしていました」

「帰って来てみたら、まさかの展開だわよ。セレス、あとで顔貸しなさい!」

「マリア、よく戻ってこれたな！」

「なによそれ。相変わらずガイは失礼ね！　帰ってきちゃダメだったわけ？」

「聖女様、よくお戻りで……」

「……レナート。あんたたち、なんだかんだで兄弟よね」

セレスさんたちと挨拶を交わすマリアさんに、わたしは一歩一歩近づきました。

夢じゃないです。だから、触れても大丈夫。

「マリアさん……！」

「ちょっと、また呼び名が戻って……って、大丈夫!?」

抱き着こうとしたそのとき、経験したことのない激しい痛みがお腹に走りました。脚の付け根にも押されるような違和感が強まります。ちょっと待ってください、痛い！　ものすごく痛いんですけど！

「お、おかえりなさ……」

「それどころじゃないでしょ！　ねえ！　ちょっとルチア!?」

「い、痛いっ……お腹、痛いです……！」

腹部の激痛を訴えだしたわたしに、マリアさんを迎えて喜びのムードが漂っていた皆さんが、一転して真っ青になります。

「ルチア、走るよ」

そんな中、冷静に動いたのはセレスさんでした。掬い上げるようにわたしを抱きかかえると、一目散に屋敷に戻ります。ですが、このときのわたしは、現状が把握できていませんでした。後から考えると、そういえばセレスさんに抱えられて戻ったような気がする、といった程度です。

どうしましょう。お腹痛いです。赤ちゃん、大丈夫かな。

それしか考えられずに、わたしは痛みに耐えていました。

「……あ」

けれど、しばらくするとぎゅうっと内臓を絞るような激しい痛みは消えます。鈍い痛みはありますが、我慢できないほどじゃないです。もしかして、これは。

「セレス、陣痛かもです」

「え？」

「産まれるかも」

服を引っ張って告げると、冷静に見えていたセレスさんが目に見えて慌てだします。

「うっ、産まれるの⁉」

「多分。赤ちゃんが産まれる準備として、等間隔で痛みがくるってお医者様が言ってました。今治まってるのを考えると、それかもしれません」

「えっ、ちょっと！　教官！　キッカ！　医師を呼んで！」

唐突に産気づいてしまったわたしのため、急にあたりは騒然となりました。マリアさんの帰りを喜びたいのに、今はそれどころじゃないです！　ごめんなさい！　でも、おかえりなさいマリアさん！

正直、その後のことはあまり記憶にないです。ただただ痛みに耐える時間が永遠のように続いていて、セレスさんやマリアさんの声は聞こえるけれど、二人がどんな表情をしていたのか、まったく覚えていません。思うことはただただ痛いということ。赤ちゃんを産むって、こんなに痛いんですか？　骨が軋《きし》むような痛みに七転八倒する時間が続きます。

波のような痛みがどんどん強く長くなってきて、息さえできないくらいにどうしようもなくなった頃、突然その声は聞こえてきました。

頼りない、けれどもしっかりとした泣き声にうっすらと目を開けると、お医者様が笑顔で話しかけてきました。

「おめでとうございます、元気な女の子ですよ！」

その声に、はっと意識を取り戻します。額の汗を拭いてくれていたキッカさんが、そっと頭を撫でてくれました。

「よく頑張ったね！」

「赤ちゃん？　産まれたんですか？　無事でした⁉」

「元気だよ。心配しなさんな」

そんな風に会話を交わしていると、部屋の扉が開いてセレスさんたちが入ってきました。知らない間に外に出ていたようです。

「ルチア！」

セレスさんが駆け寄ってきたのと同じタイミングで、おくるみにつつんだ赤ちゃんをお医者様が連れてきてくれました。小さな顔や、おくるみから覗いている指先は真っ赤ですが、ところどころ、うっすらと白っぽい脂に覆われています。

大きな声で泣く赤ちゃんに手を伸ばすと、そっと手渡されました。……軽い。軽いけど、すごく重いです。

「お疲れ、ルチア。頑張ってくれてありがとう」

セレスさんの労《ねぎら》いの言葉を受けながら、わたしは小さな我が子の額に張り付いた金色の髪に触れました。目は開いてないけど、何色でしょう。産まれたばかりって、睫毛も眉毛もないんですね。でも、髪の毛だけあるなんて不思議です。

抱っこされて落ち着いたのか、はたまた頭を撫でられて気持ちよくなったのか、赤ちゃんは泣くのをやめて、今度はすうすうと気持ちよく寝だしました。うう、可愛い！　感動です！　ついさっきまでお腹の中にいたのに、今はこうやって外で同じように息をしてるなんて、信じられません。

「すごく可愛いです。セレス似かな？」

「そう？」

「ほら、口元とか、目鼻立ちとか似てる気がします」

赤ちゃんながら整った造作なのが見て取れるということは、間違いなくわたし似じゃないですね！

小さな我が子を挟んでセレスさんと話していると、扉の方からそっと声がかけられました。

「あの～、そっち行っても、平気？」

「マリアちゃん！　おかえりなさい！　こっち来てください、平気なので」

「オレらも入って大丈夫か？」

「男は遠慮しなさいよ！　産後すぐの女性の部屋に入るとか、デリカシーないわね相変わらず！」

「大丈夫ですよ、ガイウスさんたちも来てください」

声をかけると、一拍して懐かしい顔ぶれが揃いました。アグリアルディ団長とエリクくんがいれば全員揃ったのにな、と少し残念に思います。

「ルチア、おめでとう～！　帰ってきたと思ったらお母さんになってて驚いたわよ！　いつの間に赤ちゃんできたの」

「あれから二年経ちますからね。マリアちゃんも元気そうでよかったです。もう一度会えて、本当に嬉しいです」

セレスさんに赤ちゃんを渡すと、空いた手をマリアさんが握ってくれました。

もう一度会えて、本当に嬉しい。帰ってきてくれてありがとうございます。そう告げると、照れくさそうにはにかんだ笑顔を見せてくれるマリアさんに、胸がいっぱいになります。

「おめでとう、ルチア」

「嬢ちゃんもお母さんか。すげぇなあ！」

「おめでとうございます、お二人とも」

陛下とガイウスさん、レナートさんからもお祝いの言葉をいただいて、わたしはとても嬉しくなりました。産まれてすぐたくさんの人に祝ってもらえるなんて、この子は幸せ者ですね。

「マリアちゃん、あの、お願いがあるんですけど」

「なに？」

「この子に、マリアちゃんの名前をいただいてもいいですか？」

それは、セレスさんとずっと話していたことでした。男の子ならマルクス、女の子ならマリア＝エレナ。マリアさんにちなんだ名前を初めての子にはもらいたいと願うわたしたちに、マリアさんは鷹揚に頷いてくれました。

「あたしの名前をもらうんなら、きっと美人になるわね！」

「セレスに似てるからきっと美人さんになりますよ」

「えっ、ルチア似がいいんだけど！　ちょっと、あんた、中身はお母さんに似なさいよ？　いいわね？　絶対その方がいいから！」

「俺もそう思います」

「あんたが同意してどうすんのよ、セレス！」

マリアさんに鼻をちょんと突かれたマリア＝エレナは、むにむにと小さな口を動かしました。

「う〜、ちっこくて可愛いぃ〜！　ああ、赤ちゃんのお世話のことも勉強してくればよかった！　すっかりそういうのは忘れてたわ。まさか、帰ったらルチアが妊娠してるとか思いもしなくて。あたしと同い年でお母さんとか、びっくりよ」

見送ったときはわたしもマリアさんも十七歳でしたが、今は十九歳。お母さんになっていてもおかしくない年齢なんですが……マリアさんの世界では違うようです。

「ちょっとおとなっぽくなったわね、ルチア。髪も伸びた？　色も戻ったんだね」

「マリアさんは同じくらいの長さですか？」

「あたしは数ヶ月しか経ってないもん。そう劇的に伸びないわよ」

「え」

驚くわたしに、マリアさんはにっこりと笑って見せました。

「向こうと時間の流れが違うみたいで焦ったわ。帰ってきたときひとりならどうしようかと思ったけど、シロが連れてきてくれたから大丈夫だったみたい」

「そう！　シロ！　あれシロですよね！　どうしたんですか⁉」

「話せば長くなるわよ？」

「長くてもいいです」

わたしは、ほっそりしたマリアさんの手を握りしめました。

「長くてもいいです。ずっと会いたかったの。わたしも、話したいことたくさんあるんですよ」

「それじゃ、まずは体調整えてからね！　大丈夫、あたしはこれからもこの世界にいるんだもの。だから、元気になってからゆっくり話そ？」

マリアさんは、窓の外に視線をやりました。つられてそちらを見ると、芝生の上に寝そべりながらのんびりあくびをしているシロが見えます。

「シロもいるし、いつでも会えるわ。知ってる？　あの子に乗ったらここまで三刻かからなかったの。竜って早いのね！」

「わたしも後で会いたいです」

そう、これからいつでも会えるんです。

帰ってきたってマリアさんは言いました。やってきたのではなく、招《よ》ばれたのでもなく、帰ってきたと。

正直、マリアさんが生きていた世界を棄てさせてしまったんじゃないかという後悔の念はあります。無理やりこの世界に連れてきて、こうやって深い関わりを持ったために、マリアさんは本来の世界を棄ててまで戻ってきてくれたんですから。

だから、そんなマリアさんに報《むく》いれる世界であるために、わたしはわたしにできる努力を惜しみません。彼女が笑っていられる世界であれるよう、できることはすべてしようと思います。

それに、新しい家族もできました。セレスさんだって側にいてくれます。ひとりじゃないから、頑張れます。

マリアさんや、産まれたばかりの小さな命のためにも、わたしは、わたしにできることをしながら、自分の人生を精一杯生きたいと、そう思うんです。

できることから始めましょう。お母さんはそう言っていました。やれることを探して、ひとつずつしていけば、きっといつか、目指すところにたどり着けるから、と。

新しい家族を迎えた今、わたしはまた、違う場所を目指して歩いていこうと思います。大切な人たちと、一歩ずつ、確かめながら。

番外編　おかあさんのたからもの

「おかあさん、なにしてるの～？」

「うの～？」

天気のいいある日のこと。わたしが腕輪のお手入れをしていると、庭で遊んでいた子どもたちが興味を惹かれたのかとてとてとやってきました。

「腕輪のお手入れですよ」

わたしは手にしていた布を開いて、中の腕輪を見せました。銀の腕輪は磨き終わって再び左手に嵌まっていて、今蜜蝋《みつろう》で磨いているのは、最初にもらった方の木の腕輪です。

「うでわ、きれいね～。エレナもほしい～」

「まぁも～！　まぁも～！」

マリア＝エレナは女の子だけあってか、装身具に興味津々のようです。一方弟のマルクスは、姉の真似をすることの方が好きそうですが。

「これはね、ダメですよ。お母さんの宝物だから」

「たからもの？」

「そう。お父さんからもらった、大事な大事な宝物。だから、誰にもあげられないんです」

わたしの返答に、マリア＝エレナはしょんぼりとしながらも頷きました。もうすぐ四つになる彼女は、最近急激にお姉さんぽくなってきています。

「あのね、腕輪は特別なの。大人になって、マリア＝エレナに大好きな人ができて、その人もあなたのことを誰よりも好きだって思ってくれたなら、きっともらえますよ」

「おかあさんみたいに？」

「そう、お母さんが、お父さんからもらったみたいに」

「いいなぁ～。おとうさん、エレナにもくれないかな」

小さい頃はセレスさんに抱っこされると号泣していたマリア＝エレナですが、最近はお父さんが大好きみたいで、羨《うらや》ましそうにわたしの掌に載る腕輪を見つめます。

「まぁも、ほしい～」

「マルクスも、いつかね」

腕輪を欲しがる二人の様子に笑ってしまいます。そんなに魅力的なんですね。

「そうだ、お花の腕輪ならあげられますよ」

ふと、昔セレスさんからもらったもう一つの腕輪のことを思いだして、わたしはマリア＝エレナに提案しました。案の定、大きな目をキラキラとさせるのが、とても可愛いです。

「おはなのうでわ⁉」

「そう。昔、マリアちゃんと旅をしていたとき、お父さんがお母さんにくれたの。そのときは、腕輪だって気付かなかったんですけどね。お父さん、腕輪のつもりでくれたんですって」

「なんでわかんなかったの？」

「お城にシロがいるでしょう？　まだシロが赤ちゃんだったときにもらったんだけど、お母さん、シロサイズの花冠だって思っちゃったの」

「おかあさん、まちがえちゃったね」

「ちゃったね～」

後で作りましょうね、と二人に告げ、わたしは磨きあがった木の腕輪を銀の腕輪の上に重ねました。セレスさんは木《こちら》の腕輪はもういらないんじゃ？　って言いますが、どちらもわたしの大事な宝物なんです。

「おかあさん、たからものいっぱいだね」

「そうですよ。でもね、お母さんがお父さんからもらった一番の宝物は、腕輪じゃないんです」

「えっ！」

「えー！」

わたしの発言が相当予想外だったのか、笑顔だったマリア＝エレナがぎょっとした顔になります。マルクスの方は姉がなにに驚いているのかわからないまま追従している感じですね。

そんな子どもたちをほほえましく思いながら、わたしはゆりかごで寝ている次男のジルベルトを抱き上げました。

「お母さんがもらった一番の宝物はね、家族なの。お父さんと、マリア＝エレナと、マルクスと、ジルベルト。皆、大事な宝物です」

一人きりだったわたしは、もうどこにもいません。

セレスさんがくれたわたしの大事な宝物たちは、今もわたしの側にあって、言い表せないほどの幸せを与え続けてくれているのです。

番外編　おとうさんのたからもの

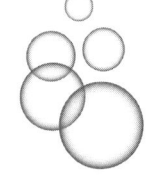

「へぇ、そんなことがあったんだ」

「そうなの。ねぇ、おとうさんもたからもの、ある？　エレナたちがたからもの？」

幼い我が子たちから妻の話を聞いた俺は、彼女が幸せを感じていてくれることを嬉しく思った。

「うん、もちろんそうだよ。お父さんの宝物は、お母さんと、エレナと、マルクスと、ジルベルトだよ」

「やった～！」

「あった～！」

無邪気に喜ぶ子どもたちに、吹き出してしまう。この可愛さは本当になににも代えられない。得難い、宝石よりも希少なものだ。

「でも、おかあさん、うでわもたからものなんだって」

「まぁもほしい～」

ルチアが以前渡した花の腕輪の話をしたようで、どうやら二人が俺のところに来たのは、それを強請るためもあったらしい。ジルベルトの世話で急遽《きゅうきょ》ルチアが部屋に戻ってしまったので、待ちきれずにこちらへやってきたのだと、マリア＝エレナは得意げだ。

「じゃあ、お父さんが作ってあげるよ」

「きのやつも?」

「うーん、その〝特別〟は、お父さんがあげたい気持ちはあるんだけど、大きくなったエレナに怒られそうだからやめとくよ。その代わり、なにか作ってあげる。腕輪以外でね」

マリア＝エレナを嫁に出したくないと言ったら、ルチアに抗議され、王妃様に「うちの子のお嫁さんにもらうんだから全力で却下!」と怒られた過去を思い出して、少し苦い気持ちになりつつ、俺は子どもたちに尋ねた。本当は誰にも渡したくないけれど、それは子どもたちのためにならない。

そんな父親の難しい感情はつゆ知らず、マリア＝エレナは無邪気な笑顔のまま愛らしい……けれども難しいお願い事を口にする。

「それじゃ、シロつくって!」

「まぁもシロがいい～!」

「えっ、そりゃまた難しそうなものをお願いするね」

作れるかなぁと独り言ちつつ、俺は子どもたちに手を引かれ、外へ出た。


「おとうさんのたからもの、ほかにもあるの?」

材料となる花や木をもらいに庭師のところへ向かっている途中、マリア＝エレナがそんなことを口にする。

ルチアや子どもたち以外に大切なものはない。けれど、彼女が尋ねているのはそういうことではなく、「宝物」という物理的なもののことのようだった。

「そうだね、お母さんからお返しにもらった腕輪は宝物かな。あと……」

婚姻の証として嵌める、対となった腕輪が宝物なのは間違いない。けれど、俺はこっそりしまってある、もう一つの宝物のことを思いだす。

「お母さんが昔使ってた、リボンかなぁ……」

「リボン？　なんで？」

「うーん、なんていうか……お父さんが以前旅に出たとき、お守りでもらったんだよ。あれは、最初にお母さんからもらった、宝物かな」

もらったというか、取り上げたというか。経緯はともかく、あれは間違いなく今でも俺の宝物だった。切られた髪をまとめていた方のリボンはルチアへ返してしまったけれど、菫色のリボンは未だ俺の手にある。ルチアには秘密だけれど。

「リボンもたからものになるんだね。そしたら、エレナもエリクくんからもらったまほうのリボン、たからものにしよっと」

「エリク……って、ちょっと待ってエレナ。お父さん、そのリボンの話、聞いてないんだけど⁉」

「あっ、ナイショだったんだった！　おとうさん、リボン、ひみつだからわすれてね！」

楽し気な笑い声をあげると、マリア＝エレナは前方に見えた小屋へ走って行ってしまった。マルクスも俺の手を振りほどくと、姉の後を急いで追う。

「警戒する相手が一人増えた……」

頭を抱える俺を見て、子どもたちが一際楽しそうな笑い声をあげた。

はじめまして。若桜なおと申します。

この度は『非凡・平凡・シャボン！』をお読みいただき、誠にありがとうございました。


このお話は、タイトルから始まりました。

ある日、ぽん、と降ってきたタイトルから、シャボン玉の魔法を使う主人公が生まれ、彼女と対になるもう一人のヒロインが生まれ、物語が生まれました。プロットはあったものの、どれくらいの長さになるかなんて読めなくて、手探りで書き進めていたことを覚えています。そして、わたしの内で顔を持たなかった彼女たちに、ICA 様が姿かたちを与えてくださいました。ICA 様の手によって姿を得た彼女たちと一緒に進むのは、とても楽しかったです。


ルチアの天晶樹を救う旅は、この巻をもって終わりとなります。

この物語を書籍にしてくださったフロンティアワークス様。ルチアたちに目を留め、終わりまで導いてくださった担当様。

素敵なイラストでルチアたちを育ててくださった ICA 様（ラフを含め、すべてわたしの宝物です!）。そして、最後までお付き合いくださった読者様たちに感謝を捧げつつ、わたしも筆を擱きたいと思います。


それでは、またどこかでお会いできることを祈りつつ。

若桜なお

イラストを担当させていただきましたICAです。

シャボン完結おめでとうございます！

ルチアたちは末永く幸せに暮らしていくんだろうな～と思うと胸が温かくなります。

（私的にルチアとエリクの組み合わせが姉弟のようでかわいくて大好きです）

魅力的なキャラクターたちを描くことができてとても幸せでした。
この場をお借りして若桜先生、担当さまと編集部の皆さま、
この本に関わられたすべての方、
そして読者の皆さまに心より感謝申し上げます。
最後まで誠にありがとうございました！

ICA

非凡・平凡・シャボン！　3

＊本作は「小説家になろう」（http://syosetu.com/）に掲載されていた作品を、大幅に加筆修正したものとなります。
＊この作品はフィクションです。実在の人物・団体・事件・地名・名称等とは一切関係ありません。

2017年12月20日　第一刷発行

著者 ……………………………………………… 若桜なお
©WAKASA NAO 2017
イラスト ………………………………………………… ICA
発行者 ………………………………………………… 辻 政英
発行所 ………………………… 株式会社フロンティアワークス
〒170-0013　東京都豊島区東池袋3-22-17
東池袋セントラルプレイス5F
営業　TEL 03-5957-1030　FAX 03-5957-1533
アリアンローズ編集部公式サイト　http://arianrose.jp
編集 ……………………………………………… 原 宏美
フォーマットデザイン ………………………… ウエダデザイン室
装丁デザイン ………………………… 鈴木 勉（BELL'S GRAPHICS）
印刷所 ……………………………………… シナノ書籍印刷株式会社